一无所有的人

［德］菲利普·温克勒（Philipp Winkler）著
马天娇 译

海南出版社
·海口·

图书字号：30-2020-035

图书在版编目（CIP）数据

一无所有的人 /（德）菲利普·温克勒 (Philipp Winkler) 著；马天娇译 . -- 海口：海南出版社，2020.7
（今夜文库）
ISBN 978-7-5443-9029-3

Ⅰ . ①一… Ⅱ . ①菲… ②马… Ⅲ . ①长篇小说－德国－现代 Ⅳ . ① I516.45

中国版本图书馆 CIP 数据核字 (2020) 第 093998 号

一无所有的人
YIWUSUOYOU DE REN

作　　者：［德］菲利普·温克勒
监　　制：冉子健
责任编辑：张　雪
执行编辑：高婷婷
封面设计：MM末末美书 QQ:974364105
责任印制：杨　程
印刷装订：河北盛世彩捷印刷有限公司
读者服务：武　铠
出版发行：海南出版社
总社地址：海口市金盘开发区建设三横路 2 号 邮编：570216
北京地址：北京市朝阳区黄厂路 3 号院 7 号楼 102 室
电　　话：0898-66830929　010-87336670
电子邮箱：hnbook@263.net
经　　销：全国新华书店经销
出版日期：2020 年 7 月第 1 版　　2020 年 7 月第 1 次印刷
开　　本：880mm×1230mm　1/32
印　　张：10
字　　数：220 千
书　　号：ISBN 978-7-5443-9029-3
定　　价：49.80 元

献给我的父母

英文版译序

海科·科尔贝（Heiko Kolbe）——这部小说的主人公，是一个既纠结又矛盾的人。一方面他要承担家庭的责任，另一方面他还要打理一个支持汉诺威96足球俱乐部的“足球流氓”社团。“96”这个名字起源于球队最初成立的时间——1896年。由此可见，这是一支历史悠久的球队。

欧洲职业足球联赛和北美足球特许经营模式不同，区别在于前者有降级规则。根据联赛排名，成绩最差的两到三支球队会降级到较低的联赛，然后由该联赛提升的球队取代，这样的规则增加了团队间的竞争压力。小说中最激动人心的几个场景就是围绕汉诺威96足球俱乐部面临升降级展开的。

像海科和他的朋友们这样的铁杆球迷，尽管球队在最高联赛和较低级别之间摇摆不定，但他们仍然热情地追随球队，跟那些只喜欢锦上添花的球迷截然不同。最忠实的球迷甚至把俱乐部U23预备队①之间的比赛看得比主队商业化比赛更重要。而且海科他们不仅追随汉诺威职业球队，就连当地一些小的像卢特这样的球队他们也都非常关注。

海科在讲述这个故事的时候，提到了很多汉诺威过去和现在的球员，比如前守门员希弗斯（Sievers）和罗伯特·恩克（Robert Enke）、教练迈克尔·洛科沃斯基（Michael Lorkowski），以及21

① U23预备队是由23岁以下的球员组成。（若无特殊说明，本文注释均为译注。）

世纪初的其他明星，如贝恩德·施奈德（Bernd Schneider）、安斯格·布林克曼（Ansgar Brinkmann）和罗伯托·卡洛斯（Roberto Carlos）。

不管是在书中还是在现实中，汉诺威96足球俱乐部和布伦瑞克足球俱乐部都是主要对手，但是由于变幻莫测的胜负以及联赛结构，这两支队伍除了在杯赛上碰面，在其他比赛中还是少有机会进行对抗的。

激进球迷的做事方式是多样化的，他们之间还有左翼和右翼的区分，大多数激进球迷主要专注于支持他们当地的球队。但“足球流氓们”更感兴趣的是跟其他的“流氓组织”进行斗殴，海科和他的朋友凯、乌尔夫还有乔乔就是逐步加入汉诺威“足球流氓”的活动中的。读过本书可以发现，书中主人公所在的组织和其伯父阿克塞尔经营的右翼拳馆有些交集，但是简单地就将他们归入右翼球迷的队伍显然是不对的。尽管阿克塞尔在管理团队的时候比较专权，而且初看小说之时往往会让人觉得这不过是一些狂热球迷的故事，但我们不能忽视的是，这样的组织已经跟随球队百余年了，它经历了两次世界大战，有根深蒂固的传统和思想。很显然，主人公就是被汉诺威96这样的球队所吸引。

英文版译者

布拉德利·施密特（Bradley Schmidt）

一

护齿器在我手掌中渐渐变得温暖，我用手指捏住它，然后把它旋转起来。这是我的习惯，每次打架前我都这么做。这种塑料制品可是少量供应的，质量特别好，而且不易变形。我觉得它非常棒，可以说是无与伦比的，毕竟这是专业的牙科技师特制的，所以别把它和那种用了两周就会因为伤害牙龈而不得不丢掉的廉价货相提并论，那种异物感和塑料味儿想想就让人作呕。现在除了拿着微薄清洁工工资的乔乔，我们所有人都用这种高级护齿器。凯这家伙从来不会错过这种好东西，乌尔夫也有能力买，而且我们这里的一些男孩都有不错的工作，几年前发现那个牙科技师的阿克塞尔伯父也是如此。阿克塞尔伯父在德国专门从事洽谈格斗比赛的工作，算是格斗经纪人。我听说投奔他的人中有来自德累斯顿的，有来自哈雷的，有来自茨维考的，还有来自法兰克福的，甚至还有东方人。我一边用手指划过护齿器的通气孔，一边猜测那些人也许得用一个月的时间来通过政府的资格审查。

“嘿，海科！”凯在边上戳了我一下，“你的电话。”我这才意识到山寨手机正在我们之间的座椅上嗡嗡作响。我伸手去拿手机，手指跟着都颤动了。伯父通过后视镜看着我，我这才按下了通话键。

“你在哪里呢？我们都在等你。”科隆的声音从手机里传过来，他正是我所组织比赛的合作者。为了看得清晰些，我摇下车窗，然后开始寻找一些标志物。

“我们在奥尔珀附近的 B55 高速公路上。嗯，应该是这个地方没错了。”

“在沙漠公路，在第二个环岛处右转，然后就到了布莱克福，直行，直到出了市区。左边的树林，可别错过了。”

在他挂断前我再次跟他声明我们之间的约定——双方都是 15 人，随后我就挂断了。

“怎么了？”阿克塞尔伯父问，他没有回头，依旧是通过后视镜看着我。即使逆着阳光，我还是能够感受到自己被他锐利的目光注视着。我介绍了一下行车路线，又重点说了一下我提醒那个人协议的事情。

“我听到了。”他一边说一边把脸转向了开车的海克尔，重复了一下行车路线。仿佛海克尔听不到我的话似的，或者说他是觉得海克尔必须按照他给出的方位驾驶才行。我余光注意到凯在一旁看着我，如果我现在看他，他肯定撇着嘴表示不满，还会翻白眼，悄悄跟我说：“那家伙就是一个控制狂！”不过我没有做出任何反应，我只是想看看海克尔怎么右转。海克尔哼哈地答应着，表示自己听明白了，双手紧张地握住方向盘的 12 点方向，手背上的汗毛里隐藏着不少汗珠，在阳光下竟然亮闪闪的，然后故作镇定地把一只手伸出窗外。

坐在凯另一边的托梅克百无聊赖地浏览着手机。他是个东方人，成天摆出一副“斯拉夫脸”，不管是高兴还是生气，都是一个样子。我估计他就算是中了彩票也是这样面无表情。这种面瘫表情下，就算此刻他在生气也没什么好吃惊的。所以凯背地里都叫他“猎枪”，嗯，这事托梅克应该是不知道的。现在他不得不坐在那个让人难受的位置上——上次乔乔因为鼻子受伤出血而弄得到处都是，那鼻息声也让人浑身不舒服，再加上座椅填充物带来的异物感……不光这样，即便海克尔身后的车窗是开着的，可那些清晰的污渍让人一点儿也不想在大热天里坐在这儿。

凯把屁股抬起来，在距离座椅大概 3 厘米的时候，伸手从自己的霍利斯特[①]牛仔裤口袋里抽出装有药粉的小瓶。他拧开瓶盖，用指腹蘸取一些粉末，放在一个鼻孔前一吸而入，然后再换另一个鼻孔，也是如此。这个过程中，车子一直有些颠簸，但他尽力不洒下任何一点儿。然后，他转过头，标准的搏击手发型的头发划过油腻的座椅，接着他把那个瓶子递给了我。

“要来一点儿吗？真怕你到时候会撑不起你的裤子。”他咧嘴笑道。我也对他笑了笑，然后说：“比起你的鼻子，倒是让你的裤子膨胀一些更好，小凯姑娘。”要知道，我已经很久没碰过这东西了。他笑了笑，一边把盖子旋好，一边对我伸出中指。不知是有意还是无意，反正就在这时，阿克塞尔伯父使劲儿地清了清喉咙。凯耸耸肩，把小瓶子再次装回牛仔裤口袋里。他很清楚，阿克塞尔伯父绝对不能容忍我们在比赛前因为用了什么乱七八糟的东西，而把脑子弄得晕晕乎乎的，哪怕是让人脑子清醒的可乐。不过这种东西，即便精明如阿

---

① 霍利斯特（Hollister），美国高端休闲服饰品牌阿贝克隆比 & 费奇（Abercrombie & Fitch，简称 A&F）旗下的一个副线品牌，面向青年男女。

克塞尔伯父，也没从大家那里找到过。所以只要大家不做什么出格的事情，他通常都是不太管的。不过那些活生生的例子阿克塞尔伯父是见过的，很多人用药物缓解紧张情绪，结果却把自己搞成了瘾君子。对于没有自控力的选手，阿克塞尔伯父是不会让他任意妄为的——至少在重要比赛前不会，就像今天我们代表的是汉诺威的骄傲。凯在格斗场上是个风云人物，就注定这个大家庭里少不了他，所以相对于其他男孩们的老老实实，凯绝对是背道而驰的。不过因为有了我的存在，这家伙在赛前还收敛了一些呢。但是阿克塞尔伯父清楚地知道，凯是必须要重用的人——要是真把凯晾在替补席，我势必担不起这个重任。这时，来自奥尔珀城的黄色限行标牌在 T5 大众面包车的车窗外一闪而过。我探过身去，脸正好在阿克塞尔伯父和海克尔之间。

“现在往前直走——”

“直走进入第一个圆环路，然后在第二个地方右转。”阿克塞尔伯父打断我的话。我靠回自己的座椅，对着正在朝我翻白眼的凯，也翻了一个白眼以示回应。他递来一根烟，我接过后立即点燃，然后狠狠地吸了一口。我前排座椅头靠的金属架下，被阿克塞尔伯父那肉乎乎的红脖子填得满满的。他的肩膀可以用有棱有角来形容，像一把木工矩尺突兀地出现在座椅两侧。我对着那金属架下露出的红脖子吐出一口烟，然后说了三个字：“真准确。”

车子拐进一条干燥的林间小路，轮胎卷起地上的沙砾。一瞬间，我们就被树荫包围了，没有阳光直射的感觉真是棒极了，那微微的凉爽也让我获得了些许平静。这一切始于我们离开奥尔珀的时候，那种感觉总是在人要濒临疯狂之前及时到来。我不知道这是不是怯场的表现，因为我从来没怯场过。怎么说呢，就好像有什么东西在我胃里晃来晃去，又像是我的肚子里充满了氦气，然后从下往上挤压我的肺。

“你们瞧！”海克尔一边说一边用他那又胖又多毛的手指着前方。坐在后座上的我们三个仰起脖子跟着往前看，原来沿着这条小路一直往前，就是来自科隆的车队了，一些年轻人百无聊赖地站在他们的车前。阿克塞尔伯父转过身，凝视着后车窗外。我本能地让开，好让他能看得更清楚，但很快我就对自己说：“干吗这么敏感呢？不能淡定点吗？”随后，我也跟着往后看，我们后面的那些车一个都没少，一切都跟原来一样，而且个个看上去士气十足，丝毫没有胆怯的迹象。我转回身，心中有些惊喜。

“就把车停这吧！”阿克塞尔伯父像个军官一样发号施令。海克尔则竭尽所能地把车停在了林间小路和灌木丛之间的草坪上，其他车也紧随我们后面停了下来。当这场表演结束后，所有人都会再回到各自的车里，然后消失于来时的路上。

阿克塞尔伯父绕过车头，来到小路的中间，叉开双腿站在那里。我把护齿器从盒子里拿出来，目光则始终锁定在阿克塞尔伯父的身上，只见托梅克站在他的后面，两个人把头凑在一起。我朝着凯侧身，跟他要一根烟，没想到这家伙竟然在自己的紧身牛仔裤口袋里乱摸乱翻起来。我继续看阿克塞尔伯父，此刻他正双手叉腰，审视来自科隆的那群小伙子。

“快点，什么都行，赶快给我一根。”我说。

凯喃喃说道：“别着急嘛！”趁着这个间隙，我摇晃着身体和双腿开始热身，等我终于把香烟夹在手指间后，便朝着阿克塞尔伯父和托梅克走去。

当阿克塞尔伯父意识到有人在靠近自己的时候，突然吼道：“谁？”结果他看见了我，他紧绷的下巴这才看上去放松了一些，短暂犹豫后，他把大手放在我肩上，然后把我拉到他身边。

这时候一旁的托梅克对他说：“我刚刚清点完他们的人数，15个人，外加摄像。”托梅克的波兰腔语调怪怪的，把“清点”两个字说得就像“请点”似的。

“所有人都穿上红色T恤了吗？”阿克塞尔伯父问。我心想，你不会回头自己看看吗？不过我也就是想想，这话我是不会说的。至于红色T恤，早在出发前我就发给大家了，所以现在不需要为此浪费时间。

“所有人都穿好了。”我回答说。

我想补充一下我对队形的看法，我们应该把身材魁梧的男孩放在最前排，这或多或少能起到防浪板的作用。按照这种思路，就算我们会在时间上紧迫一些，却能占到一些先机。不过阿克塞尔伯父却举起手，示意让我闭嘴，导致我连半句话都没说完。这时，科隆队那边走出来一个人，我猜他就是之前跟我联系的那个人。

“好的。”阿克塞尔伯父说。

这句话搞得我一头雾水。

“海科，你确认一下，看对方是不是也准备好了。”

我刚要走，他又把手伸到我前面，仿佛是想拦住我的去路，我觉得这个动作很多余，结果发现他竟朝着那个正站在路中间等着我方也派出一名代表的男孩走去。此刻我有一种被欺骗的感觉，因为在此之前我已经跟阿克塞尔伯父约定好了，这次比赛的后勤工作由我全权负责。我试着咽下这口气。这时候托梅克拍了拍我的胳膊，他的手上有一些已经褪色的女人文身图案。我看了他一眼，然后低头说了一句"他妈的"，随后愤愤地扔掉了手上的香烟。

凯站在车前，嘴里叼着香烟，借着贴了膜的车玻璃审视自己，手则勤快地拨弄着自己不长的头发。其他人都穿着我之前发下去的红色T恤，而他却穿着一件红色的弗雷德 · 佩里[①]polo衫，不过好在他把领子翻了下来，这倒是破天荒的一次。我走到他面前，先看了看他，然后看了看自己。

"你知不知道你自己有多蠢？"

凯没接茬，只是继续左右摇晃嘚瑟着，就连嘴里的烟都不老实。我们俩的脸映在深棕色玻璃上，显得那么近。我看到我撇着嘴，耷拉着眉毛，一脸死相，唯有那剃得一寸长的头发看上去好一些。忽然，车窗上映出一个巨大的阴影。

"嘿，你们这些怂货，半天了，"说话的是乌尔夫，"有完没完了？"

"我就是为这而生的，怎么可能没准备好。"凯说，为了表示自己信心十足，他还用右胳膊肘使劲儿撞击左手掌，发出战鼓一般的声响。

我吹了一口气，说："你也来得太晚了。"与此同时，我转过身，看着比我至少高出一头的乌尔夫，又补充了一句："我已经等了太久了。"

---

① 弗雷德 · 佩里（Fred Perry），深受年轻人喜爱的经典英伦品牌。

“那真得把这个消息告诉乔乔那个歪鼻子，哈哈哈。”

我们都笑了。乌尔夫凝视着这条小路。他问为什么阿克塞尔伯父又跑到那边去指手画脚，还是这次根本就没轮到我。我一边点头一边耸肩，这其中缘由我自己也没搞清楚。

“嘿，你还不知道阿克塞尔那人什么样吗？”凯这时候又加入我们的谈话中，“这位伯父舍不得放权呗。”

“他想怎么样就怎么样，我作为侄子也不能说什么。”我说。乌尔夫也跟着耸耸肩，他那裹在 XXL 码 T 恤里的魁梧身体，仿佛分分钟就能把衣服撑破似的。

“这毕竟是在你的职责范围啊。”

我仍是点头，表示只要不影响结果我都无所谓的，毕竟新赛季开始后，我们还没打过一场单独的比赛呢。这时候海克尔和另外两个大块头撒完尿，穿过灌木丛回来了。他们围着阿克塞尔伯父站成了一个弧形并开始热身——头左右摆动，伸长胳膊，甩动起手臂。

“大家都精神点儿。各就各位！”阿克塞尔伯父发号施令。

我带上护齿器，并迅速咬合。大家甚至来不及紧张，个个斗志昂扬地横在小路上站成 3 排，激动的情绪让人晕乎乎的。

5 人一组的队伍赳赳地往前走。我们这组排头的是阿克塞尔伯父和托梅克，乌尔夫和凯则挨着我。凯这家伙竟然咧着嘴笑，更气人的是我竟然也被他同化了。我得控制我自己，便集中精神看前面——一排剃着平头、穿着白色衣服的人正朝我们走来，仿佛移动的人墙，而且速度越来越快，嘴里还高声挑衅：“汉诺威垃圾！”其中有几个人甚至还举起了拳头。

我们这队自然也不甘示弱，快速有力的节奏彰显着我方的实力。看吧，这铿锵的步伐一般人绝对走不出来。忽然，对方和我们不约而同地奔跑起来。转瞬间，我仿佛感到背后有只无形的手在把我往前推，让我勇往直前。现在，让犹豫见鬼去吧，白痴才对阿克塞尔亦步亦趋。

当最后一声吼叫震荡在林间后，一切变得安静起来。10 副躯体相互猛烈地撞击着，拳头和腿也毫不客气地招呼着对方，我看见阿克塞尔伯父几乎被科隆队的人包围了。忽然，我前面的一个人朝着我挥起拳头，我立刻一个闪身躲过，并迅速反击——纵身扑向他，没想到这个白痴底盘还挺稳，竟然没倒。不过这家伙被激怒了，鼻子像牛一样喷着气。一时之间，他们那伙人都朝我围了过来，一场混乱不堪的摔跤就此开始。

我面前的秃头是个大块头，可谁在乎呢！我一跃而起，想向左虚晃一招，结果让我意外的是他也是这么想的。不过他出拳并不积极，就跟幻灯片似的一闪而过。这回轮到我了，拳头重重地打在他的下巴上，揍得他闷哼一声，脚步也有些乱了。虽说这招并不怎么高明，但是却让他只能弯着腰、举着双手向我走来。我本想再对他进行佯攻，可这时竟然有人从后面上来偷袭我，我没能躲过去。也许他最初是想打我的脸，结果却打偏在我的锁骨上。虽说只是受到了震动，可我的骨头绝对不是随便就能让人打的，它愤怒地号叫着。我对自己说，干死他！然后一跃而起，向右做出一个虚晃动作，再对他进行攻击。这个笨蛋压根没想到我会来这么一招，慌乱地挥舞着双手。但我却来了一个肾击，他疼得弯下腰，本能地用手捂着那个位置，忍着没倒下。真不走运。我继续攻击他那张让人生厌的脸。这回他像一把小折叠刀，哀号着弯下了腰，粘着唾液的护齿器也从嘴里掉到了地上，牙齿上全是血。趴下，该死，你倒是快点趴下啊。我目光游移，没过多久，他终于倒下了，眼中满是痛苦。接下来，我的眼睛像透过瞄准镜一样开始寻找下一个对手，这时候我看到了跟别人扭打成一团的凯。科隆队的白痴竟然抓住了他的 polo 衫。凯试着挣脱束缚，迅速旋转身体，可他的对手紧跟其上。这时候，另一个身穿白衣服的人从凯身后过来了。小子，休想偷袭他！就在我冲上去的那一刻，那个家伙忽然抬起了腿，一脚踹在我的肚子上，如果不是我用手支撑住了身体，必定会完全倒在地上。我不禁暗自责怪自己粗心大意。此刻，他已经来到我的上方，一条腿的膝盖就在我身旁，我甚至能感觉到他呼吸中的攻击性。我的手滑了一下，以至于手腕扭曲到一个奇怪的角度，疼痛一直蔓延到我的肩膀。我难受得就好像嘴里被人填满了发泡胶，然而现实不允许我继续体会这种痛苦。他向我发起攻击，我迅速推开他，想为自己争取一些空间。这招果然有用，让我有时间重新站了起来。虽然我的手用不上力，但是我的胳膊肘可没有问题。所以当他朝我进攻的时候，我用肘部把他的手臂挡到了一旁，顺势朝着他的嘴撞了过去。他应声倒下，咳嗽不已，然后一边笑一边捂住自己的脸。我在一旁徘徊，等待他的反应。他把手从脸上拿开，然后盯着手看，左眼瞪得尤其大，仿佛射出光芒。他最终还是倒下了，而我也喘着粗气。这就是难以短时间分出胜负，让人孤独又疲惫的小型团战。我把手放在屁股上喘气的时候，觉得像是有碎玻璃片扎在自己的肺上。他妈的，烟呢！现在真该点上一根。突然我身后传来一阵骚动，泰勒站在灌木丛里，距我大概两米远，那件 T 恤就挂在他的身上。我朝他走去，看见他正盯着一个因为嘴唇被打裂而流血的家伙。那个人把手无力地罩在脸上，可泰勒仍然朝他大吼着补了两拳。我赶紧拦住泰勒的胳膊，另一只手绕过他的腰，把他推到一边去。

“你疯了吗，泰勒？”我说，“他已经被揍得够呛了。”

他有点懊恼地推开：“那个狗屎打中我的蛋蛋了。”

我把他拽回了灌木丛。有几个人朝这边走来，想看看发生了什么事，但被我伸手阻止了。现在一切都进行得不错，全部都很完美，无须节外生枝。我用双手推开想要再次越过我的泰勒。

“别激动，哥们，那就是一个意外。即便不是，你也不能这样。”说完，我伸出手指，从贴近我脸的方向指着他。

“如果你再让我看见你揍倒在地上的人……”

“你能把我怎么样？海科先生！”

不等我回答，他就转身走了，用行动阻止我继续说话。

“嘿！”阿克塞尔伯父的声音响彻林间，身上的衣服看上去就跟刚洗完似的。他摊开双手，用肢体动作问我发生了什么事情。我表示一切正常。这时，乌尔夫走了过来，这家伙的衣领都被撕扯坏了，裸露出来的皮肤满是红色的抓痕，可他却向我道贺。起初我不明白，但很快就反应过来是怎么一回事——地上倒着的人大多数都穿着白色的 T 恤。站着的这些穿红色 T 恤的人口中喊着：“汉诺威！汉诺威！”我的肩膀忽然变得轻松了，悬着的一颗心也终于落了下来。我放松地蹲在乌尔夫粗壮的大腿跟前，手臂搁在膝盖上休息，然后试着调整呼吸。我感到自己胸腔在收缩，锁骨在麻木地震动，左胳膊则十分沉重，就连脸都火辣辣地疼。我把护齿器吐到手上，掌心立刻就被鲜血覆盖了。我对乌尔夫说："真希望再来一轮。"

回程途中，我们很快就把鲁尔山谷甩在了后面，然后来到一个服务站。在那里，我溜下车，把一次性手机的零部件扔到附近的野地里。凯和泰勒因为一些琐事，跟几个波兰卡车司机也走进了野地，不过托梅克很快就平息了那场纠纷。当我回去的时候，他们几个人正站在一起，把一瓶没有标签的酒相互传着喝呢。阿克塞尔伯父刚要批评凯和泰勒，他们就梗着脖子反问，比赛结束做点这类事情有什么大惊小怪的，现在谁还管那些条条框框的规矩啊。不过阿克塞尔伯父这次并没有动真格的，毕竟此刻我们嘴上还满是胜利的滋味。

我们是在午夜前回到汉诺威的。所有人都爬回了自己的车，也包括乌尔夫，不然的话，萨斯基亚一定会在家里骂他。

我和凯一起开车到了中央火车站。我只想一头扎在床上睡觉，凯则朝着辣市广场出发参加派对去了。换句话说，他是找人"倾诉衷肠"去了。

我一口气喝完了一瓶国产的比尔森啤酒，然后搭乘最后一班开往文斯托夫的火车。在此之前，凯极力说服我跟他一起去，可是我对那些粗糙的音乐和廉价的情感根本不感兴趣。但不得不说，当有人想要寻花问柳，有人想要排解寂寞时，那么干柴和烈火的相遇还真就是彼此最佳的选择。不过为了保险起见，最好要求看一下对方的身份证。

因为凯就曾经历过一件事。有一次他跟一个父母外出度假的女孩回家，结果他在女孩家厨房的冰箱上看见了一张十年级的课程表。那一次，凯以前所未有的速度穿好了裤子。我猜他那晚应该是去了妓院，然后找了一个比那女孩年纪大的专业人士为他服务。或许，可以说这是一种对伦理道德的坚守吧。

在我看来，能让我去辣市广场的理由只能有两个：要么凯过生日，要么就是我喝得不省人事了。

我那辆20世纪80年代的大众保罗车停在阿尼姆的农场，距离文斯托夫站不到1公里。途中，车子要顺着乡村公路一路驶向卢特高速公路入口方向，而且必须要沿着田野里的路线走，直到能看见一座被树木环绕的小房子。晚上走这条路，我大概得走半小时，而且我刚搬到这里不久后阿尼姆就告诫我，离开乡村公路后一定得第一时间变灯。如果不按照他的想法来做事情，那么我就会成为他眼中不受欢迎的人，更何况这是法律要求的事情。

我关闭远光灯，从田间路拐进私人车道。进院以后，借着光亮，我意外地看见乔乔的沃尔沃正停在阿尼姆的旧皮卡旁边。

我紧张地走上台阶，不，甚至可以说我是爬上了那陈旧的走廊台阶，喃喃地对自己说："他千万别过度紧张，他千万别过度紧张。"这过程中，我甚至已经想象到阿尼姆端着枪站在乔乔尸体旁的场景，就像摩根船长那样，一只脚还踩在对方满是弹孔的肚子上，然后无奈地看着我说："没办法，兄弟，谁让他是个私闯民宅的家伙。"

我站在第一道门外，是的，这里有两道门。第一道门是很普通的那种，第二道则是纱门。我在黑暗中站了好一会儿，想从暗夜里听到一些动静。当乔乔那熟悉的声音传来后，我简直不敢相信自己的耳朵。

我赶紧拉开纱门，上方的门铃被触响，那是阿尼姆设置的“警报系统”。耳边传来熟悉的犬吠声。厨房里的灯光透过来，照在我的位置上。另一头，正是阿尼姆的身影。

“谁？”他问。我看见他手里已经端了一把枪。

“还能有谁？是我！你这条疯狗！”我一边回答一边把我的行李扔进黑暗的房间里，背包撞在沙发靠垫上，发出一声闷响。这时乔乔同我打招呼，而犬吠声又传来了，我甚至还能听见那些畜生撞击围栏时发出的声响。

“闭嘴！”阿尼姆呵斥着，因为扯着嗓子说话，结果忽然咳嗽了起来。他抓着来福枪的枪管，坐回到桌子旁，然后用枪托撞了好几下窗户。我盼着玻璃赶紧碎了，结果除了窗框发出一些响声外，什么都没发生。

乔乔跳了过来，一头又短又卷的头发跟着弹了弹。我们彼此击掌，然后拍了拍对方的肩膀，顿时感到我的锁骨像是裂到了双肩似的。乔乔的鼻子依旧肿得老高，看上去像个红灯。我从冰箱里拿了一罐大象牌啤酒，然后跟他俩一起坐在厨房的餐桌旁。

“呃，这次怎么样？”乔乔关心地问。我把这次赢了科隆队的事以及阿克塞尔伯父出尔反尔再一次不想放权的事都告诉了他。乔乔认真地听着，没错过任何一个细节，还不时地发出感叹，表示自己多么希望当时也能在现场。阿尼姆则透过黄色窗框空洞地看着外面的夜色，他费劲儿地喘着气，不然只怕要窒息过去。我看着他，觉得挺搞笑。通常他都不明白其中含义，而我也不想知道他脑子里会再出现什么奇怪的想法。乔乔捏扁了他的啤酒罐，发出咔嚓咔嚓的声音。

“我这有些好消息！”

“快说！”我催促道，阿尼姆的肚子上下起伏，非常有节奏，让人看了就觉得昏昏欲睡，而我偏偏还难以将视线从上面移开。

“我找到一份工作。”乔乔的语气里满是幸福。

我一时没明白他说的意思，就问：“什么工作？”

“呃，其实也不是工作，就是做志愿者，没有报酬。”

我看着他，有点不理解。

“他现在是这里的足球教练。”阿尼姆说，抿了一口酒，然后再次移开了视线。看来这老家伙比我想象中知道的多。

“然后呢？你都做什么？”

“是这样的。不，该怎么说。嗯，就是说 B 队的教练思乔科不干了，格蒂就做了 B 队的教练，所以我就得到了这份工作，成了 C 青年队的教练。”

“真不错，哥们儿！”我朝着乔乔举起啤酒罐，“干了它！”我们一起碰撞手中的啤酒，将“大象尿”一饮而尽。

其实乔乔两年前就开始做这项工作了，只是后来他度过了一段非常难熬的时期。自从约珥出事后，我们所有人都如堕地狱，更让人意外的是，几个月后乔乔的父亲把事情搞得更糟糕了。大家甚至觉得无论怎样，我们都不能帮助乔乔挣脱现状，因为不想丢下乔乔，所以我们重新组队。从那以后，乔乔会不定期地在起床淋浴后前往卢特训练场，这件事他跟谁都没说。所以，他既是一支成熟的 U15 少年队的主教练，也是需要靠着恳求前老板原谅自己上班时间喝酒，才能拿回养老院清洁工作的工人。可不管怎么样，这还是让他回到了正轨。

“我告诉自己，我得做一些改变。是关于训练项目的，我要做一些跟格蒂不同的事情，”他的手指在啤酒罐上面画圈，“可能会把以前跟约珥训练的那些进行综合。这个我想着得问问你，也许你还有当时我们弄的图。那些东西你还记得吗？”

我自顾自地点着头，叹息，目光在桌面上游移。

“那些东西必定能够流传于世，只是我不确定我还有没有了。”

“当然，不是现在就要。你可以回去你爸爸那找找。”

“嘿，乔乔，其实……”我嘴里又泛起了发泡胶的味道。

“呃，你下次回去的时候，帮我找找。”

他谢过我后又开始喝酒，酒水顺着他的嘴角流下，经过胡须最后流到下巴上。他用衣袖擦了擦，那衣服正是约珥以前参加汉诺威 96 足球俱乐部热身赛时穿的，很快他就反应过来自己刚刚做了什么。

“我去，糟糕！”他嘟囔着，试着用另一只手擦掉衣袖上的酒渍。我捏扁自己的啤酒罐，然后扔在桌子上。

“好了，我太累了。我得上床睡觉了。”

乔乔把剩下的酒一口干掉，然后拿起之前忘在烟灰缸里的香烟。

“那我先走了。”他说。

我们站起来拥抱，拍了拍彼此的后背。平时我们从不拥抱，但因为某个特殊的原因，我们毫不尴尬地真诚地拥抱了对方，很是亲密，而且最后还握了握手。

我们一起走到门口。我本想打开玄关的灯，结果灯没亮。我对着厨房里的人喊，说外面的灯又坏了，同时为乔乔打开了门。门铃再次响起，引得那几只狗又开始叫了，厨房里的阿尼姆大声地让我闭嘴。

“再次向你表示祝贺。”我说，同时保持推开玄关门的姿势，要是我不这么做，它自己就咣当一声关上了。

“找时间过来练习练习。我还没告诉乌尔夫和凯呢。另外，”他攥起拳头，“让科隆队颜面扫地这件事真是棒极了。”

乔乔转身上了那辆沃尔沃，发动汽车，我朝着他挥手告别。随后汽车消失在那条私人车道上，只剩下由杨树和桦树形成的自然拱门。

我回到厨房又拿了一罐啤酒。阿尼姆的下巴在距离肚皮几厘米远的地方，随着他的呼噜声有节奏地颤动着。我把枪拿走，放在上楼时路过的沙发上，顺便拎起我的行李包走上楼，楼梯吱吱地响，就像老人家的骨头响一样。

我穿过黑暗的走廊，听见第一道门左边有翅膀震动的声音，就像用两张砂纸在互相揉搓，听着让人很不舒服，并且到处都是鸟屎味儿。我打开门，门下的硬橡胶钉在老旧的木地板上留下了划痕，想把门再关上，就得用膝盖顶着门锁下面才行。我打开灯，把行李包扔到角落，然后打开啤酒。之前留在桌上的那包烟依然在那里。我在卧室中间站了好一会儿，用烟来下酒。我感受着自己的身体就像是被拧干了一样，事实也是如此。我对着自己笑，想让自己心情好些，可突然再次扯痛了下巴，所以我只能失落地再喝一些啤酒。已经喝光一半了，这时我才想起来，从早上到现在我还没吃过东西呢。之前真是太紧张了！过了一会儿，我把鞋子蹬掉，然后彻底把自己脱了个精光，衣服随手扔在之前那一大堆衣物上，看来该把它们再送到洗衣店去了。啊，这些翻过来调过去的事真烦人。我把一直连接在门边插座上的原装进口手机拔了下来。它闪着提示光，我并不太在意，不过是3

条信息，5 通未接来电。而这一天仅有的 5 个电话，全部来自曼努埃拉。第一条信息是凯发来的，这个倒是把我逗笑了。画面里，他光着膀子，伸着大拇指正在自拍呢。而他后面有个双腿并拢，弯腰趴在床上的女人，光溜溜的屁股正好对着他。我看不见女人的脸，但是从背景可以看出，那正是凯的卧室。

“真有速度！”我打字，“新钓的？”

下一条信息是阿克塞尔伯父发的：“干得漂亮。上班时见！”我没回复。第三条信息是曼努埃拉两三个小时前发来的：“海科，你在哪里？给我回电话，别太晚，我们十点就得睡觉了。是关于爸爸的事情，皇天不负有心人，终于在康复中心找到了一个位置。么么哒！PS. 安德烈亚斯让我替他问候你。”

我的天！她那个智障丈夫的问候！真是够了。我又把信息看了一遍，然后用食指长按电源键，直到屏幕变黑。

我站在浴室里，看着镜子里的自己仔细观察起来。布满裂纹的玻璃把我的脸照扭曲了，所以必须要像拼拼图那样非常集中精神才能把自己的脸看得完整，否则镜子里的我就跟变种人差不多了。不过事实上也好不到哪去，我左边的脸有点红肿发紫，嘴角还有两块干涸的血痂，那是我特意没擦掉的。这次真的挺不错了。

就连锁骨那里也没什么问题，虽然它现在疼得要命，但是最多两三天也就好了。我把啤酒放在洗手盆的边上，附近有些潮乎乎像是灰又像是泥的东西，就像一条灰色的蛆虫。我伸出手，手心手背都检查了一遍，陷入了思考。皮肤上凝结的血已经没了，去哪里了呢？有一些应该是在服务区上厕所的时候弄掉的，可那都不是我的血。看，到处都是划痕，肌肤纹理中还夹杂着污垢。我再次审视自己，与其说自己像是变种人，不如用复合人来形容更准确，真实得让人困惑。此刻，我站在闪烁的灯光下，周围是早已发黄的瓷砖。

我看向镜中自己的眼睛，就好像里面那个是一个真实的人，一个应该被赞扬的人。“干得漂亮！”我对他说。

随后，我走到花洒下面，惊得一群潮虫慌慌张张地钻进了墙壁的裂缝里。

一路回到卧室，留下一串潮湿的脚印。我锁好门，然后挑了一条速干拳击短裤穿上，这才躺上床。短发上的水像是一条看不见的毯子包裹着我的头，可它带来的不是温暖，而是冰冷，就像冷风吹过头皮。我把胳膊枕在脑后，闭上眼，想着伊冯，她漂亮的脸蛋和眉毛，美得让人心旷神怡。

一

那时候，汉诺威和布伦瑞克两个城市之间23岁以下预备队的比赛刚结束。虽然没过去多久，但我想那阵子人们应该还把他们叫作业余队或者二流队。不过现在，他们已经被正式命名为U23队了。那次比赛是在埃伦泽溏运动场进行的。我本来不是狂热分子，但是那天他们是那么有激情，身处燃爆了的现场，谁还能控制住自己的狂热呢？

我们也要跟布伦瑞克来一场比赛，地点是在汉诺威的城市森林中。我想可能是在中央的冷杉区，反正是远离城市街道和警察的地方。因为我们人手不足，所以是8人对10人。这绝对是一场年轻人的战争，也是“年轻狗”对“冷酷猪”的战斗。千万别郑重其事地挨个直接说名字，那样太傻了。“年轻狗”这个队名是我提出来的，类似玩了一个文字游戏，不是有个红狼嘛，那我们就叫年轻狗呗。起初，凯知道我想给我们队取这个名字后，先是大笑出声，随后强烈抗议。

“怎么能这样叫自己呢？听上去就像一群童子军。”

我耸耸肩，表示我们的实力毋庸置疑，跟叫什么名字根本没有关系。

“反正不能叫年轻狗。”

“怎么，你现在是混账的饶舌歌手了？”

“当然不，可，但是，我的意思是……”他支支吾吾，最后决定另辟蹊径，“或者，对了，‘血性犬’，没错，就这个名字，怎么样？因为血是红色的，就像我们。可别叫那个娘们唧唧的名字了。”

“行了，别纠结这个事情了，说是它就是它了。”

“换个角度来看这件事吧！”乔乔说，“它怎么也比来自科隆的那支‘老年说唱队’强！”

“这倒也是哈！”

一切都进行得很快，没办法不快，因为即使我们身处森林中，可森林却在这城市中间啊。没准什么时候，警察就会伴随着闪烁的警灯从矮树丛里跳出来。这是一个熟人在遛弯的时候偶然提醒我们的。不过还好，我们够幸运，因为当时下雨了，所以注定附近不会有很多人。不过不利因素也是存在的——人容易滑倒，潮湿的地上到处都是水，没准滑倒的时候还不是屁股先着地。人看上去就跟疯了一样，尽管我们只有 8 个人，可还是把“冷酷猪”揍成屁滚尿流的可怜猪了。当时，几个人从乌尔夫身上被弹开，就像是一颗被打得四分五裂的水滴，迸射四溅。可想而知，当然最后又是我们大获全胜。

回想当时的场面，我正要和一个人对打，手疾眼快地抓到一个盖子，然后朝着他扔了过去。这让他十分慌乱，我则有了大量时间去瞄准，然后将他 K.O。他掉进泥坑里的声音，最好这辈子他都别忘了。当我看见对方一个人试图从腰带上找什么东西的时候，他们就注定失败了。那时候，那个人正在跟凯对打，从我的角度正好能看见他身上有什么在闪光。是可忍孰不可忍！我毫不犹豫地冲了过去，心里咒骂着：别想着歪门邪道，没门，你这个死变态。随后，我重重地踹在他的膝关节上，这家伙应声倒地。算算还有时间，我又顺便挥拳给这家伙的脑袋来一次暴力捶击。凯惊讶得瞪大了双眼，起初我不明白他为什么流露出意外的目光，一定是被我的战斗力给惊着了。来自布伦瑞克的家伙躺在地上，脸贴在被雨水浇湿的稀泥里，血从耳朵里流出来，身体疯狂地抽动着，看上去就像一条因离开水而苦苦挣扎的鱼。我不知道这是怎么回事，这场战斗使我的肾上腺素飙升，满腔都是愤怒的战斗力。我只记得目击了这件事全部经过的凯很快找来了托梅克。那次阿克塞尔伯父有事没来，就让托梅克来盯着我们，随时跟他汇报我们都做了什么。这真是给他们的重要一击。托梅克和凯很快把那个人搀走了，我站在原地，看见两个布伦瑞克的人把他的胳膊搭在自己的肩膀上，然后把他拖走了。

阿克塞尔伯父不相信我看到了一把刀。但是从我当时的角度看，那就是一把刀，只是后来没人想到要去搜查草地。毕竟当听到警笛声的时候，大家只能赶紧离开。不过阿克塞尔伯父的态度真是让人耿耿于怀，类似这种事情至少发生过两次了。跟布伦瑞克的这场比赛，被阿克塞尔伯父称作是汉诺威的荣誉之战，跟那场两支二流球队的比赛是天壤之别。我把刀的事情告诉了凯，他对此有些无法释怀，并对我的做法给予热情的赞扬。后来我问他看没看见那人有刀，他说好像看见了，又说："不清楚是不是。但是我清楚地看见有什么东西掉到草丛里了，这个看得很清楚。"

一

我走在通往我父亲家的小路上。他家住在文斯托夫的另一端，跟他以前的农场在一条街上。这条街基本就是个死胡同，老旧破败得连个路标都没有。有的地方走着走着沥青路面就没了，取而代之的是延伸到原野上的土地。这样的日子里，站在沥青路的尽头望向原野，会觉得自己成为天空的一部分。即使阴天，你也能看见通往钾肥山的所有路径，而它们的景色会根据天气的变化而变化。有时候白得像洒在薯条上的盐，有时候又灰得像水泥。

有一次，我跟凯、乔乔和约珥一起在钾肥山的盐碱公司场地训练。我们几个在铺满刚收获的盐的路面上随意踩踏着，乔乔和约珥还带来了一只风筝，准备在那里放飞，没想到风筝还真的飞上了天。我和凯都不太明白，他们为什么想去那里。我不想玩风筝，竟然想要从山上跳下去，不过并没有真跳。一方面是因为这座山又高又陡峭，从 30 多米的地方跳下去，肯定当场一命呜呼。另一方面是因为我们所处的位置比较平坦，走几步就上来了。总之就是，高的不敢跳，平的又没意思。后来不知道什么时候，凯快速地从斜坡上跑过来，因为失去平衡，他一路跌跌撞撞，最后像个桶似的滚到了边上。他回到山脚下休息时整个人都很沉默，也不说话。我们三个人赶紧道歉。但是当我们靠近他的时候，原本躺在地上的凯突然蹦了起来，整个人笑得前仰后合。这家伙的衣服都被划成了碎布条，身上到处是血道子，小腿上还耷拉着一块肉皮。我到现在都还记得约珥一见到这场面就呕吐不止的样子。

我按了一下门铃，容不得我后悔转身钻进车里，我姐姐曼努埃拉就已经把门打开了。

“海科！太好了！可把你盼回来了。”

她张开手臂，而我终究是迟疑了一下后才靠近她。她把我抱得紧紧的，我觉得这样的场面太傻了，因为我只是站在那让她抱着，自己的手臂却始终垂在身体两侧。然而她太能坚持，为了让她快松开手，我只能伸手回抱。这下她终于满意了，然后拉着我往里面走。我跟着她来到玄关处，这里是通向其他房间的唯一入口。她走在前面，然后自己进了右边的厨房。这时候我的眼睛不得不努力去适应这里昏暗的光线，原因无他，只因这里特殊的空间构造——除了门上的玻璃能透光，四周根本没有窗户，所以这里总是黑乎乎的。不过在夏天的时候，如果想凉快一些，这里倒是一个不错的乘凉地点。那时候我会把自己脱得只剩下内衣裤，躺在这里的地板上打盹儿，直到妈妈或者汉斯一脚把我踢醒，告诉我别躺在别人走路的地方睡觉。那个古老的玻璃柜仍放在挨着厨房门的地方，靠右墙立着。从我爷爷辈接手这栋房子开始，它就一直立在那里。我在右侧停下脚步，透过玻璃看着里面的东西。如果有陌生人进来，大概会质疑这家人到底是什么奇葩品位啊！当然，我也曾一次次问自己同样的问题。不过最终我不得不承认，这就是居住在这里的三代人的品位。在奶奶编织的餐垫的最上头，是妈妈那些怪异的陶瓷天使和陶瓷猫狗，这些东西显然都不是什么贵重物品。挨着它们的是一尊金色的弥勒佛像和被漆成紫色与金色的木雕大象，这是米尔的贡献。直到现在我都有点不能相信，米尔竟然愿意把它们放在这里，简直就是添乱。我觉得真正的泰国人才不会觉得这些东西好呢，很有可能这都是他们忽悠西方游客掏钱购买的噱头。把它们摆在这里的人也可能是爸爸，他或许觉得这样可以让米尔在家里更自在。

“海科，你还站在那里啊？”

曼努埃拉侧着身子从门口露出脸来，脖子上挂着她那副平时不用、只有需要看得特别清楚时才戴上的眼镜，看起来像一位老师。我听到厨房传来汉斯的声音，他说了些什么，可我听不清楚。

“好的，爸爸！”曼努埃拉说，接着又对我说，“快点，不然咖啡都凉了。”

她说话时的语调和发音都异常标准，小心翼翼，这是因为她不想说错话。这种感觉让我有些炸毛，头差一点撞到低处的天花板上——我是太久没回来了。曼努埃拉在不大的厨房里忙碌着，稀疏的光从窗子和玻璃拉门射进来。米尔正站在水槽前洗碗，我父亲坐在桌子旁，左右胳膊分别搁在他那满是面包屑的盘子两侧。“嗨！”我含糊地打着招呼。米尔转身回头跟我打了招呼后，很快又转了过去，至少我是这么看的。她总是这么平淡，我甚至还曾为此恼火过。不过现在，我不用再住在这里了，也无须再在意这些事了。尽管有她隔在中间，我还是看见曼努埃拉戳了戳我父亲，然后他才在把另一块奶油杏仁饼放到盘子里之前，生硬地跟我说了一声“嗨”。

“坐，快坐。”曼努埃拉一边说一边给我倒了一杯咖啡。我掏出香烟，放到了面前的盘子旁，曼努埃拉赶紧把一个烟灰缸放到了我面前的桌子上，两个物体碰撞的声音不大，但听上去也挺刺耳。

接下来的几分钟里，大家在桌子前毫无交流，这着实让人感到尴尬。米尔把一个装有棕色丸子的盘子放到了蛋糕盘子旁边。随后，所有人都坐了下来。

“那是什么，米尔？”

“凯喏……”我听不懂她说的泰语，便自觉地继续保持安静。

她努力地想要把那东西用我们能听懂的话解释出来，结果失败了。不过曼努埃拉却点了点头，说了一个“哦”字，仿佛她清楚地明白了那些大丸子里面是什么东西似的。

我从烟盒里抽出一根烟点燃，曼努埃拉在我的盘子里放了一块蛋糕，然后才问：“吃吗？”我不置可否地挥了挥手，顺便弹了弹烟灰。直到这时候我父亲才第一次朝我看过来，他盯着我的烟，然后伸出舌头舔了舔自己的上嘴唇。尽管他已经剃掉复古色胡须好多年了，不过我还是不能适应他没胡子的上唇，特别是上面还有些许汗珠。

“我能抽一支吗？”他问，这个过程他没有看我，而是一直盯着烟盒。

我非常享受地抽了一口烟，弹了弹烟灰，又使劲儿吸了一口，这才把烟放到烟灰缸里。

随后，我弹了一下烟盒，它在桌面上经过曼努埃拉一直滑到汉斯的盘子边上，这才被撞停了。他抽出一根烟，然后在自己的裤子口袋里摸索了一会儿，却什么都没找到。这时，他看向我，嘴里叼着烟问：“有火吗？”

他的眼神既清澈又浑浊，就好像烟灰缸被误倒入了水一样。我把打火机弹了过去。

抽完烟后，曼努埃拉不再继续做那个隐形人，开始直奔主题了。那不赞成的眼神跟她那梳得一丝不苟的发髻简直就是绝配，而且从未改变。她讨厌我们抽烟，又不得不忍着，因为少数服从多数，再说这也不是她的地盘。好在她还知道要随手递上烟灰缸，毕竟我和汉斯可都不介意把烟灰弹在什么地方。

“终于又坐在一起了，真好！”

没有人附和，唯有米尔在尴尬和赞同的双重情绪下笑了笑。

“不过也是有些原因在里面的，”曼努埃拉继续说，“我终于——准确地说是多亏了安德烈亚斯的好人缘，我才给爸爸在康复中心弄到了一个位置。”

汉斯有些不高兴地哼了一声，这声音听起来有些让人尴尬，好像他的嘴是屁眼似的。曼努埃拉可不会让自己受到影响，对此她早就习惯了。

“并且他，”她清了清嗓子，“咳，他将要去巴特茨维什安一直待到 11 月。”

“嗯！”我嘴里吃着干巴巴的蛋糕，含糊地应和着。估计这蛋糕是她自己烤的。

我聪明地逃避掉“要我来做些什么”这个话题。我对这种讨论会根本不感兴趣。很快，她就会开始抱怨为什么这些事情都得她来做。

“可能的话，下周我可以亲自把他送去。”其实她想确定的是爸爸也愿意去，但她不会直接说出来。

“当然了，这段时间爸爸的鸽子需要人照料。”哈，事情朝着这样的方向发展了。“我真是没时间做这个事情，我的工作，还有我家孩子正好又是最让人抽不开身的年龄，我要准备很多东西，要往返于家和学校之间，我真是没办法。米尔又特别怕鸟。我们就想……”她看向汉斯，并盼着他能回望自己，结果他还是低头看着自己的蛋糕，“我想这个事你能做，海科。你以前就帮爷爷养过鸟，对吧？现在也还记得要怎么做，是不是？”

那至少是20年前的事情了。

“这能为我们减轻不少负担，海科。”她才不想探讨我再也没有踏进鸽棚一步的原因，也不想探讨自从父亲从爷爷手中接过养鸽工作后，我再也没有帮他喂过鸽子的原因。这非常符合她的作风。

我把最后一块蛋糕塞进嘴里的时候，在心里想了很多原因，可没有一个能够成为曼努埃拉把这个任务丢给我的理由。

此刻，她坚定的嘴角放松了，之前瞪得像矩形一样的眼睛如今也放松了，或许她是觉得我想不出拒绝的理由吧。我是真的特别不想做这件事！但是再做一次吧！忽然之间，我的大脑和面部表情似乎不受统一控制了。

“那就这么定了。”她说，然后率先吃起了米尔做的肉丸，就连嚼着食物的时候还在努力扯着嘴角微笑。我看见她对米尔假惺惺地笑了。米尔有没有笑着回应她，我就不知道了。我朝我父亲看去，他还在盯着自己的蛋糕，也许他心里只想着如何再来一块。我不怪他，也不会觉得有什么不同。我坐在这里，在这张桌子前，在这栋房子里。这就是我生物学上的家人。该死的。我现在只想喝一罐最好的啤酒。在这待着毫无意义，我对自己说，然后我轻敲桌面，说：“好！”

这将所有人从各自的心思中拉了出来。我放下咖啡，起身隔着桌子去拿我的烟。“都该干什么就干什么吧！”我说，“一堆事呢！”

他们都没有想要离开的意思，即使我姐姐也是如此。她东拉西扯结结巴巴地想要找到一些能让我们继续讨论的话题，可这毫无意义。我转身，临别时敲了一下门框，就头也不回地穿过玄关出了门，并迅速开着我的大众汽车扬长而去。

一

沃旦拳馆位于汉诺威市斯持肯区的一处旧厂房。阿克塞尔伯父曾经告诉我，那里以前是生产钢笔和圆珠笔的，不过后来公司倒闭了。阿克塞尔伯父原本是旁边斯坦托一家酒吧的合伙人，后来他把股权卖了，转而购买了这处厂房，并开设了拳馆。来这里的人大多是一些不太成功的格斗家，从事安保工作的人或者是摩托车手。而且比较糟糕的是，其中大部分还都是右翼分子，所以用一个日耳曼神来命名自己的拳馆，也就不难理解了。如果一切都能如我所愿，我肯定不会让任何一个光头党①进入这里，可谁让我是一个没有话语权的打杂的呢。调整设备、排序重量、跑来跑去擦掉那些留在各处的汗渍和血迹……除此之外，还会接到很多莫名其妙的指令。我在这里工作已经5年了，因为没有珍惜学校给我的第二次机会而被开除，从那时起，我就一直做这份工作。我看到的、听到的都是关于这里的，所以除了这里，我不知道生活中还应该有其他什么东西。生活平淡，波澜不惊。阿克塞尔伯父总让我去做自己的事情，我有能力去任何我想去的地方

① 光头党指崇上纳粹精神，比较暴力，有种族歧视的一群人。

工作，也可以自给自足。

不过现在，我还在拳击场的角落里核对护具，然后把它们绑紧。我们这有一个标准拳台和两个小型拳台。

“早啊，海科。”

高尔那梳着马尾辫、留着络腮胡的头从围绳中间伸过来，布满骷髅头的双手紧紧抓着绳子——那些骷髅都是他自己文的，所以都没花钱。他是一名车手，是汉诺威天使摩托车俱乐部的成员，同时也是这个俱乐部的文身师，不过我们也会去找他文身。当然，他不会在俱乐部给我文身，所以地点大多是在他家厨房的餐桌上，另外他也曾在拳馆的更衣室里给我文过身。因为他得在俱乐部工作，所以除了这里、其他几个俱乐部和酒吧的人，他没有别的顾客。高尔的主要客户群体还是摩托车俱乐部的人。有些事情我不会做，但是我也不会去随意评判别人该不该做。

我用力地打了一个结，然后从围绳中钻了过去，坐到场地的角落里。我们握了握手。我很喜欢高尔，因为他是一个百分之百正直的人，而且嘴很严。不过我可不想欠他任何东西，找他文过两次后，我就从交谈中无意得知他还给那些不能支付文身费用的人免费文身。

“最近怎么样？”我问。

“对付过吧。”我点头。“嘿，今天你伯父跟你说了吧？”

“什么，怎么了？”

“一会儿我们要用几分钟更衣室。阿克塞尔没空，但是他说你能给我们开门。”

“没问题。”

“得麻烦你给我们守一会儿，我们在里面的时候别让外人来打扰。用不了多久，也就 15 分钟吧。我们可以从后面绕进去，然后你再把门锁上，这样大厅里的人就不会想进入那个锁着的房间了。”

“没问题！”

“好人！那我就先闪了，我得打几个电话。”

这个空当，我翻阅了一下我的脸书（Facebook），觉得没什么意思，就通过玄关到后门入口处去抽烟了。阿克塞尔伯父办公室的门一直关着，而他一次都没出来过。

过了一会儿，我又转了回来，继续吞云吐雾。这时候高尔和另外两个人来了，后面跟着一辆不知道什么牌子的货车，从里面下来了四个长得像斗牛犬也不知道是土耳其人还是阿拉伯人的家伙，其中一个人还使劲儿地拉着两个很敦实的皮箱子。

高尔和他的同伴朝我点点头。我从折叠椅上起来，用鞋底踝着烟头，这时候四人中的其中一人站在了我的面前。

“他是谁？”

我本想告诉他这跟他没关系，可高尔却抢先一步说：“在这工作的，我朋友。”

我带着他们进入一条走廊，那里有 4 扇门，阿克塞尔伯父的办公室在右面，往左依次是储藏室、更衣室的后门入口、走廊尽头拳馆的入口。更衣室的门我提前就为他们打开了，等他们进去后，我就锁上了。随后我回到了拳馆的前厅，再次检查了一下更衣室的门锁是否锁好，然后就守在那里。

我不知道他们在那商量什么，也不想知道。不过他们可能会谈很久，所以最好拿把椅子来坐一会儿。

高个头的泰勒走了过来，肩膀搭着他的背包。他在我伯父那个年代就成了一个流氓了。这家伙比乌尔夫还要高一些，不过属于竹竿型，这跟强壮的乌尔夫是不同的。我不太认同泰勒的一些行事风格，他说话的时候总像是在挑衅，让人很不舒服。不过我们对有些事的看法倒是相同，比如战场上的策略主张。他跟我一样都受不了呕吐物，而且泰勒懂足球，他的常识也不限于20世纪90年代中期那一时间段，至今他还是汉诺威96足球俱乐部的忠实支持者。当然，我们都是，不过我们中的大部分人——不仅仅是汉诺威有这种情况——有时候都弄不明白，支持球队究竟是因为足球本身，还是因为它代表了自己的家乡。话又说回来，在最近跟科隆队的比赛中，泰勒的表现实在让人不敢苟同。

他想要从我身边过去，我立刻走过去伸手挡住他的去路。

“抱歉，现在不能去那边。”

“啊？为什么？”

“反正现在就是不行，再等一会儿吧。”

“海科，我得在一个小时内回去工作，所以让我赶紧换衣服，这样才能节省点时间。”

“现在不行。”

“为什么不行？”

“泰勒，我刚说了，现在不行，你再等一会儿。”

他用手揪着自己暗金色的头发，嘴里发出不耐烦的声音。紧接着，他一把推开我，伸手就去开更衣室的门，结果门没打开。

“去他妈的！”他又扭了扭门把手，然后朝着门里面喊，“谁在里面呢？开门！”

真他妈的白痴，我心里暗骂，一把推开了他。我听见门后面有金属咔嗒声，随后是高尔的声音：“海科？海科，是谁在那儿？”

泰勒看着我，眉头紧锁，鼻孔张得跟灯泡那么大。

“没事！”我回答，然后对泰勒说，“先离开这，到别的地方抽根烟。我会告诉你是怎么回事的。”

好在他最后还是明白了，自己不该再继续这种愚蠢的行为。他使劲儿地推开前门，然后走出去抽烟，不过眼睛却盯着我和更衣室。

几分钟后，有人敲门。我告诉他们我知道了，然后绕到后门，给他们打开了门。那四个家伙一句话都没说，甚至连看都没看我一眼，就上了车，发动之后拐了出去。

高尔和另外两个同伴这才从里面走了出来，身上还背着挺沉的背包。这两人的名字我知道，只是现在有点儿想不起来了。高尔一直站在我旁边，而那俩人则走到后面去了。

“到底是怎么回事？”高尔咬着牙说。我能感受到他在极力让自己保持冷静。

“不好意思。”我尽量化解这件事，“有人来了，想去更衣室换衣服。”

“让你在这就是不想发生这种事。好悬没把事情搞砸了。”

“抱歉，高尔，我尽力了。”

他盯着我的眼睛，似乎想从中发现我究竟说的是真话，还是因为我的疏忽才发生了那件事。

“好了，没关系。反正也没怎么样，大家都很好。”他拍了拍我的肩膀。然后，一阵机器的声响传来，他们开着车出了院子。我看见自己的 T 恤上留下了一个汗湿的手印，那是高尔留下的。

我走进更衣室，四下打量了一下，一切都像往常一样。我打开通往拳馆的正门，对还站在外面的泰勒挥挥手，让他进来，然后又回到了后门。我暗想，阿克塞尔伯父在不在呢？会不会正在他的老板椅上睡觉呢？我敲了两下，然后推开门。果然，他正在那张巨大的黑色皮椅上坐着，“怎么了，海科？”他尖声问道。这时，坐在他对面的两个光头党转过头面无表情地看向我，还有一个人则倾身对着办公桌，手里正拿着一根管子。从我的角度看，他是刚要直起身子结束刚刚的嗅闻动作。“我这正忙着，如果没什么重要的事儿的话……”眼前的场景让我有些发愣，以至于都忘了该去回答他的话，只是当我看到那些人的脸时，我觉得一定在哪里见过，只是想不起来了。

“呃，哦，没什么事。”我说，然后准备退回到走廊上去。

“哎，海科，等等。”阿克塞尔伯父一边说，一边喷出鼻孔里的东西，“过一会儿咱们谈谈跟科隆队的那场比赛，做个小总结。没问题吧？”他给我使了一个眼色，我只好稀里糊涂地点点头，然后说了一个“嗯”字，在那三个光头党迷醉的目光注视下退了出来，然后关上了门。

一

没用了。即便我还怀有期待，但是真的就这么完了，一切都很明显，我不会改变自己，她也不会。从我们开始这段关系的时候，我们就清楚地知道这一点。当然，别人不知道真相，但这就是真相。其实对我来说这也许是件好事。我和兄弟们正在学打下半场的技巧——就像别人说的——我不会让任何事情影响我，尤其是女人。可是，她偏偏不是一般的女人，她是伊冯啊。

起初我还傻乎乎地以为我们是天生一对儿，以为她也是需要自己空间的人。在遇到她之前，我甚至从来没想过这世界上会有一个人能跟我如此合拍。然而真相并非如此，已经超出了我的想象，老天简直就是在跟我开玩笑。相处了一段时间后，我就开始怀疑除我之外，在她这团火焰身边还有别的“拨火棍”。拨火棍，多么形象的词啊！轻轻松松就把人物关系解释得清清楚楚，我从来没觉得自己在遣词造句方面竟有如此天分。其实所谓内心的真实想法，不过就是个人的垃圾情绪，可是人们谈话的内容往往被这种东西主导了，而我还没准备好去应对这些。不过她说事情还没有糟糕到那种地步，只要我让她静一静，她就能搞定所有事。好吧，毕竟她也接受了不完美的我，我打架，还是个“足球流氓”，反正她是这么叫我的。

哎，生活真是一坨奇臭无比的屎。事情的结果竟然是她把我所有的衣服都扔到了客厅，还把门锁上了。整个过程，我甚至都没来得及用脚抵住门，叫她住手。她让我走，好吧，那我就走。我收拾收拾衣服，然后到厨房把那晚我们没吃完的晚餐全都给吃了。岂能她说让我走我就走？我可不想这么做。没准她还要再考虑一下，然后就从卧室里走出来呢。可惜，她没有。她永远不会那么做的。其实我早就该知道的，以往的经验告诉我，不论大事还是小事，但凡她做了决定就不会再改变。我走进客厅，打开电视，然后在沙发上坐了一会儿。猫在千方百计地调整最舒服的姿势，撕扯着沙发垫玩，我拍了拍这个小家伙，然后决定去收拾一下。我把盘子放进洗碗机里，小心地把她那些八卦杂志放到玻璃咖啡桌上。在浴室的水槽里清洗了备用的器具和注射器后，我把这些东西放回到原来的盒子里，最后再把盒子放到客厅柜子的抽屉里。其实我宁愿自己使劲儿地把盒子扔到墙上，不过为什么没这么做呢？那是因为我整理这些东西的时候脑子都是空白的，只是机械地做着这些。我拿好自己的东西，站在公寓门口，最后一次感受有伊冯的地方。随后，我关上身后的门，走下楼梯，指尖摩挲着包里的钥匙上的锯齿，它们仿佛告诉，我们这两年的相处最终被压缩成了这些小凸起。

一

凯开始学习了。尽管这意味着他得应付资产负债、人力资源管理和其他商业课程的期末考试，但他还是喜欢整天跟我泡在拳馆里，甚至开始在中午的时候喝酒。中午喝酒这环节我向来不参与，如果中间有什么事要我去做，也不至于耽误了。可现在什么事情都没有。凯的出现把我从之前那无聊的、只能整天听别人闲谈的生活中解救了出来。我们坐在前门旁边，抽烟喝酒。他给我看了几张墨西哥阿兹台克体育场的照片，那是他的终极梦想——能够一次性容纳 11 万人的超级体育馆。直到如今，它仍拥有 95 000 个座席。

“当然，不过那些座位，老兄，”我说，“够差劲儿的。”

“你是还没有意识到人们放松地让屁股坐在座位上的感觉，那才叫舒服。”他激动地大声说，一不小心把烟灰弄到他那双崭新的白色公鸡牌[1]鞋上。

“完蛋了！”

他舔舔手指，想要擦掉那些灰。忽然高尔回来了，跟我们打了声

① 法国公鸡（Le Coq Sportif）是法国的运动休闲服饰品牌。

招呼就进去了。我们看见他走到里面，找到了身高约一米九、从事保镖工作、一笑起来却像糖果店里的胖孩子的拉特兹，然后两个人一起走进了更衣室。

“要是拉特兹再多吃点牛鲨激素，他那肱二头肌早晚有一天得爆炸。”凯一边说一边傻乐。

我笑着推了他一把。

“不，那不过是虚张声势罢了。”

“你这么看？那我现在就去找拉特兹，告诉他你要跟他掰手腕，不会浪费很多时间的。啊哈，怎么样呀！”

他作势就要起来，仿佛下一秒真要去找人家似的。然而事实上，他又坐了回去，继续喝自己的啤酒。

“即使那个体育场非常棒，”我说，“不过我也怀疑，在那么大的场地上，有些气氛怕是会消失的。再说，谁会去那里比赛呢？”不等凯回答，我继续说：“不，凯尔特人和流浪者可以去。”我用食指指指他，“世界上最古老的、持续时间最久的德比。那是宗教冲突的地方。”

“不过那样的话，流浪者就得进入顶级联赛。”

“你又说对了。”

当我伯父突然打开门，冲我大声说话时，我的啤酒差点从手里滑落。“海科，你能进来一下吗？”

“他从哪冒出来的？”凯小声说，尽管此刻我伯父已经进去了。

我耸耸肩，一口喝光啤酒，然后把罐子扔给了凯。他伸手接住，放在一边。

去找阿克塞尔伯父的路上，我还想要不要问问那天那三个光头党在他办公室干什么。这个问题一直在我脑子里盘旋，却始终没有答案，并且我不觉得他们会跟阿克塞尔伯父有什么生意上的来往。正常来说，这种事情我是不关心的，但是如果跟拳馆有关，就另当别论了。

我推开阿克塞尔伯父办公室的门。

“喂喂喂，最近这人都不知道敲门了是吗？”

我赶紧道歉，顺手准备关门。

“不行。给我退出去，然后按照正确的步骤重新来一次。”

我心想，这是要我呢吧！不过我没吱声，只是按照他的要求退到门外，并把门关上。过了几秒后，我敲了敲门。“进！”我打开门，等到阿克塞尔伯父确定让我进去了，我才进门，关门，然后坐在椅子上。我就想看看，他搞这么幼稚的一出戏到底要干什么。

阿克塞尔伯父在办公桌上整理着文件，仿佛之前的事不曾发生。对于我在跟科隆队的比赛中表现出的良好组织能力，他给予了赞扬。不过在他看来，事情还可以更加完美，具体怎么个完美法他没说，但是对于第一次组织比赛的我来说，已经做得不错了。而且比赛也算是完美收官，在没有惊动警察的情况下，我们赢得了比赛，这就是胜利。

冠冕堂皇的话我并不喜欢，便急着想要打断他，问问关于那几个光头党的事情。结果他忽然说他为我感到骄傲，我差点以为自己听错了，但事实确实如此，他深深地吸了一口气，然后说：“你也知道，我不能再做这个了。很遗憾，即便不愿意，但是这一天总是要来的。我早就明白这个道理，我可没糊涂到以为自己能一直霸占这个位子。这行里有很多傻瓜都不看好未来的发展，但这不包括我。”他用指关节敲击着桌面，可能是对敲击木头这种动作有某种迷信。“海科，”他往前靠近，以至于桌子边缘都贴到了他的胸肌，“我们得开始做点什么了，为了汉诺威，要让它永远成为最负盛名的城市。从此，人们只知道汉诺威，让斯图加特、法兰克福、德累斯顿、马格德堡都见鬼去吧。”他握紧的双拳很快就因为血液澎湃而变得通红，那样子仿佛是一位身材壮硕的政党领导刚刚进行了一场励志演说。他往后坐了坐，拉开了跟桌子的距离，椅子发出来吱吱嘎嘎的声音。“我希望有一天我能把这一切都交给你，让你来管理这里，而不是让别人来坐享其成。要知道，别人没有的，而我们有的就是脑子，智慧。海科，”他的手指点了点自己血管鼓起的太阳穴，“脑子。”

这些话我都听进去了。阿克塞尔伯父以前从来不会说这些，因此他现在的表现实在有些奇怪，但我没有去深究这其中的原因。相反，我是实实在在地把这些话放在了心上，甚至还为了这份热情，或者是其他我不知道的情绪而激动不已。他说得对，我们真该做点什么了，我们要让全德国的人都明白，他们应该关注的不是别的，而是我们汉诺威。或许，他并不是那种糟糕的政客。

“听好了，我想要介绍一个人给你认识。我们开车去文斯托夫，到那拜访一位我的老朋友。从他身上，你会学到很多东西，我就跟他学了很多。怎么样？”

我又一次没张嘴说话，只是一边咧嘴笑一边点头，一副十足马屁精的样子。其实从内心来讲我并不想这样表现，我也不是那种人。事实上，我只是坐在那认真听他说话，并且也发自肺腑地高兴，结果看上去却有点像是在虚伪地讨好。

“那么你可以收工了。你的车停在文斯托夫火车站附近，对吧？”

再次，我只是点头。

“等结束了你的皇室会晤，不管你在忙什么，都得给我打个电话。”凯开玩笑说，而我则上了阿克塞尔伯父的豪华奥迪车。

我们以每小时200公里的速度行驶在高速公路上。阿克塞尔伯父的驾驶技术毋庸置疑，不过当车子驶进文斯托夫当地一家医院的停车场时，我脑子里就出现了一个巨大的红色问号——精神病院？我以为我们在外面等着就行了，没想到阿克塞尔伯父说他得去接他朋友出来。

“这样他也能呼吸一口新鲜空气了。”

我在一处木制凉亭里坐了下来，这是医院为方便人们在室外休息而设置的。

点燃第三根烟时，周围开始弥漫起泥土的味道，夏日的暴雨说来就来。起初雨量不大，一滴，两滴，但很快雨像断了线的珠子，不住地落到地面上。顷刻间，我被大雨笼罩了。我把烟头弹进已经积水的花坛里，这时医院正面的自动门开了，阿克塞尔伯父推着一个坐轮椅的人出来了。

雨没有丝毫减弱的意思，穿过雨幕我听到他说：“哇，哦哦，我们都湿透了。”他推着轮椅一路小跑，鹅卵石小路上留下一串声响。看上去轮椅上的人眼神没什么奇怪的，而且还是个大块头——绝对不比乌尔夫和拉特兹矮。我一见他就知道他是个十足的冰箱男，男人中的战斗机。嗯，更准确地说，他至少曾经是这样。现在的他骨瘦如柴，应该不会太老，我猜应该跟阿克塞尔伯父年纪差不多，只不过看上去不太好，有点显老，而且不是那种自然衰老的情况。但是，他的身形对那个标准尺寸的轮椅来说还是有点过于大了，所以给人的感觉就像是一个悲伤的小丑坐在童车里。特别是他的身体几乎隐没在那件膨胀的橙色夹克里，更是让人加深了这种印象。

他们渐渐走近我所在的凉亭，我这才能更清晰地观察他面颊凹陷的脸。那张脸上的皱纹，就像老旧的塑料瓶子，不管你怎么按摩，都无法抚平褶皱。突然，我对他有种似曾相识的感觉。我问我自己，是不是曾经在哪里见过他？可用尽全力仍是没有答案。他的脑袋异常的尖，脸上有些麻子，从他头上的发茬可以判断，他会定期理发，只是一撮一撮的剪得不太齐整。

阿克塞尔伯父把他推进凉亭里，我不知道该不该站起来，便坐着没动。

“迪尔克，这是我侄子，海科。”阿克塞尔伯父一字一句地介绍道，并且把每一个音节都讲得特别清楚，生怕对方听不懂。

迪尔克极其缓慢地把脸转向我，两边嘴角积聚着两窝晶亮的唾沫，让我忍不住有些恶心。他眼神涣散地看向我这边，两条眉毛粗得就像是纪录片里亚马孙丛林中肉乎乎的毛毛虫。

我跟他说了句“你好”，似有若无地挥了一下手，好似他并没有真的坐在我面前一样。

那幽灵般的眼神着实让人难受。要说我也不是没见过吓人的目光，不过他……真是让人如鲠在喉。

阿克塞尔伯父蹲在我们中间，这场景任谁见了，都会以为我们仨是个犯罪团伙在密谋什么勾当。他的手放在迪尔克那件褪色的夹克袖子上，袖子末端是一只长着粗糙黄色指甲的手，我这才注意到，那正是迪尔克的手背。顺着袖管看去，他的手臂更加糟糕，不仅是粗糙那么简单，黑色的带着硬壳的瘤状物在手臂上蔓延，恐怖极了。

“这是我侄子，海科。”阿克塞尔伯父又大声地说了一遍，“他非常优秀，是我们那最棒的。”我看了阿克塞尔伯父一眼，然后又将目光转向迪尔克，那双空洞的眼睛里仍没有一丝波澜。“他已经接受过很多考验了，他很能干，迪尔克。他是个好孩子。”阿克塞尔伯父贴近迪尔克的耳朵，声音丝毫没有减弱。迪尔克终于缓缓地点了点头，他的嘴巴像金鱼一样张了张。我希望自己点头表示赞同的时候不会像他这样，可我也明白绝对比这好不到哪儿去。

我伯父转向我，用正常的语气说：“我和迪尔克，我们曾经都是最棒的，一直都是第一梯队的人。知道吗？我们凭着领导能力，把一群散兵游勇变成了最具战斗力的队伍。要是没有迪尔克，我肯定做不成那些事。”他低头沉思了几秒，然后又对我说：“就有点儿像你和凯的关系，迪尔克和我，我们总是密不可分的，是好兄弟。”

“我明白。”

“迪尔克，咱们都不年轻了，是吧？”阿克塞尔伯父并没期待能够得到回应。我们只是坐在这里，仿佛可以无休止地持续下去。“有时候得学着放手，是吧？每当这时候我就想到海科，我的侄子，所有人中最棒的！”他的手在我们仨之间来回指点。我尴尬地看向别处。雨停了，花瓣上的水滴滑落进泥土里。一只浅黄色的蝴蝶从木制凉亭上飞过，我盯着它看，直到目光被前方的两个“重骑兵”给阻挡住了。

“不过，如果没有迪尔克的祝福什么都不会成功。对吧？你会祝福他，是不是迪尔克？”阿克塞尔伯父在他耳边郑重地说。我发现我伯父的声音都颤抖了，因为不是太明显，所以很容易被人忽略。迪尔克随着阿克塞尔伯父的声音转过脸，动作缓慢得就像是在播放慢镜头，夹克衫底下的黑色疤痕从衣领处延伸到脖子。

“你会的，对不？”

阿克塞尔伯父有些不耐烦了。我压下想要点燃一根香烟的冲动。就在这时，他有反应了。他点了头，金鱼一样的嘴巴里吐出了两个字：“好的。”随之而来的，是嘴角上拉成了丝的口水。

这对阿克塞尔伯父来说已经足够了：“我很高兴。好了，这场雨下得可把我们冻坏了。我现在送你回屋，反正你继续在这也做不了什么。跟他说再见，海科。”

我说了句再见，然后看着他们两个离开。等到阿克塞尔伯父推着迪尔克走上通往主楼的小路时，我才拿出烟盒准备抽一根，突然迪尔克尖叫起来。起初我并没有意识到是他在叫，不过那绝对不是阿克塞尔伯父的声音，所以除了他就没别人了。我听到他用猫叫春一般的声音唱着歌，而且完全不在调上，最后那歌声消失在那栋楼的大门中。也许他是想在奥什维茨和曼海姆之间建造一条铁路吧。我心里忽然一阵难受，忍不住用手撑着额头，然后弯腰呕吐不止。

一

吃完饭，我陪伊冯走到她的车旁，她到上晚班的时间了。“很高兴终于见到你了，”分别的时候曼努埃拉瞟了我一眼，对伊冯说，“我还以为我都没机会认识你了呢。海科是个难搞的家伙，总喜欢藏着掖着。”

伊冯笑了笑，对这个玩笑不置可否，只是对自己穿着工作服来吃饭这件事再三表示歉意：“在医院的时候没机会换衣服，因为护士的更衣室当时正在维修。”

曼努埃拉一副非常大方的样子，微笑着摇头，那对长长的耳环晃来晃去，让她看上去比实际年龄老了 10 岁。

“没关系的。我们可不希望你来回折腾。我知道在医院工作是一件很不容易的事情。”说完她回到露台，帮助安德烈亚斯和他父母整理餐桌。月色下，达米安正在花园里踢足球——我送他的生日礼物，那是我千辛万苦从网上淘来的 1998 年世界杯法国队的比赛足球，这可是最好的球。

我吻了吻伊冯白皙的额头，目送她上了那辆福特车。又一次，她整晚都没吃什么东西。

我想在露台上再抽一根烟。

“海科！”曼努埃拉说，“你能不在达米安跟前抽那么多烟吗？”

我收起烟盒。

“可他在那边玩球呢。”我指着我外甥反驳道，那孩子离我至少 5 米远。

“但是烟会被吹到那边。”

根本就是不可能的事情。从树枝飘动的姿态就能发现，风向根本就是反向的。而且，就算是顺风也不可能把烟吹到那边去，我们可是在室外呀。“真矫情。”我心里嘀咕着。

“而且我也不希望你给他树立坏榜样。如果他看见舅舅抽烟，那么他也可能效仿。”

“他才 6 岁。”

“海科，拜托了。”安德烈亚斯插嘴道。

我只好走到达米安看不见的角落，倚着墙蹲下，悄悄地点燃香烟。好在这样的夜晚终于要结束了。一切都归于平静，这很好。

对我来说，这顿饭简直让人吃得生无可恋。唯一让人开心的是达米安滔滔不绝的话语。他讲述着一年级的生活，他的好朋友，以及诸如此类的话题。安德烈亚斯和他父亲面对面坐着，两人都穿着花格子衬衫，看上去根本不像父子，反倒像是无性繁殖的一对克隆人。他们之间如同商业谈判式的对话让人难受得开始怀疑人生。曼努埃拉也好不到哪里去，只要逮到机会就使劲儿地称赞安德烈亚斯做的沙拉。不过我得承认，这一点安德烈亚斯的确比曼努埃拉强——那些食物的确不错，而且我这个姐姐就算拼了命也做不出美味的食物！不过话又说回来，既然不是吃烧烤，当真没必要在室外用餐。

汉斯的位置本来在伊冯的对面，不过那位置始终都空着。于是吃饭的时候米尔只能一个人安静地微笑着坐在那里。在这之前，我爸爸让她盛了一些食物送到客厅里，因为他要一边看电视一边吃。我从露台这边通过窗户看见电视的蓝光映在他的脸上，随后又消失了。

我听到来自屋里的声音，这才意识到自己竟然坐在了厨房窗户下。安德烈亚斯和曼努埃拉正在说话，听上去他们正在把碗碟放进洗碗机。接着，安德烈亚斯的父母也去帮忙了。

“我们该走了，明天我要起早离开呢。”安德烈亚斯的父亲说。

曼努埃拉和安德烈亚斯向他们郑重地表示了感谢，为他们的到来，为他们送给达米安的礼物……天哪，这么啰里啰唆，没完没了的，什么时候才能说“再见”啊？终于，安德烈亚斯把他的父母送到了门口。曼努埃拉也停止了洗碗，厨房里这才安静了下来。忽然，她啜泣的声音传来，并伴随着吸鼻涕的声音。安静了一会儿，她又开始了。为了不出声，她好像还用手捂住了嘴巴。我一动没动，所以她根本不知道这一切都被我不小心听到了。

这时安德烈亚斯回来了。

“亲爱的，你……”话还没说完，他就意识到她哭了。厨房再次安静下来。几分钟后，我才意识到，他竟然把我姐姐一个人留在这里，自己却转身走了。我不由自主地贴着窗边站起来，没让曼努埃拉看见我的脸，问道：“怎么了？”

对于我的突然出现，她似乎并不意外。

“海科，有时候我真是控制不住。”

我正准备问这话是什么意思，她就接着说："看看安德烈亚斯的父母，再看看我们。为什么爸爸就不能上桌吃饭呢？还有妈妈……"听到这些，我忍不住紧咬牙关，以至于下颌都隐隐作痛。"海科，我恨妈妈。我恨她的逃离，恨她根本不在乎我们。"我多想告诉她，我和她的感觉是一样的。那根本不是一个家，至少从我记事开始就不是了。我想告诉曼努埃拉，她是我的姐姐，我们血浓于水。可即便事实如此，话到嘴边我却无论如何都说不出来。那一刻，哪怕我能说出点别的话也好啊，偏偏我一个字都想不到。后来米尔端着剩余的脏盘子过来了，我们只好转移话题。

我又回到角落里，膝盖软得像海绵一样。达米安在草地上叫我，问我能不能在他睡觉前再陪他踢一会儿球。我答应了。

安德烈亚斯坐在野餐桌边，脸上有些红色的污渍，看起来跟他整洁的外表十分不搭调。他看了我一眼，然后喝了一大口他专属的不含酒精的啤酒，接着又挑眉看我。我从他身边大步走过，一个字也没跟他说。

一

一周快要过去了，无论如何我都得去喂喂鸽子。它们基本属于散养的，所以应该不会笨到连点吃喝都找不到吧。不过，快一周了，我有必要去确定一下一切都处于良好状态，再说我也担心它们会在鸽笼里拉满屎。另外汉斯也不在那，用曼努埃拉的话说，他去休养了，这样至少能保证我也不会跟他有交集。

我把车停在离家不远的路边。要是我开车到家门口，米尔一定会发现来自我车灯的光线，我可不想这样。虽然我不确定到时候她是否会让我进去坐坐，但可以肯定的是，她一定会出来跟我打招呼，然后我们两个就得面面相觑地站着，谁也不知道该说点什么，太尴尬了。那不如直接把这种事情扼杀在摇篮中。

从房前往里看，屋子里一片漆黑。不过要是她从厨房往外看呢？如果那样的话，我可就真的没办法了。不过，没准她在客厅里，或者已经睡觉了，那可就太好了。抱着侥幸心理，我小心地走在鸽笼和栅栏之间的过道上。这以前是条小路，连着私人车道和花园。如今这里长满了一米多高的野草，从鸽笼的墙边一直长到屋顶的排水管附近。因为杂草里大多是会刺人的荨麻和蓟，所以聪明如我，即便日落之后天气仍然很热，也要穿上长裤。在酷热的高温下，这些植物在夜晚都蔫头耷脑，等到第二天早上又会挺立起来。

花园环绕着房子的一侧，另一边是邻居家的地方，而鸽笼就紧挨着中间的过道。整个花园是一片长 20 米的矩形地带，从长满了高草的状态看，汉斯应该好几个月没有除草了——以后应该也不可能了，要想进去只能拿把镰刀才行。这里唯一一处被踩平的地方位于露台、鸽笼和房子之间，一条浇花用的水管还连在水龙头上。

我费劲地穿过齐腰高的草地，感觉腿一直被它们牵绊着。厨房那边没有光透过来，还好明月当空，所以即便没有手电筒我也能看得见。隐约间，鸽笼就像一间巨大的黑色拷问室——能锁住人，让人窒息的那种。特别是鸽子发出的咕咕声，更让人觉得这是个拷问室无疑了。说起来，我现在的表现真够蠢的！但愿邻居没有看见此刻鬼鬼祟祟的我，不然一定误会我是小偷而去报警。

突然，我前方的草丛发出窸窸窣窣的响声，好像有什么东西从里面跑过。草丛瞬间出现一道凹陷，但很快又恢复了平静。我看见一只猫跑到花园边上，一跃跳上篱笆墙，然后停下来回头看了我一眼。转眼工夫，它又跳到另一边，继而消失不见了。“脏玩意！”我低语道，尽管不相信“猫是厄运的兆头”的谣言，但是此刻看到它我还是忍不住觉得这不是个好兆头。我想到露台那边去，因为我觉得装鸽子食的桶应该在那里，结果脚下不知道踩了什么，发出一阵声响。我抬起脚，发现上面沾了一些黑色的污渍。

“真倒霉，不会吧。”我咒骂着，我想我一定是踩到屎了。一股难闻的气味窜进我的鼻子，不过那并不是屎味儿，应该是什么东西腐烂了。我瞟了一眼厨房，那里依旧漆黑一片。我这才小心地拿出手机照亮，想看看那一坨到底是什么东西。

“到底是个什么鬼？”我弯着腰，努力地让自己看清到底踩到了什么东西。这一看不要紧，我差点把手机给扔出去，竟然是一只死鼹鼠，而且肠子都被我给踩出来了。

“倒霉……”刚说两个字，我就不得不闭嘴，由于刚才过度惊讶，以至于我深吸了一口气，那味道真是让人受不了。我迅速地从草丛里跳开，跑到鸽笼附近的平地上吐了几口唾沫，又在院里的石板上刮了刮鞋底，可小鼹鼠的肉还粘在鞋底上。

我小声抱怨姐姐和爸爸，不过最大的错误是我竟然接受了这个任务，但是现在说这个又有什么用呢？我已经在这里了不是吗？而且我也不想让鸽子们待在粪便堆里，或是因为细菌丛生的环境而染上什么病。毕竟鸽子是无辜的。

最终，我在露台附近找到了食桶。我双手叉腰，深呼吸了两下，然后在心里默默地给自己打气，这才鼓足勇气去打开鸽笼的门。

所有的鸽子都用那小豆子一样无神的眼睛看着我。我觉得自己像个孩子，前所未有地竟然在鸽子的注视下紧张起来。一瞬间，彼此都陷入寂静，仿佛它们都在筹谋着什么。我努力地不去胡思乱想，只是让目光横扫过去——所有的鸽子都老老实实地蹲在自己的位置上，没有任何一个再发出咕咕的声音。我用手机的光亮照着它们，这时我才意识到自己犯了一个多么严重的错误：鸽子都在里面的时候，我怎么去清理呢？周围也没有任何能够替换用的旧报纸。我真是个白痴。

“啊，完全可以过些天再来。”我自言自语道，确定鸽笼里并没有到处都是粪便，我弯下腰去拿装水和食物的盘子，结果又犯了另一个错误。我看见对面墙上的斑点，非常恶心的斑点。好一会儿，我都像被冰冻住了一样，一动不动。我多希望自己能靠着内力把盘子转移出来，可我没有。我往鸽子食里兑一些水，是干是稀我也管不了那么多了，我只想赶快把这件事做完。装好了食物，终于能把桶放下了。

接着，我走到鸽笼边，把换过水的盘子放回笼子里，然后关上门。给门上闩的时候，生锈的门闩让我费了些力气，结果上面的木头框架老化掉渣了，根本锁不上，气得我直接把门摔了，留下装食物的桶在鸽笼里一走了之。我再也不想回忆起刚才那些画面，闷着头迈着大步从草丛里走过。花花草草粘在我牛仔裤上都无所谓了，我只想快点走，以至于我都能听到自己扑通扑通的心跳声。直到后来坐进自己的车里，我的情绪才渐渐平静下来。

一

那个周末，在蒂姆肯观看德甲联赛的时候，我们像往年一样讨论着该轮到谁去买花环了。也如往年一样，我们都忘记了上一年是谁买的。我觉得应该是我，可惜没有证据，所以这周我跟一个熟悉的花店订了绿色、白色和黑色的花环。尽管汉诺威 96 俱乐部重返赛场后一直被认为是红色的，但是那些颜色才是他们的官方代表色。我在车站拉上了凯，然后一起开车去卢特。准确地说，是小镇边缘的墓地，位置大概就在卢特和文斯托夫之间。

我们到的时候，乔乔和乌尔夫已经在门口等着了。大家彼此打了招呼后，我从后备箱里拿出了属于汉诺威 96 俱乐部颜色的花环。

“你怎么穿得这么有想象力？”乌尔夫从头到脚把凯打量了一遍，问道。这家伙上身穿着一件黑色紧身衬衫，卷起了袖子，下身则是黑色裤子和黑色鞋子。

“你的评价太没新意。海科刚刚在车上已经说过了。”

“他不会被就地埋葬了吧？”乌尔夫开着玩笑。

“你来纪念死去的朋友，就应该打扮一下。我说的对吧，乔乔？”

我们转头朝乔乔看去。他站在一边，手遮在眼睛上方，正眺望着草地和天空。

“那边有什么情况？”凯一边问一边顺着同样的方向张望。这个月以来，一直都是闷热的雷雨天，很少有凉爽的时候。高温让人不得不每天换 3 次衣服，不然就得忍受汗湿的痛苦。

“那些鞋还挂在那儿！”乔乔目不转睛地说。

我们也朝那边望去。那种情况下，只有极尽目力才能勉强看清悬挂在烈日下的鞋子。

“简直难以置信。”凯说。我们在墓园边站成一排，齐齐地把手遮在眼睛上方，“它们竟然还在！”

“差不多 10 年了。”我说。

“竟然没有掉下来。”乌尔夫补充道。

“也没人把它们拿走。”

“都过了 10 年了啊。”乔乔自言自语道，仿佛只是对自己感叹一下时光的匆匆。

我跪下来，把新的花环放到约珥的墓碑前。此时，太阳退到了云层后面，远处传来吱吱嘎嘎的声音。我回到朋友们的行列，跟大家一样，把手臂垂到两边，默哀。

即使过了 10 年，我仍然不习惯像这样站在这里，我想这种感觉永远都不会变。一个弧形的石头就代替了一个埋葬在地下将近 2 米深的人，这感觉真的很奇怪。我凝视着墓碑，感觉自己的手心沁满了汗水。约珥 · 赛德尔，从出生到离世仅仅 17 年的时间，只有短短的 17

年啊。其实，只有每次我们来墓地纪念他的时候，我才能够清醒地意识到约珥去世多久了。我们每来一次，他就死去一次。因为平日里，我总觉得他随时都会打来电话，会跟乔乔一起来，又或者我们还能去训练场看他，然后像往常一样对他精湛的球技进行一番称赞。他就像贝恩德 · 施奈德，像安斯格 · 布林克曼，巴西白种人……我的偶像！约珥 · 赛德尔，他就是巴西白种人，来自卢特的控球机器。可此时此刻，在墓园里，他的形象却在我眼前消失了。

我们所有人都沉默着，也许别人不会像我们这样，面对亡友他们大多会在墓碑前滔滔不绝地说一些话，就像演讲一样抒发自己的缅怀之情。我们也会，但不是在这里。当我们走进墓园大门的时候，脑子就已经不会思考了，我们不敢提及任何往事。所以，我们只能站在这里，像在球门前阻拦任意球那样双手交握在裆前。说起来，约珥的任意球踢得多棒啊——明明看着是直射，可球竟然能够转个弯进入球门，简直就是下萨克森的罗伯托 · 卡洛斯。对于他的往事，我能说出来很多，但是没来由地，我就是不想说。所以我只好站在那儿，难受地看着周围的一切。

凯和乌尔夫率先离开并走到了主路上，我瞬间感觉自己就要解脱了。此时此刻说“解脱”二字似乎有些残忍，但是我真的不想用这种方式来表达自己的哀思，对我来说站在这里简直就像是在受刑。我偷偷看了乔乔一眼，他仍沉默地站在那里一动不动。可上半身却因为轻微的颤抖而变得有些奇怪，那样子就像是在不停地打嗝。我看向他的脸，发现他眼中满是悲伤，嘴唇也因为隐忍着痛苦而颤抖。我受不了这种场面，转身走了，留下他单独陪着他的小兄弟。

我们几个都双手搭在髋部站在墓园的中央，或是看着地面，或是仰望天空，希望借此来缓解心中的悲伤。可糟糕的是，这只是一个开始。我们耐着性子等着乔乔，他还需要一些时间。其实我们之间不过几米的距离，但是等他往回走的过程竟是那么漫长。他用力地深呼吸了一下，我拍了拍他的肩头，希望能够让他得到安慰。

“那么，好了。”他清了清喉咙说，然后拿着我们刚来时他放下的那束花，带着我们走向下一排墓碑。

在此之前我们谁都没想到事情会是这样的，大家都不知道乔乔和约珥的父亲的墓碑竟然也在这里。

那是一块挺大的墓碑，上面刻着“迪特尔 · 赛德尔”的名字，旁边还有他妈妈的名字。难道露丝，也就是乔乔的妈妈每天都会到这里来吗？如果是的话，那么每次到自己儿子和丈夫的墓碑前，她都会看到墓碑上那个属于自己的空位置！这种感觉真有点恐怖。乔乔放好了花，在那蹲了一会儿，然后跟我们要打火机。凯把自己的给了他，原来乔乔是想把墓碑周围那些已经熄灭的祭祀蜡烛重新点燃。他重新规整了蜡烛的位置，倾斜着拿着蜡烛，用打火机点燃后，再把它们放到原来的位置。为了表示对逝者的尊重，乔乔都是用双手做的这些事情，这比用一只手做更加虔诚。就像在握手的时候，如果一个人双手去握，那么一定说明他很重视对方。

乌云慢慢地笼罩在我们头顶上空，雷声也越加频繁起来。我对乌尔夫使了一个眼色，让他注意一下天气，结果他却低头看向地面。

终于，我率先离开了墓碑，要知道迈出第一步可是需要巨大勇气的。我不想让自己看上去是急于把一切都抛在身后，但我也不能把这个担子丢给凯和乌尔夫。我往回退了两步，然后迅速转身，任凭脚下的石头发出细碎的声响，依旧朝着墓园的大门走去。在等待乔乔回来的空当，我只有用抽烟来打发时间。

我们那天晚上计划去赌场。上车的时候，凯就说花些钱有助于释放心情，而新手首先要做的就是摩擦自己的脸。

在超市买了一些罐头和冷冻比萨，我们便开车往家的方向走。大家渐渐从悲伤的情绪中脱离出来，这是必然的。这时，凯对我们说，为了让大家的情绪高涨起来，他晚一些时候会给我们介绍一些刺激的东西，而且保证我们到时候会激动地尖叫起来。不过现在他不能透露具体情况。

“再等等，小伙子们。我想把我的新发现介绍给你们，它简直棒极了！”我们坐在大富翁赌场的酒吧里，这里以前是一个超市，一家蒙古自助餐厅就在它的前面。为了找点新鲜事寻开心，我们喝的是传统的古龙水啤酒，就是瓶子特别小的那种。虽然是夜里，但是对赌场来说，现在时间还早，所以即使墙上的机器一直发出声响和闪光，可玩的人并不多。成排的灯光把赌场分成红色和蓝色两个区域，在没有光的地方，几乎看不见任何东西。这种情况下，要想辨别一个人是不是新手，只要看他做的第一件事是不是摩擦脸就行了。

乔乔是在我们之后才进来的，大家连忙挥手招呼。没想到这家伙竟然点了一杯咖啡，天哪，这可是赌场，他这种行为简直太怪异了。

“咖啡？你不是有毛病吧？”凯问，我赶紧撞了一下他的胳膊，让他离乔乔远点儿。我也往后靠了靠，这才看清了坐在凯右边的乔乔，便问：“你跟乌尔夫是在哪里分开的？”

“他回家了，萨斯基亚有事找他。谁知道是怎么回事？”

“好，不错！”凯重重地拍了一下吧台，导致女服务生对他怒目而视。凯不以为意，还贱兮兮地朝人家飞吻。“我发现了超级棒的东西。你们知道的，吃独食不是我的性格。”

“不管是什么，你有屁就快放！别惹我了，凯。”

“行行行，知道了。”

他举起手，表示自己屈服在了对方的淫威之下。随后，他拿出手机进入脸书页面。起初他整张脸都几乎贴在手机上，但很快又贼兮兮地拉回了身体。

“靠过来，哎，再靠近一些。”他小声地对我们说。

我们听话地贴了过去。

“别这么近，乔乔，你喘气都是咖啡味。”

“滚蛋吧你！”

“快点吧！要不你赶紧给我们看看你找到的人，要不我就去赌博机那赌钱了。”

凯像鲨鱼一样咧开嘴，咯咯咯地笑了。

“还真是个人，不过跟你们想的不一样。”

他在搜索栏中输入了一个我不知道的名字，很快一个个人页面出现了，里面还有一张侧脸照片。

“这是啥？随便找个人？”我说。

“哦，海科，别这样。”他摇着头，做出一副受辱的样子，“你再好好看看！”

“我猜应该是……”好吧，我终于看明白了，“好了，知道了，是个来自布伦瑞克的人。”

凯呻吟道：“哥们，难道我得把手机塞进你眼睛里你才能看清楚吗？你可别说你看他不眼熟。”

我又看了看这张侧脸照，是个金发碧眼的白人，留着偏分短发，露出一副瘾君子的傻笑，脖子上还有令人作呕的疣。我认出他了，是布伦瑞克的一个小混混。

“哦！是他！”我闪到一边。

“让我看看。”乔乔说，凯把手机递给了他。

“这是什么意思？你是哪一边的？你这个叛徒！你是从什么时候变心的？”

“别逗我了。”凯笑着说，“不不。是我在那个肮脏小镇的一个同学。我以前在脸书上跟他聊过一会儿，我顺便查看了一下他的好友，心想也许会有一些辣妹什么的，结果我就看到了他那张丑恶的嘴脸。不过最有趣的是，典型的布伦瑞克，他竟然蠢到不将自己的个人资料保密。他完全不懂这些。”

“是呀，就你懂得多。”我说。

“闭嘴好吗，朋友。不管怎么说，他才是那个不停上传照片，生怕别人不知道他在哪喝了酒做了什么事情的人。这就是他和朋友沟通的方式。”

乔乔还回了手机，说道：“你的意思不会是……”

“没错，我亲爱的沃森。”凯急切地打断乔乔的话，“我就是那个意思。”

他看了看我，又看了看乔乔，兴奋地咧嘴笑起来。

“你们怎么看？我们是不是该给这个白痴上一堂数据管理课？”

我用手指夹住鼻翼，龇着牙吸了一口气，说道：“直说了吧，你想去布伦瑞克收拾那家伙，对吗？”

“聪明，全都说到点子上了。”

我从托盘里拿了一瓶啤酒，然后走到墙边的赌博机旁。

“怎么样啊？”凯问。我又朝他们转过身。

“你大概想知道，要给这件事找个什么样的名头才能让阿克塞尔伯父同意吧。告诉你吧，他会狠狠地收拾我们，狠狠地踢我们的屁股，然后咱们还得给人家擦掉靴子上的屎。”

我坐到赌博机前，摇着头，一边自言自语地骂凯是个白痴，一边放下啤酒。不过他并没有就此放弃，反而还朝我走过来。

“兄弟，这件事不需要阿克塞尔知道，咱们4个就够了，不，3个就够了，没必要非得找乌尔夫那个老家伙。”

我再一次摇了摇头，然后往换币机里投了一些零钱。凯抓住我的手，非得让我看他。这一次他竟然前所未有地正经起来。

“你也总说那些老家伙很无聊，他们做事毫无新意。兄弟，现在鼓起勇气吧，把握住这个机会。如果进展顺利，这是一定的，到时候所有人谈论的话题都将是汉诺威。这样一来，就算你伯父也不会把我们怎么样了，是不是？”

我挣脱开来，不想回答他的问题：“凯，我不知道。我感觉这件事没那么简单。”

“你！”他大叫道，“是你告诉我阿克塞尔之所以把你带到疯人院，去见那个让人难以忍受的瘾君子，是因为他想有朝一日让你成为领袖。这难道不是一个展现你领导能力的机会吗？证明你可以掌握一切，承担起这个责任好不好？用你的方式，海科，不行吗？”

在凯暴风骤雨般的游说下，我迅速低下头，努力让自己沉迷于赌博中。

“行了，至少让我先玩一局。”我说。

一

我清晰地记得当时我们都懒洋洋地躺在大沙发里，百无聊赖地转换着电视频道。后来在一个新闻频道看到了一场正在直播的追悼会，那个人潮拥挤的地方正是汉诺威的一处教堂。

“看那里，是希弗斯。”正站在露台门口抽烟的凯说道。罗伯特·恩克自杀身亡后，从昨天开始乔乔就不再说话了，这让我感到很恐怖。

“行了，关了吧！”乌尔夫说，“遥控器在谁那呢？”

我们几个赶紧在沙发缝里摸索寻找，结果竟然是乔乔伸手关掉了电视。他就那么定定地看着已经黑了的屏幕，双手叠放在膝盖上，右手里还拿着遥控器。看了乔乔一眼后，我和乌尔夫彼此交换了一个眼神。

“咱们去那里吧。”

乌尔夫神情紧张，却说出了我的心里话。他问乔乔可不可以，“当然，”他说，“恩克是全世界最棒的，整件事就是一个巨大的悲剧，我也超级想哭。可是你们觉得这样有意义吗？”

“说得对。”乔乔说着朝我们转过身。

这个过程中，凯离开露台去熄灭香烟，但是大家的话他都听到了。进屋后，他拍了拍手，说道："好了，我们现在就去吧！"

乔乔转过身，自从这两天进入机器人般的慢动作状态后，这是他头一次反应这么快。不像我和乌尔夫，在回望乔乔的凝视时，凯显得要轻松一些，他挑着眉毛朝乔乔微笑。我站在一旁，看到乔乔也笑了。就像过去很多次，我都问自己，他是怎么做到让别人给予他这种回应的呢？这就是凯的个人魅力，尽管"魅力"这个词有点娘娘腔，但是真的很适合他。这家伙就是一个绝对有魅力的人，就连他那自以为是的大嗓门，从某种程度来说也是挺招人喜欢的。

乌尔夫和我也没办法说不去，只好上了他那辆保姆车。这辆车是乌尔夫买房之前买的，如今里面已经没有任何年轻气盛的气息了。其实只要见识了他的所作所为，就能知道他如今的奶爸作风全都源自咖啡杯上那些写着诸如"世界上最好的爸爸"这类话语的标签。就这样，我们开着保姆车离开郊区进了城，然后停在了火车站的停车场里。我和凯想在车站买些啤酒，在收银台付款的时候，我们看见乌尔夫和乔乔站在商店前，乔乔还轮流地晃动着自己的两条腿——我曾经见过他做这种示范。在我们经过车站和骏马雕塑前的广场后，大家情绪发生了微妙的变化。这种变化来自那些推着购物车从我们身边经过的人，他们压根就不关注这座城市在发生着什么事。而克罗普克广场上人山人海，大家几乎都带着小小的红色领巾，很多人全副武装——身着队服，头戴帽子，手中拿着条幅和旗帜，都是汉诺威 96 俱乐部的，还有一些人手捧鲜花和蜡烛。这让人感觉很不真实，我几乎没经历过这种事情。眼前的一切就像是一场由汉诺威 96 俱乐部球迷参与的快闪相亲会，于无声中紧张地期待着这场约会。这是典型的汉诺威做派，偶尔就会在克罗普克大钟或者站前雕塑处遇到。

“我去去就来。”乔乔一边说一边拿出钱包。

“他现在能去干什么？”我问。

只见他穿过悲伤的人群，在一个街边小贩的跟前停下脚步。

“不会吧！”乌尔夫说。

“这也行啊？”我说。让我惊讶的可不是乔乔，而是那个公然向哀悼者兜售蜡烛的商贩，简直就是发灾难财啊。

“老兄！”忍不住了，甚至已经感受到愤怒都汇聚到我的拳头上，“我真想过去教训教训那个混蛋。”

即便那个家伙很欠揍，但是乌尔夫还是劝我别在这时候去修理他。所以我牢牢地记住了对方的长相，如果日后再在街上遇见，我绝对不会放过他。

乔乔用足以购置一个定制葬礼花圈的价格买回了四只红色蜡烛。他把蜡烛分给我们几个，然后大家就地等着追悼游行的开始。我已经记不得我们是怎么找到队伍的，当时好像所有汉诺威的人都知道，也许当时所有报纸杂志、街头巷尾谈论的都是这件事。

游行很快就开始了，由汉诺威 96 俱乐部的支持者们聚集而成的庞大人潮，缓缓经过整座城市。我们跟在人群后面，乔乔像其他哀悼者一样，静静地走在我们前面，但是不知怎的，我总是难以融入那种状态，只是漫无目的跟着乌尔夫和凯走着。乔乔竟然能沉浸在那种巨大的悲痛当中，这的确让我很意外。当然这本身没什么问题，但是我无法让自己像乔乔那样一直绷着神经。一路上我都在想着乔乔当时究竟是什么状态。

当大家从下萨克森体育场北门进去的时候，我看到球迷店还开着，那种感觉与以往很不同。因为人太多，想要在不碰到前边人后背的前提下点上一根烟来抽，都是不可能的。这也是我不在火车站、帕塞雷尔购物中心以及购物一条街多作逗留的原因——到处都是人，大家摩肩接踵。另外那些极端的事情也不是我的风格，虽然站在看台上大喊大叫，疯狂豪饮的确很酷，但是当我发现人群中有很多青少年和狂热粉丝都看着不像好人后，那种热情更是大打折扣。我想那种激情从我童年之后就渐渐消散了。

为了让体育馆和看台都保持庄严肃穆，那里有一些像我伯父那样的人在维持秩序，也需要为了让这里更加商业化吧。尽管人们仍然叫这里为下萨克森体育场，但是几年前一家新公司买下了命名权，所以一些传统已经不在了。而且最重要的是，面对这些改变自己却无能为力，这种无力感就像你是人群中的老大哥，奈何周围都是一些娇生惯养的小弟，所以面对不公的时候，你的力量只能够维持在吵吵架抱怨几句的水平。

在我视线范围内，好多人都抱在一起痛哭流涕。然而这其中竟然还有一些媒体记者，我忍不住胃反酸嘴发苦，不由得伸手拉下外套上的帽子遮住脸，又把衣服上的拉链一路拉到下巴处。

此刻凯说出了我的心里话："那些人——那些媒体，真让人不舒服，搞得我好像犯了痔疮似的。"

这听上去像个笑话，不过此刻凯却丝毫没有轻浮的样子。他不仅也带上了连帽衫的帽子，还把帽绳抽紧，只把眼睛露了出来。

"乔乔。"乌尔夫呼唤着，并想伸手抓住他的肩膀。

一个敏捷的转身——他以为乌尔夫想让他回来。不过后来他只是把肩膀收回，说：“再等一会儿。”随后，他又缓缓地走进哀悼者的人群中。即使穿过人群，我们还是能辨认出他，毕竟他那时还留着很长的卷发，很有辨识度。可是过了一会儿，即便是乌尔夫那种站在人群中高得像一座灯塔似的人都看不见他了，我们自然更是如此。

所以不论乔乔要做什么，我们只能等着他回来。不过由于乌尔夫越等越烦躁，所以我们几个就先从人群中退了出来，站在罗伯特 · 恩克街继续等待——那时候那里还是亚瑟 · 门格海滨大道的一部分。在那里，我们能看到北曲线酒吧前面的大屏幕上正播放着恩克的录像。

“那是我们最好的门将。”乌尔夫交叉双臂，感叹道。

“你是说跟希弗斯在一起的时候吧。”凯说着也不管周围有没有人经过，就朝侧面吐了一口口水。

“当然。”我嘴里叼着烟头说，“希弗斯就是一头野兽，那时候他是最棒的，能够掌控一切。”我用两只手做出天平平衡的样子，“当然了，恩克也是。不仅如此，他还是德国最棒的门将。他冷静的时候仿佛周围没人存在，敏锐的时候又快得像超人。”

乌尔夫清了清嗓子，说：“除此之外，他也不是那种骄纵的人，相反，他总是给人以正能量。”

我们不约而同地点头。“好人”两个字出现在我的脑海中，嘴巴则不由自主地将这两个字从口中说出来。

“所以才这么伤心。”乌尔夫补充道。

后来乔乔终于回来找我们了，那时凯刚刚从北曲线酒吧端着三杯啤酒回来。从凯的眼神和一看就知道刚被抠过的鼻子来判断，他应该没有去酒吧厕所尿尿。见乔乔回来了，凯连忙将一杯啤酒端过去给他。

“我再去买一杯，很快就回来。”

“别去了，给你这杯。”乔乔把啤酒还回去，“我想走了，现在走行不行？”

我们一边加快脚步跟上他，一边问发生了什么事，可他只是摆着手臂沉默地大步往前走。渐渐地他放慢脚步，让我们能够赶上他，这时他拿出手机给我们看，那是他拍摄的一张有几千人手捧蜡烛和鲜花的照片。这些人站在体育场里足有几百米长，而身处其中的每个人都虚化成了那道亮光中的一个小点。

我想知道为什么乔乔那么快就回来了，正往他身边靠近的时候，手中那装在薄薄塑料杯里的啤酒洒了出来，并顺着我的手滴到了裤腿上。

“也许是因为，”乔乔说，“在我刚跪下献上蜡烛的时候，也许那时候我也想到了约珥吧，刚巧好像有一滴雨水落在了我的脸上，也许是吧——就是说我刚刚揍了一个‘狗仔队’成员，因为那家伙竟然觉得我当时的状态很上镜。”

因为吃惊，我和凯都愣了一下，但很快我们就加快脚步赶上了他。

“接着怎么样了？”凯问，我注意到这家伙的嗓门因为激动而提高了不少。

“这件事我只告诉你们。我趁着别人还没反应过来，就神不知鬼不觉地赶紧退回到人群里了。”

我见凯想要赞扬他，便暗示他此时应该低调。

随后我们慢慢地往回走，经由最狭窄的小巷来到城市中心。大家观察了一下周围，自然是没什么人的。其实谨慎本身是正常的，但是草木皆兵的过度紧张就不应该了。我承认我们乳臭未干时就是这样，仿佛任何人只要努力了就能在人群中找到我们。

从城里回来的路上，我跟乔乔一起坐在后座，他始终望着窗外。初冬的风穿过玻璃的裂缝，把乔乔的卷发吹得不断跳动。不知为何，我把目光转向了别处。可是他那不停飞舞的头发却要把我逼疯了。

凯播放了一盘自己混合的达布舞曲 CD，不过我们只受得了它的一半音量——多亏了掌握方向盘的乌尔夫把它调低了。我问乔乔一切进行得是否顺利，因为声音很小，就连前排的乌尔夫和凯都听不见。

“是的，”说话的时候他也没有看过来，“对，你明白的……”

我想着自己该说点什么，但是我根本不擅长，今天更是无法表达自己的感情，曼努埃拉早就说过这是我的缺点。我的脑子已经不能运转了，什么都想不出，最后只能恼羞成怒。不过说来也怪，我并没有当场发作。我只想让这件事就这么过去，但是这根本就无法实现。我安慰自己说，乔乔是你的朋友，他可比聚会和喝酒重要多啦。

然而，我还是越来越烦躁，如果乔乔再不说话，我打赌自己很快就要因为控制不住自己而大发雷霆了。就在这时，乔乔侧过身，头发顺势飘到中间，他直直地看着挡风玻璃，然后用所有人都能听得见的声音说话了。

“我想去一个地方。”

“什么地方？”凯问。

音乐声又被调小了，我从后视镜里看见乌尔夫回望了大家几秒。

“火车交叉口的地方。如果你们不想去，就不用跟着了。”

“等一下，等一下，你在说什么玩意儿？”乌尔夫结结巴巴地说。其实当乔乔说“交叉口”的时候我就明白了，不过我没出声，没办法出声。

“他在哪儿自杀的？”

“谁？”凯回头看了一秒问。为了确定乔乔并没有疯，他还极其古怪地看了我一眼。

“恩克。”

一阵尖锐的刹车声瞬间响起，由于乌尔夫操作不当，车子竟然撞向路边。

“抱歉乔乔，我可能表达不好，不过，”凯提高了嗓门喊道，“你他妈的是疯了还是怎么了？”

乔乔靠着车门，他的目光是清醒的，这证明他没有疯，只不过他表现得有些过度冷静和专注。虽然具体的细节我已经记不清了，但是那种感觉的确很瘆人。

我们到了瓦拉其亚，已经是半夜了。夜色深沉，如同熊的后背。因为零星几个小村庄也都在城郊附近，所以我们的车灯成为方圆几里唯一的光亮。我们沿着一条能够通往铁轨的道路前行。隐约出现在田野和草地上的狭长地带让我们感觉自己已经很接近铁轨了。在穿越一片树林的时间里，除了司机乌尔夫越来越烦躁地呻吟，大家都没说话。乌尔夫的苦恼来自乔乔的指挥，搞得他像无头苍蝇似的到处打转。大家就这样从一条无名的小路走进另一条无名小路。当我们最终从小树林里出来的时候，乔乔伸长脖子查看铁路的踪迹，突然一幅景象跃入眼前。来自不同方向的灯光汇聚在一起，那一个巨大的光锥就在距离我们左边几百米的地方，那里实在很偏僻，在警车闪烁的灯光照射下，空旷的田野被围出一个圆形地带。

“在那里。”乔乔指着那个方向，食指几乎都要戳到乌尔夫的脸上了。其实谁能不注意那个地方呢?

“乔乔，接下来怎么办？”乌尔夫问。

“尽可能往那边靠近。”乔乔说。

不过我们根本不可能更加靠近。沿着路一直向左，我们离那里反而更加远了，而且当时还有警察把守。我们在拐弯处停了车，乔乔却坚持要往里走。这时一个满头大汗、表情烦闷的警察走了过来，嘴里还说着他已经受理了很多围观者了。他抱怨我们是多有毛病才会跑到这里来，还警告说如果不想在牢房里待一宿，那么就赶快离开这里。我想这是唯一一次我如此赞同一个警察的观点。

幸运的是乔乔控制住了自己，乌尔夫也点着头照着人家的话做了，甚至还为自己的行为道了歉，就这样我们驾车继续行驶。

我们所有人都以为天下太平了，不过5分钟都没到，乔乔就让乌尔夫停车，他要下去。

“我看你病得还不轻。”凯大声叫道，并不理解地举起手。

乔乔异常平静地说：“兄弟，我不期盼你理解我，回家吧。我就想在这里坐一会儿，或者是在别的地方，我想静一静思考一下。”

“那么你能告诉我，你自己怎么回去吗？”乌尔夫生气地问，拳头不自觉地砸在方向盘上。

“坐出租车。”

“嘿，你可真行。”凯哀号着，“好，如果他觉得这样做没问题的话，他想怎么样就怎么样吧。”他把脸埋在手掌中，无奈地揉搓自己的眼窝。在此之前凯的脚一直搭在仪表盘上，此刻便顺势将胳膊肘支在膝盖上。

在乔乔下车之前，我也不由自主地解开安全带，随手从座椅下拿出手机，打开了车门。

“海科。”凯惊讶得下巴都快要掉了。

“没关系的，我会陪着他，然后坐出租车回家，到时候会说清楚我们在哪里的。”我弯腰下车，“希望如此吧。”

外面很冷，冷到跟我想象的地狱之寒差不多。乌尔夫发动了车子，却又一次降下了车窗。

“如果警察正监视着咱们的一举一动，那么他们可能会派人过来。所以我建议你们赶快离开这里，这才是大家现在该做的事情。”

我向他们道了谢，并让他们先走。低下头，我看见我们的身影在车尾灯的投射下就好像温度计的水银柱一样。

我们在一片田野上停了下来，那里距离被封闭的事故地点很近，而且乔乔觉得那个位置很不错。铁轨的灯光下，蚂蚁大小的影子倏忽而过。与此同时，我们看见在围栏围起的领域里，有一个三面墙体支撑的小棚子，我们两个便爬了上去。一阵风吹过，飘来了浓浓的粪肥味儿。棚子前面有一个破旧的浴缸，很显然那是给短期停留在这里的牛或马做水槽用的。

在小棚子的顶上，我们很快就把烟抽光了。可我们却坐在那里直到天亮，并在宁静中聊了很多，关于约珥，关于汤加，关于他们的父亲迪特尔，以及我的父亲。后来我困得开始打盹了，乔乔便提议离开。那里距离最近的镇子不远，我们便就近在一家乡村面包店解决了早饭。在回去的出租车上，我俩都睡着了，直到司机拉着我们到了文斯托夫才醒。

一

昨晚我忘记关窗了，因为睡得特别死，所以一点儿下雨的声音都没听见。窗台上积了一层水，淌到下面的墙上留下了一大块水渍。我把一块旧毛巾铺在窗台上，很快它就被浸透了。窗外，雨滴从房前的老橡树叶子上滴落下来，而我只能透过树梢看到一个平坦的灰色地面。

我走到厨房，发现杯子下面压着一张纸，上面是阿尼姆那难以辨认的潦草字迹。说起来，我跟他住在一起 3 年，也是在最近这一年多才破译了他的字体。

他在便条上说自己出门做生意了，我不禁在心里给“生意”二字打了个问号。上面没说他什么时候回来，只是嘱托我照顾一下动物们。当然了，这是我们最初就协议好的。那时候，我以为只要偶尔去喂几只小动物，就能换取一段时间清静不被打扰的日子是一件很公平的事情。结果我却忽略了一件事——我没有问他养了什么动物。

“我猜我现在已经正式成为一名动物饲养员了。”我自言自语，空荡荡的厨房里，我的玩笑注定得不到回应。

咖啡机不知什么时候被糊上了一层黏糊糊的东西，我把残渣倒进过滤器，然后又清洗干净。我在等待一杯属于早晨的黑咖啡的工夫，点燃了一根烟抽了起来。后门一直都没关，在微凉的气流作用下缓缓地发出哐哐的撞击声音。

进入浴室洗脸的时候，我意外地发现不知什么时候，我的腹肌竟然小了很多，而且上面还多了一小层脂肪，我赶紧去客厅运动了半个小时。那些方法我都是从凯给我的一本书上学到的，作者是一个自称“暴力狂人布朗森”的英国人，他既是一个囚徒也是曾经的街头霸王，可以说他的人生就像演员一样充满传奇色彩。书里面介绍了不用借助器械就能锻炼身体的方法，甚至在狭小的牢房里都适用。这是我读过的最棒的一本书，差不多也是我唯一读过的一本书——学校里念的那些没用的东西不算数。那时候大家要做的就是买一套“克利夫笔记”，里面包括了故事梗概和注释等。

因为我一直没去洗衣店，所以从昨天开始我就套上了拳击短裤。这都是小事，反正我今天也不打算去什么重要的地方。我在后门旁弯腰穿上了靴子，外面看上去到处都是雨水，所以还是先去对付那些狗吧。

两只美国斯塔夫犬是阿尼姆养了两年多的狗，其中白色的叫波博斯基，是他从一名奥洛穆茨的斗犬饲养员那弄来的。那次还是我、凯和乌尔夫跟他一起去波希米亚带回来的。不过我们跟着去就是为了喝酒。其实凯本意是想见见那个饲养员，然后鉴别一下狗的品种，但是我成功地阻止了他。并且为了让他跟我们一起喝酒，我还不停地给他洗脑，让他觉得喝酒比见饲养员更有意思，结果他就稀里糊涂地按照我说的做了。

那时候阿尼姆已经拥有了另一只狗，是一只 7 岁的名叫大脚怪的庞然大狗。这家伙是阿尼姆用一只百战百胜的比特犬换来的，对方完全不知道那只比特犬因为心脏病而命不久矣。大脚怪来自俄罗斯某地，那个地方在乌拉尔边上，是一个几乎所有人都没听说过的地方，所以我根本说不出它的名字。也因为大脚怪来自俄罗斯，所以它只能听懂俄语。

不过我猜它并不在意你说哪种语言，而且这家伙超级兴奋，似乎都没有意识到自己身上受了伤。

从搬到文斯托夫并感知到周围所发生的事情后，我一直都挺激动的，不过这一切在我参加过阿尼姆组织的活动后结束了。阿尼姆会不定期组织一些活动，从那次我们互扇耳光后，有些事情就发生了变化。乌尔夫曾问过我，为什么会忍下这口气，而且还良心发现地自我改过，更让他不明白的是我居然还能跟阿尼姆住在一起。我没跟他提起我在这里看到的一切，便无法回答他这个问题。不过我也曾想过，大概是时间让人麻木，进而忽略一些事情。没错，就是这个原因。

每一次，都是在我走出房子的时候波博斯基才会注意到我，随即汪汪地叫起来，接着大脚怪也跟着起哄。用“汪汪大叫”来形容它们两个的叫声有些不准确，因为那声音听起来更像是小腊肠狗或其他什么狗的叫声，在我的意识里它们就是长着四条腿的低音炮。有时候，两条狗会一起扑向狗舍的栅栏——两个狗舍是建在一起的，但是中间隔了一道铁网，否则它们分分钟就会把对方撕成碎片。它们也曾试图透过铁网跟对方进行恶战，但很快它们就会明白有些障碍是无法跨越的，即使它们是狗也不行。这时，我走近狗舍，然后用一种单一的腔调说："准备好了，我要开始了。"

房子后面整个都覆盖着多层军事伪装网，网搭在木柱、橡树以及房子周边的其他树上，看起来是非常完美的棚屋。可以说，阿尼姆是我见过的最严重的偏执狂，不过我把这称作他的"爱好"，哪怕他确实从中赚了钱。棚屋的一角堆满了吸音板，很早之前阿尼姆就想用它们加固狗舍。

以阿尼姆偏执狂的眼光来看，这间棚屋算是一个地下建筑艺术杰作了。这里的一切都是他自己攒起来的，只有房子除外，那是他多年前继承的。尽管棚屋也一直在那儿，但是他将内部完全重新打造了一番，以便打造他的小型竞技场。最重要的是，全部都是他纯手工打造的。那时候他只要把门一关，方圆 100 米以内没有人知道他在里面干什么。当然那周围也没人会去，因为那里的土地都是他自己的，准确地说都是他继承的。

我打开棚屋门，溜进去。这跟我父母家不一样，我祖父那会儿家里只有一辆拖拉机，而这里却有很多大型机械。我在大碗里装好食物和水放在外面，大狗们一闻到味道立刻疯狂起来。在此之前，我已经从厨房的冷柜里拎出两条牛排，然后从写着"早餐"字样的盒子里拿出注射器，往牛排里注射了一些液体，我不知道具体是什么液体，也不想知道，反正这牛排是用来引诱大狗们走出狗舍进入笼子的。我把牛排从头顶的窗户丢出去，然后利用一个绳索装置将加有围栏的笼门关上，这样我就能安全地进入狗舍去换餐盘了。要知道，这个机关也是阿尼姆自创的，每一道工序都设计得很精准。当狗在狗舍里跑来跑去的时候，我是不能进去换餐盘的，否则我的四肢立马就得变成两肢，还得检查两遍笼门是不是真的关好了。我换过餐盘后，匆匆冲洗好了盘子，重新打开笼门。这两个大家伙像比赛似的张着大嘴朝食物奔去，在吃食的过程中，餐盘在地面和铁丝网之间来回撞动，发出刺耳的摩擦声。至于牛排，早就被它们两个吞光了。

干完了这些，就到了我第二轮喝咖啡和抽烟的时间了，不过也用不了多长时间。之后我进到地下室——整栋房子的下面都被挖空了，里面充满了发霉和腐败的难闻气味。下去之后，我往一个桶里装满牛骨和猪骨，然后用电动研磨机把它们打碎。这一餐的配料是一些死了的小鸡崽。我提着这些东西，再端上一大深碗的净水，来到楼上，敲敲左边的第一道门，问道："齐格弗里德，你醒了吗？有好吃的东西呀，好美味，好美味。"

屋子里传来沙沙声。我打开门，一道光透过窗子和窗前挂着的毯子缝隙照到我眼睛，我弯下腰，躲了过去。

"齐格弗里德？"我对着屋子问，结果又传来更多的沙沙声。那声音来自窗子和斜屋顶之间的角落——齐格弗里德最喜欢的地方。我尽量让自己适应这里的昏暗，终于能看见它了。此刻，它正坐在一把布满粪便的摇椅的椅背上。同样，这椅子早在阿尼姆继承这里的时候就有了。齐格弗里德不怎么爱动，还总是把头埋在一只翅膀下面，偶尔露出的眼睛也不过是窥视一下究竟是谁在说话并送来了早餐。

"是我呀，老伙计，"我的声音单调得就像冰箱发出的嗡嗡声，"给你带吃的来了。"

地板上铺满了旧报纸，那本来是让齐格弗里德在上面排泄的，可谁知它偏偏喜欢摇椅，所以几年下来旧报纸上只有很少的蓝绿色粪便的痕迹。我从报纸中间大步跨了过去，然后把桶里的东西倒在房间最右边的角落，这样便于它挑选出自己喜欢的食物。然后我又原路返回，小心地不让自己踩到鸟屎、不靠近窗户，并小心地不做出任何粗鲁的动作。跟齐格弗里德相处，最重要的一点就是要讲道理，喋喋不休对我来说只有好处没有坏处。不过说实话，我觉得这只老鸟根本就不在乎。铺报纸的时候，我总是在窗前留下半米左右的空间。这一过程中，我的目光始终盯着齐格弗里德——它在抖羽毛，感觉应该跟人打哈欠差不多，我不知道鸟会不会打哈欠，反正我是没见过它打哈欠。

“睡得怎么样，老男孩？”我问，然后小心翼翼地摘下挂在窗前钉子上的毯子。多云的天气里，暗淡的日光斜斜地照射进来，无数的灰尘在光线中跳动。

齐格弗里德抬起头，突然用它那敏锐的有红色边缘的瞳孔盯着我，帆板一样的翅膀同时呼扇起来。我尽可能悄无声息地让毯子滑落到地上，然后慢慢地往后退了几步，手则一直停留在腰间。

“放心，一切都没问题，”我们彼此对视，“是我呀。”

彼此打交道的过程中，我跟齐格弗里德只发生过一次不愉快。它跟那些傻鸽子完全不同，那时候我刚到这里，还不知道该怎么与它相处，而它则把我看成了一个有所图谋的入侵者，想要给我一个下马威。这可不是开玩笑，当你被一只巨大的长着胡子的秃鹫攻击时，就算丢掉一只胳膊也不足为奇。我当时吓得腿都软了，不过还是利用仅存的勇气迅速绕到它的背后，并用拳头狠狠地砸向它的后背。要知道，不是所有人都能自豪地说自己揍过一只秃鹫。时至今日，这都是凯最爱听的故事之一。不过在那之后的几周里我都拒绝踏入那间屋子一步，结果阿尼姆就威胁说要把我赶走，或是收我的房租，没办法我只好就范。从那以后我和阿尼姆之间就冷淡了，我反而对这只老秃鹫越来越喜欢。

它从椅背上重重地落到地板上，然后又跳进那堆骨头里——它在地上活动的时候，因为没有机会飞，所以连走都省了，直接跳。首先它会酝酿一下力量，接着双腿同时离地向前一跃而起，不知为何它总是跳偏了。我又在原地站了几秒，笑着看它那种独特的活动方式。它的身体覆盖着厚厚的铁锈色羽毛，只露出人手般大小的爪子，看上去就像穿了条裤子。不过它的翅膀边缘和头部都有一些其他颜色的羽毛。脸到喙之间的皮肤是黑色的，那里的羽毛则是棕色的，正因如此它才有了齐格弗里德[①]这个名字。骨头下面露出了红色的痕迹，它用喙在里面挑了挑，叼出一只小鸡崽。

“味道还不错，对吧？”说着，我把地上的旧报纸收集在一起卷成一团，这样才好换新的。

当我铺好干净的旧报纸后，它已经重新坐回椅背望向窗外。我忍不住想，鸟或者其他动物也会感到寂寞无聊吗？我希望不会，因为它在这里的生活必定会比以前沉闷。等有机会，我一定要问问阿尼姆为什么不给它建一个大鸟舍，就像骑自行车似的，趁着它还没忘记怎么

① 齐格弗里德，德国叙事诗《尼伯龙根之歌》中的屠龙英雄。

飞的时候可以在里面飞几米。毕竟它在这扇窗前已经度过了15年的时间了。窗外的世界一眼就能望到头，确实没有什么可看的。阿尼姆告诉我本来还有另外一只，但是丢了，应该是被保加利亚人带来的乌鸦怪给弄走的。“那才是真正的怪兽，真的。我从来没见过那样的东西，哥们儿，真的超大，”说着他伸展开胳膊，“我搞不明白它为什么能长那么大。如果鸟不可能长那么大，那估计就是小人国的人伪装的。”

我把鸟屎包成了足球大小的纸团，踢到了门口玄关处，然后告诉齐格弗里德好好享受它的食物，另外别总绷着自己装酷。它的嗉囊似乎动了一下，与此同时它转过头用一种只有人才有的眼神斜看着我。不知道为什么，我竟然对它竖起大拇指，说道：“抬起头来，兄弟。”

之后，我走了出去，并把身后的门轻轻地关好。

一

真正的球迷看重的是传统，是久经考验的东西。这么说来，没有哪个地方能比位于我们本地卡伦贝格新区老街上的，那家十分庄严的蒂姆芬酒吧更具代表性了。酒吧周围是铺着鹅卵石的步行街，以及为游客而建的半砖结构的老房子，那里曾经火热一时的高消费雅皮士咖啡馆渐渐没落消失了，只剩下斯基珀的或者说是我们的蒂姆芬酒吧独自传承着的真正的汉诺威文化。我发誓，如果哪天它也关门大吉了——这种事的确有可能发生，那我们真是生不如死了。我伯父时常会很郑重地表示想要接管那里，好让它长久地经营下去。有时候他也会因为卖酒许可证和是否全力以赴经营酒吧的事情抱怨斯基珀。同时，阿克塞尔伯父一直都致力于将我们“团队”的重点转向拳馆，不过总因为遇到一些阻碍而没能成功。说白了，其实就是“流氓”和传统之间的障碍。因为但凡有人想要将两者分离，我们必定会击碎这种想法，而且阿克塞尔伯父也算是一个传统主义者，所以我从不担心他做出诸如利用蒂姆芬酒吧换取其他利益的事情。老古董们是最擅长讲故事的一群人，其中翘楚当属海克尔，并且他是那种讲起来一发不可收拾的人。据说这里曾经是一个自由的国度，很可惜我、凯、乌尔夫和乔乔都没赶上那个时代。那时候没有无死角的监控，警察局也没有配备这么多直升机，所以比赛从来不会被突然打断并宣称比赛成绩无效。同样，那时候体育馆外也是自由的。而现在，一切都变得麻烦极了。

我每一次坐在这里喝着比尔森啤酒的时候，都觉得有点像坐在博物馆里聆听往事。听上去，那时候一切都比现在好。虽然没有经历过那些，但是蒂姆芬酒吧还是给我带来了很多美好时光。当时除了秋冬两季，我们根本无须等在外面，即使稍做等待也会有所回报，斯基珀有时候会送来一个金属咖啡壶，那阵子我们不能喝酒，所以这种像热水瓶一样的咖啡壶里装了什么根本没人知道。

如今我觉得自己就是故事的一部分，不论这故事是关于我们“团队”的还是关于球队的，甚至是关于这座城市的。总之只要坐在这人群之中，一杯接一杯地喝酒，我就感觉棒极了。

我，乌尔夫，还有凯，三个人像小鸟回巢一样栖息在这里，还用刚刚倒满的饮料浇灌着我们干燥的喉咙。因为周末和比赛日近在眼前，所以乔乔没有来，而是去给他的少年球队加强训练了。

“敬你的，斯基珀，”凯举起杯，“愿地久天长。”

“干杯。”我们一起跟斯基珀干杯。

阿克塞尔、托梅克以及其他成员坐在酒吧最里面的常客桌。昏暗的灯光下，他们身后巧克力色木隔板上挂着汉诺威本地各运动队伍的三角形旗帜，而且每隔一个就有一面属于 96 俱乐部的旗帜。顺着厕所走到邻近的那面墙，就能看到上面挂满了照片。除了在海边照的那些，斯基珀最引以为傲的就是 1991—1992 年赛季德国杯冠军队的签名照。那一次，汉诺威 96 也成为德国足球历史上首次捧得德国杯冠军的德乙俱乐部。

当凯正想在他的脸书上展开“长篇大论”的时候，我站起来说道：“我得去尿尿了。”

“考虑一卜嘛！”他在我身后大叫着。我快速地瞥了一眼常客桌那边，惊讶地发现阿克塞尔伯父正在专注地跟别人谈着什么。我进了女厕所，在那里我能获得片刻宁静。凯那家伙也没有不管不顾地跟着我，蒂姆芬酒吧从来没有女人来，斯基珀几乎将这里当成了另一间储藏室。当然了，这里的厕所都是能用的。来这里的人首先要确定厕所隔间里是不是有人，如果已经有人了，那么就得去另一个隔间。如果两个隔间都有人了，那么恭喜你，这里的老家伙们上一次“大号”不知道几年才能完事，更别提上了年纪的人的屎有多臭了。我就更幸运了，马桶里居然还留着一条没冲。我不急着上“大号”，就选择一个好看的肥皂水瓶子当尿壶。尿完之后，我把那个瓶子又放回到原来的位置，然后穿好裤子往货柜那边走。在这里，斯基珀不反对客人先斩后奏，所以我可以自己打开货柜门从箱子里拿啤酒喝。然而还没走到货柜前，就在走廊上听见酒吧那边传来椅子或者凳子碰撞的声音。打开门一看，发现凯正站在大厅中央，死死地抓着一个光头党的后颈。他的身高比凯略低，在凯的钳制下，半个脑袋都隐没在夹克衫衣领里。乌尔夫站在凯的身后，不用看我就知道他是什么表情，必定是一副“你死定了”的表情。

“怎么了？”我问，与此同时，好几个人一起转头看向我。

“我正在告诉这个混蛋和他的同伙，他们没有资格在这里。”说着，凯狠狠地推开那个光头党。那人往后踉跄了几步，撞到大厅中间的桌子上，旁边还有一把倒了的椅子。直到这时候我才注意到另外两个家伙，一个站在他们兄弟身后，另一个挨着常客桌。

刚刚被凯修理的那家伙朝我说："你是海科·科尔贝，对不对？"说完还用舌头舔了舔发黄的牙齿。

"怎么，你这混蛋还想知道我的住址？听着，你们没资格在这里，赶紧滚蛋。"

站在常客桌边上的那个家伙是这伙人里块头最大的，满脸横肉，腮帮子也鼓囊囊的。此刻他迈着有些迟疑的步伐，摆出一副吓唬人的表情朝我走来。我看了他一眼，然后吹一声口哨。

这时候，凯的那个对手说："我们不会走的，因为我们是受邀来这里的。"

"那你就是进错门了，你这个蠢货。"乌尔夫说，他那男低音还在啤酒瓶里回荡。

我点点头："我确定，这里绝对不会有人欢迎你们。"

说完，我紧握着双拳朝那只"黄牙耗子"走了过去，我已经没有耐性了。

"哪来的确定？"阿克塞尔伯父声音不大，但是话说得非常清晰。

我转向常客桌，惊讶地看到他正冷静地坐在那里，一只胳膊搭在桌子上，另一只搭在大腿上。

"我请他来的。"

那个"黄牙耗子"从我身边走过时还朝我咧嘴傻笑，凯犹豫着要去拉住他，也被他甩开了。然后他从桌子下面抽出一把椅子放到阿克塞尔伯父的对面，一屁股坐了上去。这时，另外两个家伙也得意地露出了同样的大黄牙。嘿嘿嘿，原来是你们这些混蛋，我终于想起来了，他们就是前阵子我在阿克塞尔伯父办公室里遇见的那几个人。不仅如此，他们还是一伙来自汉诺威朗根哈根地区的纳粹帮派成员，总喜欢惹是生非。

“你是怎么在这附近买到啤酒的？”“黄牙耗子”头也不回地问。

我的脚像是被牢牢地钉在了地上，十分不解地看着阿克塞尔伯父。结果他却向我投来严厉的目光，随即眼神渐渐缓和，叹了一口气。不过这并不意味着他释怀，相反这说明他此刻十分烦恼，仿佛我们是一群正在搞恶作剧的小屁孩，骚扰了他老爸。

“斯基珀，来三杯啤酒。”他淡淡地说。

我怒火中烧，分分钟就要爆发了，忍不住对他们伸出中指，然后告诉斯基珀：“这里没有人需要啤酒。”

斯基珀把手从酒桶龙头上拿下来，轻声附和：“说得对。”

在纳粹分子和阿克塞尔伯父他们都没反应过来的时候，我迅速抓住“黄牙耗子”的肩膀，把他从椅子上拎起来，并用力朝中间的桌子丢了过去。只听咣当一声，桌子就被他的后背砸倒了。这一切都太快了，不等他回过神，我再次把他拉到跟前，直接朝他那歪鼻子揍了一拳，这家伙瞬间就软绵绵地倒了下去。与此同时，我听到桌椅腿在地上滑动的声音，原来是那个大胖脸的家伙朝我过来了，然而不管他使出什么招数，我都能轻松躲过并进行反击。当我的拳头擂在他肚子上的时候，他发出了一声惨叫。早已等在一旁的乌尔夫二话不说，直接用双手掐住他的脖子，把他拉到一边，然后丢在地板上。这一系列动作一气呵成，仿佛手中的人不是一个大块头，而是一个棉花糖人似的。第三个纳粹分子朝着凯跑了过去。凯可不是好惹的，顺手从吧台上拿起一个啤酒瓶对着那家伙的脑瓜顶就砸了下去。随着那人惨叫一声，鲜血从他头顶淌了下来，很快他的脸上布满了鲜血，以至于眼睛都睁不开了。我们抓着这三个混蛋，站在门前的泰勒灿烂地笑着，并为我们打开了门。三个来自朗根哈根的纳粹分子就这样被我们丢了出去。大家站在门前，看着他们夹着尾巴连滚带爬地逃走了。

我伸出中指，朝着他们大喊："嘿，快滚吧，你们这些蠢货。"

我们回到酒吧里。

凯笑着打了一下我的胳膊，说道："哎老兄，太爽了。现在让我们喝一杯吧。"

我摇摇头，静静地从他身边走过，然后把桌椅都归回原位，并向斯基珀道歉。他挥手表示不需要这样。

我伯父仍然坐在常客桌边，静静地坐着，就像壁画《最后的晚餐》中的耶稣一样。我看着他的时候，感觉自己头皮发麻，压力之下甚至觉得颧骨都要碎裂了。就这样，我从吧台上拿起手机和钱包，悄无声息地离开了蒂姆芬酒吧。

我拒接了所有电话，独自走在汉诺威的大街上，不断暗自责骂自己。就这样折腾了一晚上终于平静了一些，然后跟凯一起坐在他家的屋顶上。我们从他室友那里买了一大堆零食，然后一支接一支地抽着烟。在我向他抱怨的时候，他总是恰到好处地附和着我——"太对了”“嗯”“那当然”，除此之外他什么都没做，而我也没多问其他的。我吐槽生活就是一场闹剧，吐槽我伯父竟然任性地邀请他想要邀请的人，吐槽《太阳王》[①] 这部剧到底有什么意义，吐槽为什么人群里会有那棕屁股[②] 的混蛋纳粹党，吐槽伯父难道不知道这会做出错误的示范吗？难道他是从月球来的吗？难道他想让汉诺威的局面被那些人搞乱，变成亚琛罗斯托克或者是布伦瑞克那样吗？如果这样的话，我会告诉他，我们也要去布伦瑞克搞点事情，我们会驱车到那里踢那些人的屁股，而且我们要做就做到最好，以我们的方式，对，我们就是这样。

凯激动地大声叫着：“对极了！该死的！”此刻，我们从屋顶俯瞰下面的建筑物。汉诺威城被成千上万盏灯火点亮。

不知哪里传来一个人的吼叫声：“安静点儿！不能让人安静地喝啤酒吗？”

---

① 《太阳王》是卡梅尔 · 瓦里编排，德芙 · 阿缇娅和阿尔伯特 · 柯恩制作的音乐喜剧。这个音乐剧描述了法王路易十四的爱情与生活，“太阳王”即路易十四。

② 棕色代表纳粹。

一

“愚蠢的想法，海科，这个主意糟糕透了。”我一边对自己说一边对着后视镜检查自己，脸上靠枕的印子是那么清晰。我不知道为什么要这样折磨自己，即便无数次地来这里望着伊冯家又能怎么样呢？可我就是无法阻止自己。

看了一眼时间，已经是凌晨3点多了，我被晾在这里已经两个多小时了。难道最后得在附近加油站喝点酒吗？我把座椅调到最往后的位置，咔嗒一声后，我尽可能地舒展有些发麻的双腿，并找到最舒适的姿势。看着伊冯卧室的窗子，那是她家唯一对着街道的房间，此刻里面的灯还亮着，电视屏幕发散出的蓝光照到墙上和天花板上。我把座椅调得更低，这样不用歪头就能看到伊冯家的窗子了。我把她家的备用钥匙拿在手里，指尖摩挲着钥匙齿，一切都像我刚把它从玄关篮子里偷来时的样子。其实我们还没有分手的时候，她从来不允许我拿它。我也问过原因，但是很快就被转移话题了。现在，她可能早就把锁芯换了。

“妈的。”我叹了一口气，再一次把钥匙丢进杂物箱。我又躺了下去，房间就在我的视线里。除了空荡荡的白色天花板，我没看见任何人影出现在那间卧室。

当我继续望着那里的时候，思绪已经游离到了父亲家的窗外。那天米尔走进厨房，我正在为鸽子们清理隔板上的粪便。在那里，我能看到她头部的大致轮廓，却无法确定她能否看见我。但是，只要她站在厨房里，必然就会往园子里看，只是时间早晚的问题，哪怕是她随便一瞥，也能看见我这个大活人。所以，当我们目光相对时，我面无表情地朝她快速点头，然后继续擦洗隔板上的粪便，不想让她觉得自己有必要出来跟我聊几句。其实当她和我父亲一起出现并跟我们生活在一起后，我对她的态度就不好。我倒是没对她做什么坏事，只是把她当成空气一般的存在，这对本来就像鬼魂一样的她来说根本就无所谓。一直以来，我都不知道自己这么做是不是有点儿过分，但事实就是这样。

渐渐地，我的眼皮开始发沉。伊冯房间里依然亮着灯，虽然我不想但我还是期待她能出现在窗前，无论做什么都好，前提是她还没有睡觉。以前我还没有离开她的时候，从来没想过她能独自一个人超过一周，因为很快她就会自己回来了。

我累了，筋疲力尽。我和阿克塞尔伯父在拳馆都尽量避免碰面，尽管我知道他不会那么做，但还是希望能由他主动提起蒂姆芬酒吧那件事，向我解释一下他自己的想法。可他不会那么做的，而我也不知道该说什么。要是没有提前准备，到时候我也只能无声沉默。我无法不在乎，但我只能装作若无其事。我希望这能有些效果，至少让他给我一个明确的答案。

终于，我在驾驶座椅上睡着了。

一

那阵子，我们的队伍跟卡尔斯鲁厄足球俱乐部比赛了。想当初，他们跟汉诺威 96 一样都是在踢德甲联赛，谁都想不到他们会有今天，但是仔细想来，也是有一些迹象的，不过卡尔斯鲁厄足球俱乐部那时候跟已经进入顶级联赛的科特布斯足球俱乐部不同。尽管整个赛季汉诺威 96 都有些懒懒散散的，但是我们都觉得不管他们在哪里止步，都会在科特布斯之前。事实上，无论科特布斯成绩如何都不可能改变那个事实——红衣战队被降级。

说一下跟体育馆座席和排位有关的事情吧。众所周知，门票的作用就是证明球迷的座位号码，即便是为超级球迷专门设置的北曲线看台[1]也是要看门票上的号码的。说起来，感觉有些像等级划分，在那里，老牌的激进球迷们会被安排到最上方的看台，年轻一些的就会坐在下面。所以比较有组织纪律性的队伍就会看不起下面那些年轻的“暴徒”。不过我们可不喜欢掺和这些事，虽说那些媒体总把我们跟激进球迷混为一谈，但是事实根本就是相反的。他们又怎么会明白呢。

① 北曲线看台，指的是看台上的弧形部位，铁杆球迷专属区域。

其实在看台看球，也是分等级的。我们的队伍在北曲线看台看球的时候，会站在最上方那排座位后面的过道上。阿克塞尔、托梅克和其他资深会员站在中间，我们这些年轻一些的就得再往后站一点儿。由于过道上总有来往去厕所的人，或者是站在那吃东西喝啤酒的人，所以我们并不经常在那儿，而且那种地方根本就不适合我们这种人。我们会绕去其他地方，不过偶尔还得在那里出现，证明我们没离开。换句话说，得让认识我们的人知道我们跟队伍中的其他人是一样的，没有搞特殊。

“简直就是胡扯，兄弟，”乔乔抱怨着，“从这什么都看不见。卡尔斯鲁厄踢进点球了，是吗？”

“乔乔，能从我的背上下来吗？这才是咱们的位置。”

“是的，他们都做标记了。”乌尔夫说。凭借着两米二的身高，他总能看到更多的东西。

凯拨开我，把头探过来说：“看，他们又来了。”

是便衣警察，已经往这边巡查两三次了，阿克塞尔伯父和其他老男孩们转过身去，没有理睬那些警察。

凯走过去，笑着朝他们行了一个屈膝礼：“你们好啊，亲爱的先生们。”

警察们面露不悦地走了过去。也不知道是不是有人在做恶作剧，几件球服竟然被抛过来盖到警察们的身上，尽管他们已经尽快地把它们拿走，但还是引起了大家的注意。他们脖子上系着领带，样子蠢得就像是涂了口红的猪。不知谁又递过来啤酒，因为有公务在身，他们连碰都不能碰。这种人实在是非常适合在这里执勤。

我对凯说："你最好祈祷阿克塞尔伯父没看见你的所作所为，否则你在大庭广众下挑衅警察的行为一定令他不高兴。你猜他会怎么想？"

下一秒，凯举起手，做出防御的样子，噘起嘴唇说："啊，危险，这太危险了。"

"你可消停点儿吧。"嘴上虽这么说，但是我已经忍不住笑了起来。

这时一伙激进球迷从看台上走过来，也许他们是想去上厕所，不过那架势看上去就像是臭名昭著的黑衣集团。当他们经过我们身边的时候，还从头到脚地打量了我们一番。

我听到其中一个人好像说了一句"这帮傻瓜都是干什么的？"，然后这个人就小声地笑起来。

凯立刻火了："你听到那个小混蛋说什么了吗？"

"什么？"我漫不经心地回答，想要看一眼比赛，可前面总有人挡着。

"连我们是谁都不知道，那帮白痴真是见识短。"

乔乔还沉浸在自己愤怒的情绪中，所以根本没在意那几个激进球迷："说真的，海科，我花了20块买票，结果什么都看不见。这钱都白花了。我们还不如在蒂姆芬酒吧看球呢，那样还舒服点儿。这个位置实在太折磨人了。要不你问问你伯父，咱们能不能去他们那个位置？"

我无奈地说："你知道规矩的，咱们的位置就是这里。"

我指了一下我们之间的地面，又看了看队伍，当时不只我们4个，还有其他两个人，不过现在，他们已经离开了。

“要不我们就去那边占点儿位置。你觉得怎么样？”

他看着我，舌头在嘴里不停地动来动去，看上去十分烦躁。

“天哪，别乱来，我去问还不行嘛！”

“好的，海科，谢谢。”乔乔说。

我看着被人群包围的伯父，这让我回想起自己小的时候，我爸爸偶尔也会带我来这里。当时的场面跟这差不多，只不过站在我身边的是汉斯，而不是这些男孩。从那时候起，阿克塞尔伯父身边就围绕着很多人，仿佛他是一个小型太阳系的中心。我又看了看乔乔，然后说：“说了也是白说。”

事情跟我想的一样。我刚走到阿克塞尔伯父和托梅克的旁边，我伯父就瞪着我，询问我要干什么。我只好尽力表达我们那个位置什么都看不见。

“回到你们那里去。”阿克塞尔伯父大叫道。

我回到了男孩们的队伍，乔乔问：“怎么样？”

“没戏。”说完，我一口气喝光了剩下的啤酒。

一

“曼努埃拉，别再啰唆了，我会找到他的。好了，再见。”

我把手机丢到副驾驶座上，结果它像个皮球似的弹跳着掉了下去。

那一次，在我与父亲护工的对话中，没有找到关于他在哪里的任何线索。护工只是说大概在午餐前后我父亲就失踪了，这太可怕了，我们从来没经历过这种事情。全拜这个老巫婆所赐——我一边想着，一边转动钥匙，到时候我姐姐一定会怪我，就好像我父亲从康复诊所跑了都是我的错一样。是的，我错就错在留在这里，而她因为有事回不来。

车子从诊所的停车场驶向街道，我准备到镇中心去看看。

风很大，得把打火机放在防风夹克里面才能点着火。我把手插在口袋里，像无头苍蝇一样走在一条陌生的街道上。汉斯没有手机，虽然曼努埃拉以前给他买过一个，但是他从来没用过。我父亲就是这样一个老古董，红色的老古董。

我来到一个铺着鹅卵石路面的广场上，就是那种常见的集市广场。我想这里就应该是镇中心了。这里多数是退休的老人，他们坐在咖啡馆门前，在风中跟餐巾纸作斗争。厚厚的白云在屋顶上飘动，空气中充满了糕点的香味儿，可我却觉得有些恶心。这里的一切都井井有条，像是一个典型的温泉小镇。一些上了年纪的老古董在经过我身边的时候都张大了嘴看着我，似乎在心里琢磨，身穿黑色运动套装的我是哪里来的不速之客。在这样的地方，我的确显得有些格格不入，给人的感觉就像是在吉卜赛婚礼上出现了一个右翼极端分子。沿着广场，我走到一条狭窄的单行道商业街上，一家超市门前坐着几个正在喝能量饮料的少年，他们一边笑着一边对骂，还说着一些恶俗的趣事，个个以为自己是盖世英雄，其实不过就是一群傻乎乎的小屁孩。我从车道走到位于一个住宅区的超市停车场，看到一个落魄的留着灰色长胡须的老者依墙坐着，他嘴唇上的胡须是烟黄色的，上身穿着一件 20 世纪风格的脏毛衣，外面还套着一件已经磨破了的灰色牛仔马甲，杂乱的头发上扣着一顶过大的蓝帽子，由于长期被汗浸湿，上面已经出现了蜡染般的色彩。除此之外，帽子上还有“摩登酒鬼 -1986”的标志。我朝他走了过去，那人抬起眼睛，疲惫地看着我，巨大的眼袋就像两块抹布似的。

“嘿，伙计，你有多余的零钱吗？”

我一边拿出钱包，一边说：“当然。”随后把一枚两欧元硬币给了他。

他把钱捧在手中，几秒钟后才放进马甲的胸前的口袋里，然后幽默地说道：“本公司向你致以诚挚的谢意。”

我在他身边蹲下，默默地递过去一根烟，他再次表示感谢。随后，我又把打火机借给他用。一来一回间，我看见了他的手，那是一双跟橡树皮差不多粗糙皲裂的手，指甲已经不能用烟草黄来形容了，颜色就跟人的晨尿差不多。

“海科。”我自我介绍道。

“皮特。不过我朋友都叫我大阪皮特。”

之后的时间里我们不再说话，只是无声地一根接一根地抽烟。过了一会儿，我对他说：“假如我想请你喝啤酒，就是那种从水龙头里放出来的啤酒，该去什么地方呢？”

他用手指摩挲着隐藏在胡须里的下巴，发出一阵阵“丝丝”声。沉默思考时，就像是在思考人生。

“这附近没有那种地方。我们得去舒斯勒才行，就在拐角那边。”

我站起身，拍拍屁股，说：“咱们走吧。”

舒斯勒酒吧让我想起了家乡的蒂姆芬酒吧。从外观上看，它是一个古老的充满乡村风情的酒馆，没有装饰得灯红酒绿，不知道的人还以为这里已经关门大吉了。汉斯不在这里，直到后来我跟皮特在这里喝完了好几轮酒，他都没有出现。不过相比毫无目的地在街上乱走，跟皮特在这里聊天还算比较愉快，而且他这个人好像谁都认识。

“汉诺威 96，是吗？”说着，皮特舔了舔下巴胡须上的啤酒沫，“我对足球了解不多，倒是对板球比较感兴趣。相对来说，板球运动更复杂一些。可惜在德语国家板球并不流行。我最大的梦想就是看一场印度的比赛。不过，我想你对这项运动应该不太感兴趣。”他拍了拍自己的帽子，转身对酒吧老板说：“吉斯贝尔塔，我记得汉诺威 96 有个球员是本地人，来自巴特茨维什安的，是谁来着？”

左眼皮不停眨着的吉斯贝尔塔脱口而出："卡斯腾 · 林克。"

"你知道吗？"我惊讶地说，"他是我们的防守功臣。太巧了，至少现在我能说，我竟然到过卡斯腾 · 林克的家乡了。"

能提供一些让我感兴趣的信息，让皮特感到很满意，他得意地点点头，然后看向玻璃杯，似乎是准备再来一杯。他问我为什么会最先来到巴特茨维什安，然而我并不想谈论这个话题。

我们从直接喝啤酒转到伏特加和啤酒混合的啤酒机前，这让我想起神枪手游乐场，那里的黑啤酒和伏特加也是混合着喝的。我们一起捧杯，然后把酒一饮而尽，并发出满足的叹息，仿佛我们喝的是跑完马拉松后的天然饮料。这时，吉斯贝尔塔打开了灯，我看了一下时间，已经是夜晚时分了。我又要来一些酒。

"嘿，他们为什么叫你大阪皮特？"

"是这样的，"皮特拍了拍我，笑着说，"这可是一个老掉牙的故事了。在跟你现在差不多的年纪时，我走私过几年毒品到远东。长话短说吧，在我准备从日本前往中国台湾的时候我被捕了，并且在日本被判了 4 年有期徒刑。两年多以后我回到了欧洲。"他又笑了一会儿，仿佛讲述的是一个跟他不相关的玩笑，"其实我很幸运，如果我是在新加坡或者中国台湾被捕的，那么现在我还在监狱里待着呢。别说我是个贩毒的，就是一个报信儿的人，都会被抓起来，那些地方的人可都不是吃闲饭的。"

我们干了杯子里的酒。这时候我想起自己为什么会最先来到这里了。

"我得继续上路了。"我说，然后问他们附近哪里还有酒吧。

皮特为我指了一个在茨维什安纳尔湖畔附近的地方。我付了钱后起身，不过在临走前我还是大方地想要再请他喝一杯。

“皮特，如果你还觉得渴，我就再给你买一杯酒。”他拍拍我的后背说：“啊哈，我今天喝得够多了。你已经给老皮特花了不少钱了，对此我非常感谢。”

“真的不要了？”

“当然了，不然我的女人就要唠叨我了。”他张着嘴仰头大笑。我没看见他手上有戒指，也不知道他是不是在开玩笑。

“好吧。”我说，然后我们握手告别。

“振作起来，孩子。你一定会找到你想要找的人。”

我谢过他，转身离开。

当门被关上的时候，酒吧里人们碰杯的声音和酒桌上聊天的声音通通被隔离在了我的身后。我忽然有一个想法，或许我可以告诉皮特我来这里的目的是找我的父亲。皮特一定会赞许地点头，然后对着酒吧举杯示意。那样我就会把关于汉斯的事情都告诉他，比如他第一次带我去体育场的事，那时候人们对他都会高看一眼，会尊敬地跟他握手，也喜欢围绕在他的身边。我还会告诉皮特我是怎样被允许去喂鸽子的，我们又是如何一起踢球的。我会对皮特介绍一个最真实的汉斯，因为他不认识我父亲，所以这对他也不会有实质性的影响。然后我们会最后一次举杯喝酒。汉斯 · 科尔贝这个名字也不过是巴特茨维什安一个宿醉的夜晚人们偶尔提起的名字。然而，我并没这么做，我只是转过身，在风中点燃了一根烟，继续到下一个酒吧去寻找我父亲。

来到了皮特说的那家酒吧，我发现自己更喜欢之前跟他去的舒斯勒酒吧。尽管这家酒吧有视野宽阔的窗子，能看见水光潋滟的景色，而且酒吧里面既干净又井井有条，但是却少了快乐的感觉。而舒斯勒酒吧则是一个能让人即便在生命末期都可以尽情享受快乐的地方。不过既来之则安之，因为这里有吃的，所以我点了一份具有当地特色的香肠和甘蓝菜套餐。食物味道还不错，就是甘蓝菜在嘴里的余味有点让人不舒服。为了掩盖这个味道，我又点了一杯啤酒、一杯咖啡和一碟小鱼。我捏住小鱼的头，指尖就覆盖在鱼眼睛的位置，然后把它们整条放进嘴里吃了。嗯，味道稍微有些咸。

时间已经到了晚上 10 点，在我已经不抱任何希望的时候，我父亲推门走了进来。我立刻删掉了正在编写的要发给曼努埃拉的第 4 条短信。他坐在距离我两把椅子远的地方，根本没有发现我。也许我该生气，也许我该如释重负，可事实上我都没有。此时我满脑子里都是啤酒桶和混合酒水机这种毫不相关的东西。我朝汉斯看去，他点了一份啤酒，即使是在侧面我也没错过他那空洞的眼神。在康复诊所的日子他连胡子都不剃。汉斯这个老好人来了。我站起身，把酒放到他旁边，然后坐了下来。

没有热切的眼神，我只是说："嘿，老爸，终于把你等来了。"

他看了好几秒才把我认出来，表情瞬间放松了。

"海科啊，你怎么在这里呢？"

他双手拍着吧台。我在一旁把一切都跟他说了，告诉他为什么在这里的是我而不是曼努埃拉，以及康复诊所的人对我说的话。面对自己逃跑的事实，他竟然表现得很惊讶，仿佛一点儿都不觉得因为酗酒而被送到康复诊所的人是不该到酒吧这种地方来的。我耐着性子告诉他，我来这里是为了找他，然后把他送回去，而且我绝对不会再来找他第二次。让我自己都觉得意外的是，我竟然很客观地跟他分析了当前的情况，并且还把问题都归结于酒精。

大部分时间里我们都是在喝酒，偶有短暂的交流。突然，他问我是不是跟妈妈还有联系。我否定了这个问题，我说我不想提这件事。

“嗯。”他答应着，声音里隐约有种失望的感觉，之后就看向别处。

“你为什么想知道这些？”我忍不住问道。

“挺好的。”他就说了三个字，然后继续喝酒。

很晚了，其实也没那么晚，只是午夜时分，但是我开了半天车，又在酒吧里耗了半天时间，这样想来，时间真的不早了。

“行了，该结束了。我得送你回康复诊所了。”

他一句话没说，只是按照我说的去做。

当我们在康复诊所的停车场找到了一个停车位后，我就等着他下车回到本属于他的地方，并为自己的出走向工作人员道歉，然后安静地上床睡觉，而我也好开车回到文斯托夫。结果他只是坐在车上一动不动。

“到地方了。”我一边说，一边用手按摩双腿促进血液循环。

他稍稍转向我，说：“我有一个建议，海科。”

我也有些疲倦了，就说：“我从来没想过要带你回家。”

“我也没想要你这么做，”他的声音听上去像是打了一个嗝，“你姐姐会扭断我的脖子的。”

“我的脖子也会遭此厄运。”

“其实我是想说，”他抬起腿，“我到这里后又开始看比赛了，红衣战队进展顺利，对吧？”

他看着我。

“是的。”说着，我把胳膊支在一旁的车窗上，用手撑着头。

“明天客场对战云达不来梅。”

“我知道。”

“你怎么想的，海科？咱们俩是不是能像以前那样，对云达不来梅干点什么？”

没来由地，我觉得自己眼压升高。

“我不认为——”

“嘿，别这样，怎么像个胆小鬼似的？就带着你家的老头去看一次比赛吧，然后你买瓶可乐，就给你自己买，我不要。”

他朝着我慢悠悠地眨眼，搞得像是半边脸在打盹似的。

“哎，老爸。”我呻吟道。

“你有什么计划吗？打架吗？明天去他们的场子干上一架，怎么样？”他问。

“不，我没有这个想法。别想这件事了，放弃吧。”

“求你了海科，只是一场比赛而已。”

我没有找旅馆，只好在康复诊所的停车场上过了一夜。夜里的大雾把车里都弄得很潮湿。不过还好，我在后备箱里找到了一些毛毯裹住了自己。凌晨3点钟左右，我给曼努埃拉发了一条短信，告诉她我已经找到了汉斯，我们两个一切都好，只不过因为时间太晚了，所以我得在这多待一天。做完了这些事，我才开始睡觉。

第二天，我的大部分时间都是在麦当劳和面包店里度过的，在等待去康复诊所接汉斯的时候，顺便给电池充电，然后我们开车去了不来梅。

我不想问也不想知道，这一次他究竟是得到了许可才出来的，还是像上次一样偷偷溜出来的。一路上我们都在讨论跟足球相关的事情，而且我发现他的见识还停留在20世纪。所以当我跟他说，像巴塞罗那足球俱乐部和皇家体育足球俱乐部这样的队伍都会花费巨额欧元签下球员，甚至是一些年轻的球员，还有英格兰足球超级联赛的老板已经变成阿联酋人后，他惊讶得嘴巴都合不上了。

“那么多钱？”他重复说道，“天啊，那么多钱。那个迪拜到底在哪里啊？”

不仅如此，就连阿贾克斯·阿姆斯特丹足球俱乐部和布加勒斯特星足球俱乐部早已不是欧洲顶级球队，对他来说都算是新鲜事。

车子从阿斯滕的高速出口开出来，绕过韦尔德湖和波涛汹涌的威悉河，这才驶上了奥斯特堤岸大道。威悉河体育场屹立在大雾之中，看上去就像是生物课上的器皿。入口前方的空旷地带异常安静，警察个个全副武装，随时准备拿出警棍维持秩序。这样的场面让我禁不住感到脊柱发颤，不过很快我们就被挤进人群中。后来我从一个票贩子那里买了入场券，虽说那人作为一个“黄牛”有些过分友善，但是我没得选择。

体育场座无虚席。东曲线看台上韦尔德的狂热球迷搭起巨幅的拼图，巨大的拼图覆盖了每一个角落。而对面的汉诺威球迷则大声叫嚣着，用言语攻击着来自不来梅的球迷。我很庆幸自己没有坐在中立的座席上，这样就不用跟那些狂热分子狭路相逢了。因为一个汉诺威老牌激进团体的头子一直对我耿耿于怀，我跟他的过节源于一次在神枪手游乐场争夺小便池。结果我送了他一对熊猫眼，并把他的脸塞进了洗手盆里。他倒是不能把我怎么样，不过却会让人不爽。

“怎么，他们的可乐卖完了？”当我端着两杯啤酒回到座位上时，汉斯开玩笑说。在我落座在他身边之前，我看到他那稀薄的棕色头发的发际线越来越靠后了，很快就要跟他后脑勺上越变越大的斑块接连在一起了。

比赛糟糕透了，一个球都没进。由于没有有效的进攻，红衣战队和不来梅都在中场位置失去了控球权。要不就是某人长期独自带球，其余的人则像业余队员似的跑在后面，糟糕的头球一个接一个。不来梅的防守向来比较弱，所以汉诺威 96 中间有好几次机会进球，结果却浪费了大好机会。我父亲用那沙哑的嘶吼评价道：“臭球！”此外，他还一直提到 1992 年的优胜者杯总决赛，当时汉诺威 96 在第一轮抽签中就遭遇了云达不来梅，这也预示着他们的欧洲之战还没开始就已经结束了。

“至今的伤痛，知道吗？我跟你说，真是让我伤心至今。”

说着，他激动的拳头朝我的膝盖砸来，幸好我反应快躲开了。

“对了，你去照顾那些小动物了吗？”他问。我告诉他我去了，然后喝了一口啤酒。

“米尔怎么样？”

“嗯，挺好的。我猜是的。”我说，他则感叹道：“她是个好女人，米尔，是个好女人。”

“哦。”

“跟你一起的那几个小伙子怎么样？凯，乌尔夫，还有那兄弟俩？”

事情发展得有些偏离预期了，我忍不住咳嗽起来。原本汉斯想要帮我拍后背缓解咳嗽，但当他恍然大悟自己说错了话后，立刻收回了手。

球场上再次出现几次误传和糟糕的头球，我突然对汉斯说：“有一次，阿克塞尔伯父带我去了一家精神病疗养院，去看了他的一位老朋友。感觉那个人对我挺熟悉的。”看比赛的间隙，我发现他竟望着前方出神，就接着说：“他应该是一个很高大的男人。”

我父亲喝着啤酒，一些含糊不清的话都融进了酒里。

“那人坐着轮椅，名叫迪尔克。”说话间，我注意到汉斯的身体隐约地正在前后晃动，我不确定他是否一直这样，但是现在我才发现，“你认识他吗？”

汉斯对着拳头咳嗽起来，我觉得他好像在几分钟的时间里连眼睛都没眨一下，这时他说：“嘿，咱们好好看比赛吧，好吧？”

之后我们不再说话，很快一场悲惨的球赛结束了。

送汉斯回到康复诊所的时候，天空下起大雨，超大的雨滴拍打着挡风玻璃。汉斯想跟我道歉，但我对他说把这一切都忘了吧，本来也不是什么大事。

“谢谢，孩子。我很开心。虽然比赛很糟糕，但是我很开心。”

我点点头，用钥匙发动车子：“该走了。”

“好的，”他说，“别着急，慢点开车，回去后代我跟他们问好。”

他关上门，转过身，有几秒钟他就站在原地望着康复诊所。他深深地叹气，即使我坐在驾驶室里也听得清清楚楚。

一

一阵疯狂的砸门声惊得我差点从床上跳起来。

“海科，海科！该死的，你赶紧开门。”

木门本来就不牢固，此刻阿尼姆每砸一下，它就晃动一下。直到听见我开门的声音，这家伙才停止了砸门。

“怎么了？现在多晚你不知道吗？”我问。

眼前的阿尼姆汗流浃背。不管是健身球般大小的脑袋，还是曾经肌肉发达如今却如同老年人一般的胸脯都浸满了汗水，跨栏背心更是粘在了肚子上。

“我终于等到这一天了。我得到它了，我终于得到它了。”

“什么？”我一边问，一边用手摩挲脸上的胡茬。

“兄弟，是老虎啊，明白吗，老虎。”因为激动，他把“老虎”说得像“嗷嗷虎”。不过我还有些睡眼蒙眬，所以根本就没反应过来他到底在说什么，唯一能做的就是敷衍着说“哦哦”。

“我亲爱的兄弟啊，”他大声叫道，“你今天反应实在太迟钝了。”

“是的，我明白。老虎，你得到了一只老虎。是吧！”

“天啊，住嘴吧。不过这件事肯定会实现的，下个月就可以了。”

渐渐地，我终于明白了他的意思，我惊讶地用手指着他说："真的假的？你可别耍我。"

"当然不会，耍你干什么？一只如假包换的孟加拉虎，它就要在我们这安家落户了。"

我放下手，激动地说："什么、什么？在这里？你把那大家伙放在哪里了？不会是跟波博斯基和大脚怪关在一起了吧？"

他皱着眉头推了我一下。

"你脑袋里进屎了吗？兄弟，是下个月，那个时候我才能把它带回来。"

他激动得直转圈，蹦蹦跳跳的样子就像个胖孩子，接着他对我说："快来，你跟我一起收拾收拾。"

平复了心情后，我竟一觉睡到了第二天下午。起床后，我来到厨房。两只狗片刻不停地互相叫嚣着，阿尼姆大声呵斥它们别叫了，可是效果甚微。我弯腰看了看水池里积攒了一周的脏盘子，又看了看外面。后院异常明亮，而且还停了一辆挖掘机。我走到门外，发现尽管天空乌云密布，但的确比以往任何时候都明亮。伪装网被卷到了前面的小屋上。阿尼姆在挖掘机的作用下晃了起来，他看见我后激动地挥了挥手。这时候他又像一个有着文身的大胖孩子了。他发动着机器，那一刻，波博斯基和大脚怪的声音都被掩盖了。

"阿尼姆！"我朝他喊，"阿尼姆！"

他挑着眉看我，然后把机器停了。

"怎么了？"

"你要干什么呀？从哪儿弄来的挖掘机？"

“别大喊大叫的，我从一个朋友那里借来的。”

啊，原来是借的。我忍不住嘲讽地问他是不是要挖一个老虎洞。

“你觉得呢，兄弟？没错，我就是要挖一个老虎洞，还是一个最棒的老虎洞。”

“难、难以置信。”我惊讶得话都说不利索了。

“什么？”他叫我，“过来给我搭把手。”

有了这个挖掘机，阿尼姆建造老虎洞工程的大部分粗活就比较容易解决了。他提前在地面周围用木桩做了标记，然后开始用挖掘机挖土。这个过程中，我拿着铁锹站在深坑里。很幸运，这里的土比较松软好铲，我像传球似的把土从头上方扬走。几个小时后，挖掘机无法挖得更深了，偏巧又下起了毛毛雨，泥土表面开始变潮。我披上一块塑料布，继续干活并祈祷雨量不要变大，否则一旦开始下大雨，我们就得停工，不过也许那时阿尼姆还会固执地继续干活。现在阿尼姆也跳进了坑里，因为挖掘机的机械臂不够长，所以我俩得一起手动把深坑中间的土铲走。阿尼姆计划挖一个 15 平方米，深 4 米的大坑。在把坑的长宽度弄好后，我们又按照他的计划把坑挖深。这个活一直干到了晚上，就算带了劳动手套，我的手还是磨出了水泡。

我从马桶上起来，然后从水龙头下接了一大杯水大口大口地喝起来。这时我听到大坑那边有人喊我：“海科，海科，你在哪呢？”

我走到坑的边缘，为了把我看得更清晰，阿尼姆还往后退了两步。

“我上不去了。”

看着他那个糗样，我忍不住笑了起来，他郁闷地说：“快拿个梯子，我着急上厕所。”

有那么一分钟，我想把他扔在那不管，让他吃点苦头，可之前是他帮了我，我才能爬上来。所以我从小房子里拿了一个铝合金折叠梯顺着坑的边缘给了他。

可阿尼姆太重了，刚踩到第一节，梯子就顺着稀泥打滑了。

“你想要用什么来做墙壁？”我帮他固定住梯子，问道。

“什么意思？”他喘着粗气问。

“欸，你难道没看过动物园里或者电视里的真老虎吗？归根到底，它们都是猫科动物，是超级大的猫，可不是小猫咪。你难道不觉得它会顺着这个土墙爬上来吗？”

阿尼姆从梯子上下来，然后双手扶着膝盖大口喘气：“这件事我真的想过，兄弟。我已经计划好了，我会用铝墙板加固的。”

现在已经是深夜了。为了照明，阿尼姆在大坑里放了几个照明设备。不过要想把坑挖到 4 米深，我们至少还得需要两个小时。

我把铁锹扔到一边，说：“先到此为止吧。”可就在我准备爬上梯子的时候，阿尼姆拉住了我。

“别着急，兄弟。停工之前先得给它盖上呀。”

小房子前有一些钢钉和木板。我把这些东西一一递给了阿尼姆，然后又给了他一些螺丝刀等工具。借着灯光，阿尼姆熟练地用钉子把木板固定在一起，直到它能够覆盖住15平方米的大坑。做完了这些，我们才进屋。

“所以明天要做的就是加固墙板，然后你就暂时解放了。”说着，他把两块超级大的牛排放进平底锅。

我狼吞虎咽地把牛排吃光。当我伏在桌子上打盹的时候，阿尼姆第N次对我说：“当时我老板给我一万马克，那可是一大笔钱。我当屠夫的时候，一年都赚不了那么多，也许赚了，不过就是我没拿到钱。”他被自己的这个笑话逗得乐不可支，“好吧，我当时就想，不能再这么过日子了。电视上和电影里不是总演嘛，老实人总是被欺负。我就跟自己说，我得改变现状。就这样，有一天我带着枪，去了我老板邻居家的农场，那枪还是双管的。你知道，我担心一颗子弹不够用嘛！我去的时候还戴了一个滑雪面罩。其实我也想过，我又不怕被一个死人认出来，但是反过来一想，万一枪走火了，崩着我的脸，那倒在我脚下的不就是我自己了吗？所以我还是戴了面罩。一番观察后，我发现周围没有别人，便偷偷溜进了牛棚。那时候已经是晚上了，周围也没什么光。在牛的中间，我看见他正弯腰站在一头牛的屁股后面。即使悄悄地溜过去，他也可能听到，但是这有什么关系呢？我一秒钟就能要了他的命。等他站起来并往旁边又转了一些后，我瞄准了他，但是我并没有在他背后开枪。万一这一枪误中牛屁股，一切都完了。我换了个角度再次瞄准，然后扣动扳机。砰！子弹正好打在他的脸上。他的脚尖在原地打了一个转，然后就倒下了。他倒在那里，两条胳膊被压在身下，两条腿扭曲着像是在攀登台阶。他的脸真的是一团糟，子弹从侧面进去，又从另一侧脸出来。跟你说，那个洞大约有——”他用两只手的拇指和食指圈成一个大洞的样子，“这么大一个洞，就在他脸上。我用尽全力逃离了那里。没错，我犯了一个大错，你知道吗？因为他不是我的目标。那个替死鬼是一个兽医。而正主，那个傻瓜，当时正在公共厕所里。原来兽医是来给牛做检查的——那牛要生牛犊了。就这样，事情彻底失去了控制，不到两天的时间，警察就到我家把我逮捕了。接下来我就进了汉诺威的监狱坐了10年牢，到现在也没看见那些钱，不过谁让我犯错了呢！该死的兽医！哎！”

我在他讲到最精彩的部分就睡着了。不过这故事我已经听了太多遍了，所以即便是在梦里我也知道它的来龙去脉。

一

那时候我在诺伊施塔特医院已经两周了，不过从第一天开始，他们就用实际行动告诉我，做志愿服务的人其实就是“打杂的”。如“去把那边的呕吐物清理干净”“过来，把墙上的血渍擦掉”“欸，把骨锯上的碎片弄掉”等。不是说这些工作本身有多么烦人，毕竟总得有人干这些脏活。我在意的是他们讲话的方式，让我很不耐烦。说起来，我差点儿因为不听父亲的劝告去当兵而后悔，但只是差一点儿，事实上我没去，让汉斯满意的事情我几乎都不会去做。那时候他说：“你小子能做好志愿者？！去当兵吧！当兵会让你成长为真正的男子汉。”说起来轻巧。从我第二次被学校开除，不再对学位抱任何幻想的时候开始，我就不得不听这些唠叨了。不过话又说回来，离开了学校我也没有去当兵，尽管那是人们为“好男儿”设计的常规人生规划，这可把汉斯气得够呛。在我看来，“好男儿”什么的都是废话，是毫无意义的。而且，事情在两周以后就发生了微妙的变化。那天我被叫到了一个高龄老人的病房，那时候他已经是一只脚踏进鬼门关的人了，在我到病房工作的第一周，他就病危了三次，但每次都挺了过来。我到那间病房的时候，医生和护士正在焦急地商量着，大家都很担心他的情况。我真想大声告诉他们，让这位老人安静地走吧。可就在那时，我看到了站在人群边缘的伊冯——仿佛已经对这种事情习以为常，事不关己。在日后的交往中，我明白伊冯是训练有素的，所以才不会紧张慌乱。如果事情真的严重了，她自然能掌控局面，她这种能力我并不了解。而当时，尽管医生和胖护士占据了太多空间，但是她的脸蛋还是引起了我极大的兴趣，真漂亮啊。如果能轻抚她的脸颊，那必定会是非常光滑的。小脸上的嘴巴可爱极了，不是像其他人那种青蛙嘴，而是很小巧的。鼻子又挺又精致，鼻孔小得几乎看不见。她的一切都是细细的，看上去纤弱美丽。当她开口说话的时候，我迷迷糊糊地想，极品女孩。不过我可没有胆量说出来。她的眼睛是蓝色的，仿佛是纯净的冰块中镶嵌着一颗蓝宝石，充满了慧黠和伶俐，有时又透露出开放和活泼。不过当时最让我惊艳的是她那自然的眉毛，完美的眉形让我有了上去好好吻一吻的冲动，或者用舌头描绘一下它们的形状。

突然，那个老人开始上气不接下气地咳嗽起来，病床周围的人都往后跳去。其实，在这之前，老人已经需要插喉管来维持呼吸了。但是因为并发症的关系，不得不拔掉管子，所以他现在开始咳嗽，胆汁混着血从他的喉咙里喷了出来。等他的情况有所缓解，医护人员才又围了上来，住院医生说了一个我听不懂的笑话，我看着伊冯，她站在那里竟然被逗得笑起来。她的笑声动听极了，就像风中的铃铛，让人有一种久旱逢甘霖的感觉。我想，如果能经常听到她的笑声，那么人生中再艰难的坎坷也都不算什么了。其实客观地说，伊冯的笑不过就是有节奏的咯咯声，可对我来说却是“没谁能比得上她”的特殊存在。那一刻，我多希望那个笑话不是住院医生说的，而是我说的呀。我多么希望她是因为我才笑得那么灿烂。

当时没有人叫我去帮忙，他们只顾着病床上枯瘦如柴的那个老人，都没有注意到我的存在。可结果他还是死了，医生记录了死亡时间，然后开玩笑地说大家都得换换衣服了。我溜到走廊门口，因为我不想在那里无用地站着。那天之后的时间，我都在外面抽烟。后来我又看见了伊冯，还跟她打了招呼。

一

“在这，就是那里。”凯指着导航地图激动地说。

那天一切都进展得很迅速。凯在脸书上找到了那个布伦瑞克人的帖子后就给我打了电话。那时我正坐在马桶上，以前，如果想要快点拉完屎，偏偏屎拉得又不顺利，那就只能让屁眼使劲儿，好快点儿把屎挤出来。所以，我先是从卷纸上扯下大约五十张纸，然后才开始发力。上完了大号，我找到自己的护齿器，穿上了一套慢跑运动服。此期间，凯给乔乔和乌尔夫分别打了电话。结果乌尔夫因为要跟萨斯基亚及她的父母一起吃饭，就不能跟我们同行了。倒是乔乔立刻就答应了。我接上乔乔，然后又去汉诺威找凯。不过那时候我意识到不管怎么样，我们都不能开着自己的车去布伦瑞克，车上面可是有汉诺威96的标志的，这简直就跟在自己额头上写着大大的“96”没有什么区别。所以我们把车送了回去。那要怎么去呢？出租车又贵又不可靠，火车时间不自由，要说偷一辆车吧，又太费时间了——我们这里可没人知道该怎么打开一辆有电子锁的车。就在这时候，我想到了阿克塞尔伯父拳馆里的那辆大众车，我们常开着它去打架。那是一辆很常见的黑色车子，绝对不会引起别人的注意。而且阿克塞尔伯父把它注册在一个已经消失了的人的名下，还做了不少违法的事，所以上面没有任何汉诺威 96 的标志。就这样，我们回到拳馆，看见那辆车还停在那里，真是太幸运了。我们拿了钥匙，把它开走了。

我们从布伦瑞克北部交叉口驶入西部高速公路，高速公路下来后左转进入了一个工业园区，在昏黄的街灯后面出现了一个花园。

“我到现在都不敢相信，你竟然从拳馆偷来了这辆车。”乔乔抓着我的车座靠背说。

“兄弟，把你的爪子拿走，别等我动手。你这样会让我紧张。”他乖乖地把手抽回，我继续说，“再说了，我那不是偷，是借！”

凯笑出声来：“对，就是公车私用，为了一项特殊的事情。”

“可以这么说。”

“那要不要告诉他我们——”

“乔乔，你疯了吗？那样的话，还不如咱们一起跳进棺材得了。这事可不能让阿克塞尔伯父知道，至少现在绝对不行。”

“好了，好了，慢点开。”凯舔了舔上唇，“我们就快到了，在那儿左转。”

我松了油门，让车子不至于迅速慢下来。我们可不是来这里进行飞车射击的，透过车窗观察外面的情况才是我们的当务之急。人行横道上有个小岔口，那是一个位于两个比较长的工厂或仓库之类的建筑之间的地方，粉红色的霓虹灯光映在路上的水坑里，发出粉色的光芒。我们慢慢地观察着一切。霓虹灯牌上写着：幸运卢克。

“你想不想打赌？我赌他们没有‘幸运卢克’这个名字的使用权！”

“嘘！”我示意他别出声。

两三辆车停在坑坑洼洼的砂石路面上，一个长得挺壮的保镖站在铝制的棚子下面，他旁边站着几个身着迷你裙和皮夹克的女孩，她们瑟瑟缩缩地凑在一起。我暗想，得是什么样的女人才会在这个天气里穿成这个样子啊。再看保镖的身后，是一个装着厚厚玻璃的大窗子，里面还用东西遮住了。

“他们应该就在里面呢。”凯小声地说，那时我们的车正经过幸运卢克，接着一个工厂的墙壁进入我们的视线，那是一个灯光微弱的三车道车站。我把车掉个头，停在了街道的一侧。幸运的是，头上的路灯坏了，我们隐匿在黑暗之中相当安全。

“我觉得咱们就像是黑白电影里的侦探。”乔乔一边说一边把头往前探。

“现在怎么样了？”凯问，并随手把手机扔到空中，然后又漫不经心地接住。等他第二次抛出手机的时候，我在半空中把它抓了过来。

“嘿！”

“等一下，我再看看那个帖子。”

他拿过手机，然后用手指在屏幕上点开那个布伦瑞克人的主页。我接过来后，把亮度调到了最低。

那个蠢货在状态里写道：“来幸运卢克做一次赛前热身呀！”并且还点了几个我不认识的人名。

“你想进去看看？”

“别瞎猜了，行吗？”

我看到上面还有幸运卢克的链接，便立刻点了进去。翻了几页后，发现都是一些无聊又蠢到家的派对照片，主题不过是“美女之夜”“狂饮伏特加之夜”这类的。不过很快我就找到了我想要的：在老板的一则帖子里出现了独立吸烟室的通告。

这个结果我还是比较满意的。

“好嘞！”我得意地说，然后把那个帖子拿给凯和乔乔看。

“你想告诉我们什么？”乔乔问。

“这就表明，亲爱的乔乔，我们发现了新大陆了。”凯解释道。

“嗯，好的，这又是什么意思？”

“他们这是有吸烟室的，乔乔。这就是说，我们逮住那几个混蛋的唯一机会就是他们离开这里，然后去别的酒吧的时候。不过这估计得需要一些时间，因为这条帖子才发布了两个小时。”

“我明白了，因为这里抽烟需要到吸烟室，而这些人是不会乐意到那里吸烟的。”

我得意地点了下乔乔的鼻子，然后笑着看着乔乔和凯。

一想到可能要在这里坐很久，凯开玩笑地说：“要知道等这么长时间，我就带上我的痔疮垫了。”

“嘿！有道理，与其在这里坐一整晚，不如找点事情做。”这么干坐着让我想到在伊冯家楼下的情景，我赶紧结束了这种回忆。“在布伦瑞克能做的事本来就少，不过我已经想到一个点子了。”

“你总是能让人惊喜，兄弟。”凯说，高兴得露出一排白牙。

我从驾驶室这边的车门里拿出两只橡胶手套，那是以前我和托梅克一起放进去的。凯脸上原本激动的表情瞬间消失了，嘴也咧成了一条直线。

“我要重新声明，你就是个狗屎。”他骂道，“你拿那些东西干什么？要给那几个家伙做前列腺检查啊？”

“至少检查一下我的鞋尖啊，哈哈，开个玩笑嘛老兄。你知道这里有一个吸烟室的。”

我朝他点头，让他好好想想。

“是的！”他随着我点头。

“而且我们不能一直在这里等上好几个小时，到时候我们没准就会被什么人给发现了。咱们都不想这样。所以……”

“所以？”

“所以他们出来尿尿的时候，就是我们的好机会。”

凯点头，试着能够跟上我的思路。这时候我又说：“不过，如果里面有厕所，而且厕所还好用的话，这招就不管用了。明白吗？”

他的脸上露出了笑容，嘴巴越咧越大。

“嘿，你这个小子，真是一个老谋深算的家伙。”

我让他小点声，然后看了看周围，确定并没有什么人在附近偷听我们的对话。

“你不会真的想进去把厕所弄坏吧？万一那些人认出你怎么办？”乔乔对我的办法有些怀疑。

“别瞎担心。他们那些人不一定坐在哪里呢，而且，人们喝起酒来哪有时间去看我呢。5分钟我就能搞定了，当然了，也可能是10分钟，把厕所堵上我就出来了。”

“简直就是游击队的做派。”

我不知道凯是不是有些夸张，不过这个形容让我觉得很酷很刺激。

“然后就轮到他们了。等他们出来尿尿的时候，就是我们抓住他们的时候。”

我把手套塞进衣服口袋里，然后把手放到门把手上。因为凯已经把事情说得很明白了，我就简单地补充了一下：“如果我 20 分钟还没出来，就给史蒂文 · 西格尔[①]打电话。”

“找他没用的，倒是那个迈克尔 · 杜迪考夫[②]能够随叫随到。”我下车的时候，凯用手拍着我的后背说。我关上车门，在窗外对他做了一个不雅的手势，然后双手插兜，面无表情地走了。其实我内心是忐忑的，无数个问题在我脑海里撞来撞去。如果他认出我来怎么办？要是我进去的时候，他正好在厕所怎么办？要是那个保镖压根就不让我进去怎么办？我今天可只穿了黑色的防风服，慢跑裤，甚至脚上都是慢跑鞋，也许我的服装完全不符合这次派对主题。又或者我进去后，厕所里一直有人怎么办，那样我也无法实施计划。

当我踏上幸运卢克前面的砂石道时，之前纠缠我的那些问题都消失了。我的手平静地插在口袋里，沉稳地攥住橡胶手套。之前因为紧张而乱跳的眼皮也瞬间恢复了正常。我满脸平静，如同佛像一般。没等我走近，妓女们从保镖身边走了过去，保镖立刻满脸带笑地给她们打开了门。转过身，脸上的笑意不见了，只是死死地盯着朝他走来的我，还扯了扯嘴角。一个挺宽的大水坑挡住了我的去路，不过上面铺了一张三合板，作为临时的“桥”。我小心地走上去，可是板子边缘还是渗出了水。

---

① 史蒂文 · 西格尔，美国功夫明星。

② 迈克尔 · 杜迪考夫，男演员。

“晚上好。”我一边往里走，一边说。保镖穿着典型的黑色防雨夹克，没准背后还有安全标语什么的。那精心剃过的拳击手发型看上去就跟在头上安了一个房盖似的。他没什么表情的大脸上，有好多麻子坑，我猜他一定是胆固醇过高。他的手往前一伸，上身往前欠了欠。

“晚上好。”他回答道。

我问他今晚是否太平，可他却忙着检查我。嘿，老兄，你又不是保卫多么高级的酒吧，随便做做样子就行了吧!

“是的。目前为止都挺太平的。”他回答。

他的声音古怪又尖锐，说话的时候鼻子还哼哼地喘。我心想，赶紧让我进去啊，你这个该死的。然而他并没有让开。好吧，计划 B，套近乎。我拿出烟，然后跟他并肩站在一起，仿佛我跟他一样都是这里的人，只是出去了一会儿才回来似的。我把一根烟递给他，可他却犹豫着没有接。我连忙又拿出烟盒，从底部一敲，几根烟被弹了出来。他这才拿了一支，并谢了我。

“有火吗？”他问。

我掏出我的打火机，滑下打火轮，然后用手遮着火递给他。这家伙嘴里叼着烟，弯腰往我这边凑了凑，然后吸了一口，再次道谢。等我也点了烟，准备把打火机装起来的时候，他突然说：“等一下。”

“啊？”

“你那是什么打火机？让我看看。”

“妈的，我真是够蠢的。”我心里骂了自己一句。

“为什么？”我问，结果他说他一定要看一看。

打火机上刻着一幅天际的画面，底下还用老式德文刻着“汉诺威”字样。我这是干了什么蠢事啊。

我举着打火机，还把有文字的那面拿给他看。毕竟他早就看到那些字了。我极力地控制着自己，才没把打火机的一角塞进他眼睛里。

“这是什么？你怎么会有这个？”

“啊，什么？上面的图案很特别是吗？这个……”赶紧想办法海科，我在心里催促自己。“嘿嘿，我上次在看U23青年队比赛的时候，从一个垃圾汉诺威球迷那偷来的。”为了混进去，我不得已像个布伦瑞克人那样去贬低汉诺威，“这是那场战役的战利品。”

我傻乎乎地笑，试图掩盖内心的愤怒，我竟然侮辱自己的家乡，真是够让人恶心的。他看着我，不确定是不是应该相信我的话。

我只好破釜沉舟：“那家伙可真让人讨厌，我打了他一巴掌，顺手还掏了他的兜。”

“干得好。”他说，然后还露出了笑容。

我把打火机拿开，然后耸耸肩，就好像那件事做起来轻而易举，完全没什么特别的。

我们就这样并排抽了一会儿烟。后来我把烟蒂往水坑里一扔，说：“我得进去了。”

他已经站在门边上，这样我就可以很容易地进去。看来我还是挺幸运的。其实最糟糕的情况也不过是我把他就地打晕。

“玩得愉快！”他向我表达祝愿，还说，“谢谢你的烟。”

“甭客气。”说着，我推开了门。

酒吧的音响里传出劲爆的音乐声。左侧的吧台上装饰着人造竹子，霓虹灯下，两个油腻的服务员在吧台里面调着鸡尾酒。也许那都是从批发市场上弄来的桶装假冒产品。不过服务员身后的玻璃架上，倒是放了很多高级酒瓶。其实酒吧就是这样，要么提供昂贵的鸡尾酒，要么就得做一些偷工减料的事情。我从室内穿行而过，看见一个个圆桌周围摆放着木椅子，就像是一座座小岛，而且大多数已经有了人。在后面靠左边位置，就是用玻璃隔出来的吸烟室了，那里全是愿意忍受在狭小空间抽烟的人。我没看见那个长疣的人。我又看了一圈，然后往右边走去，墙上包着厚厚的黑色墙布，指示牌上标注了厕所的位置。我进去的时候，一个人正在洗手。他走后就剩我一个人了。可算是幸运一次了——这里只有一个单独的隔间，对面则是三个小便池。我戴上手套，从一旁的架子上拿下一卷厕纸，然后撕下一些团成一团尽可能深地塞进三个小便池的下水道里。然后我又冲了几次水，确保它们被堵得死死的。接着，我走进隔间并在里面上了锁。我把水箱盖拿走，回忆着我和乌尔夫在学校时是如何破坏厕所的。正准备要冲水的时候，外面的音乐声忽然变大，不过一秒钟后，又恢复了原来的样子。我赶紧查看隔间门有没有锁好。嗯，没问题。这时我听到有脚步声正朝着小便池走去，然后是一句“妈的，这是什么玩意？”。接着脚步声越来越近，隔间的门被敲响了。不容多想，我赶紧弯腰打开马桶盖，然后摘下手套用手指抠喉咙。

“快点吐，兄弟。我这着急尿尿呢。”门外的人说。我可管不了那么多。我再次把手指深入嗓子，又是一阵干呕。敲门声再次响起。

拿开满是口水的手指，我装作喝得酩酊大醉的样子跟那家伙说我还没完事呢。这时候，胆汁再一次冲击我的嗓子，然后倾泻进了马桶里。那家伙居然幸灾乐祸地笑了。我真想猛地把门打开，然后把他的脑袋塞进马桶里。不过这时候，音乐声再次变大，接着男厕所的门就被关上了。我听了一会儿，又从隔间的底下往外看，发现那里已经没有人了。那家伙终归是放弃了。有那么几秒钟，我闭上眼睛，让自己松了一口气，然后把嘴里剩余的胆汁吐到厕所里。唾液流到下唇，我赶紧用胳膊擦掉。加油！我鼓励着自己。我按下杠杆，水箱里的水旋转着冲进马桶里。随后我把戴着手套的手伸进水箱，找到了一个塞子并拔了出来，又用另一只手拽了一些纸迅速地塞进塞子下的孔里，再用两根手指压实。手指上沾满了铁锈，真难闻。我松开了塞子，等水箱的水再次满了，我便使劲儿地把浮漂拽下来，扔到一边。盖好了水箱盖，用剩余的纸擦干净手，然后把纸丢进了马桶。

我回到车里，把手套塞进车门上的格子里。凯突然说："兄弟，你身上有一股小便除味剂和胯部发臭后混合在一起的味道。"

乔乔也无奈地问我事情怎么样了。

"你们觉得会怎样？要不是因为我是个傻瓜，怎么会靠在厕所门上用手指抠喉咙？我这种不畏牺牲的表演精神都能拿奥斯卡最佳表演奖了。"

"你说的话，我一个字都没听懂！"乔乔说。

我把事情的经过给他们讲了一遍，然后我们就开始等待。

凯不停地拿出手机看时间，我不得已让他关掉。

“那个王八蛋的膀胱还真是强大，难道都不用出来撒尿吗？”

“也许他们已经修好厕所了。”乔乔说。

“不可能。我的破坏力……”

凯突然拍了我一下，顺着他的目光越过挡风玻璃朝外面看去。

“我去，那个是他吗？”我问。

我和凯赶紧顺着座椅往下躲了躲，只看见三个人摇摇晃晃地离开酒吧往街道这边走。我眯起眼睛，那三个家伙已经走到了街对面那微弱的灯光下。

“就是他！”凯激动得直拍大腿。而我隐约也看到了那人脖子上的疣，以及部分的金色头发。

“没错。”我说，嘴巴都忍不住流口水了，“好的，等到他们开始尿尿，我们就悄悄地过去。别把门弄响了，以免打草惊蛇。”

乔乔和凯点点头，我们几个埋伏着等待猎物。他们走到一道把工厂和其他地方隔起来的围墙边，那个位置跟我们的车几乎就在一条线上。三个人并排叉开腿站着尿尿，似乎在说着什么，脑袋还前后摆动着。

“走！”我说，然后轻轻地打开车门。凯和乔乔也跟着我开始行动。关门的时候，尽管我已经很小心谨慎，但还是发出了一些声音，不过那三个人并未在意。

“嘿，你们这几个混蛋！”我喊道。

他们转过身的时候我们已经站在了街道中央。还没等我反应过来，凯就率先一脚将那个长疣的人踹飞到他尿尿的围墙上。我和乔乔朝着另两个人跑过去的时候，他们都还没弄清是怎么回事。我迅速伸出左手，抓住了一个人的衣领，几乎同时，又使劲儿挥出右拳朝他的鼻子打过去。隔着皮肉，我都能感受到他那一排牙齿的存在，我的手大概要受伤了。我抽回手，与此同时，那家伙却吐了。可能是吓得，也可能是疼得。他的上嘴唇被我打裂了，血腥味瞬间充斥着我的鼻腔。他哀号着，捂着脸倒在了地上，并紧张地用手接着自己的血，即便在昏暗的灯光下，我也能看见他手心里瞬间就盛满了血。解决了这个家伙，我往周围看去。凯把那个长疣的家伙推到围墙边，一拳接一拳地揍着他的肚子。不过乔乔的处境不太乐观，他被对手控制住了胳膊后，又被一把推开。见乔乔踉踉跄跄地走了几步后又挨了一肘，我立刻冲上去推开那个人。我锁住他的头，然后使出了泰拳里的经典弹跳腿动作进攻。他试着抬胳膊防护，却没能阻挡我的膝盖重重地顶在他的心口上，他只能噗噗噗地吐出几口气。

“发生了什么事儿？”有人大声喊道。

我推开手里的那个人，然后朝着声源处望去。在我们和幸运卢克中间的街道上，停着两辆汽车，所有的车门都开着。八个人正朝我们这边走来。起初只能看到轮廓，等到他们走到路灯下的时候，我立刻认出其中两个是布伦瑞克的流氓。这些人手中至少拿着三根已经被拉长的伸缩棍。

“混蛋。”我低声骂道，然后大声朝凯和乔乔喊，“赶紧到这边来。”

凯和乔乔顺着丁字路口的左边跑了。我则迅速地绕到了大众车这儿，钥匙已经在手里了。可不知怎的，在我顺利把钥匙插进去后，却直接把车锁上了，然后拔出钥匙又跟着凯他们跑。身后挥舞的棍子发出嗖嗖的声音，不过它们只打在了我的衣服上，并没有真正击中我。

我一边跑一边回头看，他们就跟在我后面，衣服袖子被风鼓起来，我拍走那些空气，看见前面的乔乔和凯后，我又回头看。我和对方已经拉开一些距离了，他们大喊着，想要赶上我。凯率先穿过草地，越过铁丝网，我们两个紧跟其上，然后又穿过一片工业废墟。脚下是各种碎渣，我们远离街灯，越过传送带和装载坡道。我的肺像是要炸开了，还想吐，可还得继续跑。直到身后已经听不到有人追赶的声音，我们几个才筋疲力尽地倒在一家载重汽车运输公司的空地上，大口大口地喘着气。

跟我一起躺在冰冷的混凝土地面上的乔乔问我是不是该回去取车。

“你想什么呢乔乔？他们还能对那辆车视若无睹吗？你太天真了。最起码他们会把车玻璃都砸碎了，否则他们必定要拿着伸缩棍或是棒球棍在那里等我们回去，然后来个瓮中捉鳖。”

“凯说的对。”我说。

“那我们怎么办？”乔乔抬起头问。

寒夜的空气在我的鼻孔里一进一出。我的头好疼，就好像有个钳子把它夹住了一样，而肺的存在感也前所未有地明显，好像是从别人那刚移植到我肋骨下面似的。

“实在没办法，”我最后说，“得给乌尔夫打电话，让他来接咱们。”

凯朝着天空无奈地拉长声喊：“混——蛋——”

谁让我们虎落平阳呢。我按下了乌尔夫的手机号。

一

回想起那时候，我们总是待在赛德尔家。我们最终明白乔乔根本不会跟我们出去玩，能让他离开家的理由，除了出去工作就是跟他妈妈去打折的超市，所以我们只好主动去他家。但这样很无趣，每一次，当我们离开他家，他把门关上的时候，我们都会松一口气。这一天，我们坐在约珥曾经的卧室里，如今那里已经是乔乔的了。我总觉得他睡在弟弟的床上有些瘆人，可我从没当他面说过。毕竟这些话不会让他感到快乐，否则我一定会说的。在他整理关于约珥比赛的报道和照片的时候，我们就一直看着他。他已经很多年不去理发店了，那头拖把一样的长卷发让他看上去就像是德国版的超级中场卡洛斯·瓦尔德拉马。

我们走进乔乔的房间，倚在窗前抽烟。乔乔不让我们在他弟弟的房间抽烟，因为担心把约珥贴在斜顶天花板上的海报给熏黄了。没错，约珥是不抽烟的，这一点跟我们不同，他从来都没有抽过烟，连试都没试过。我们也不会强迫他，我们明白他这么做的道理。他也不喝酒，除了在生日会上偶尔喝一些。而且他不胜酒力，一瓶半的啤酒就会让他醉倒。

之后，我们整天躺在沙发床上，有时候也会躺在约珥的床上，翻着过期的足球杂志，或者看当时很流行的《美国忍者》或者是成龙的老电影。约珥的上衣挂在门后的衣架上，乔乔总想着找个时间把它珍藏起来。门是开着的，他爸爸总是忙叨叨地从那里经过，可谁也没看见他究竟在做什么事情。自从约珥去世后，他就一直处于行为混乱的状态，甚至比乔乔及其妈妈还严重。真是一言难尽，短短几个月，他像是老了好几岁，连脸颊都凹陷了。尽管戒了烟，但是他说话的时候嗓子还跟以前一样沙哑——这都是以前抽烟留下的毛病，那声音听上去就像声带穿过奶酪刨丝器一样。他就像是一个身穿长长的灰色工作服的幽灵一样在走廊里游荡，偶尔经过房间时还会向里面看一眼。

赛德尔太太在厨房里，那是她的天地。她是一个名副其实的传统家庭主妇，脖子后面总梳着一个网球一样的发髻，平时还喜欢穿围裙。她准备了咖啡和蛋糕，这是赛德尔家的传统。我猜这是一件不错的事，我也不太懂，毕竟我家没有这传统。不过换句话说，不论喜欢不喜欢咖啡和蛋糕，每天下午三点半必须围着厨房的餐桌聚餐这件事还是挺烦的。而且他们家的传统已经波及了我们这些访客了，逼得我们也得按照他们的规矩来。然而除了我，其他人对这件事都没提出异议，所以我也没说什么。我想这就是不同家庭有不同的习惯吧。

现在回想起来，那时候我是和凯一起到外面抽烟的。当时赛德尔家的花园和其他地方都被白雪覆盖了，我们吐口口水，雪地里就会出现一个黄色的小坑。那年初秋就已经很冷了，雪来得也比往年早。回到屋里，我们关上了窗户，然后把乔乔房间的门打开，暖融融又甜丝丝的香气就顺着楼梯飘了进来。尽管这里是个温暖的港湾，可我还是在寻找一个属于我自己的地方。虽然时常旷课，但那时候我还是个学生，可年龄不能阻挡我早早就搬离了家。原因很简单，我在那个只有我和汉斯以及米尔的家里实在待不下去了。那时曼努埃拉已经去了哥廷根读书，我则住在一个比鞋盒子大不了多少的地方，但是在我看来，也比住在家里强千百倍。家庭不像朋友，是不能选择的，而我们却能够选择离开朋友，不论当时年龄多大。

"咖啡准备好了。"赛德尔太太在楼下招呼道。乌尔夫和乔乔从约珥的房间里走了出来。这时赛德尔太太站在下面的楼梯缓台上问我们有没有看见迪特尔。

"他刚才还在这边呢，"乔乔说，"可能去睡觉了。我这就去看看他。"

我们剩下的几个人跟着赛德尔太太去了厨房，然后在桌边坐好。我们每个人的杯子里都倒满了热气腾腾的黑咖啡，盘子里则分别装着一块罂粟籽蛋糕。

"男孩们，开动吧。"赛德尔太太说，"不然一会儿凉了就不好吃了。"

我们就像乖小孩似的跟她道谢。凯和乌尔夫对这种茶话会的兴趣比我强烈，特别是乌尔夫，他享受蛋糕的样子讨得赛德尔太太十分开心，这让她作为家庭主妇的自豪感大大提升。

忽然外面传来砰的一声。赛德尔太太站起身，关上了厨房的窗户。

"邻居家的男孩又开始放烟花了。不过这应该都是新年前才做的事啊！"

“也许是去年剩下来的。”乌尔夫说，然后一口把蛋糕塞进了嘴里。

这简直是对美景的亵渎，洁白的雪被他们炸得一片狼藉。

凯踢了一下我的小腿，然后凑到我身边小声说：“还记得吗？那个死耗子。”

说完，他坐正身体，偷偷地笑。

那是一年秋天，我刚刚小学毕业。大家都拿着上一年新年剩下来的烟花玩。在汉诺威中央火车站附近的建筑工地里，我们发现了一只死耗子。一时调皮，就把一个很细威力很大的鞭炮塞进它的屁眼里，点燃了引线。结果我们低估了鞭炮的威力，没有提前躲得远远的。

“嘘！”我尽量不着痕迹地小声说，“当然，那场面可是够血腥的。”

后来米尔在装脏衣服的竹篓里看见我那沾着老鼠内脏的外套的时候，差点被吓死。这件事至今回想起来，我都忍不住笑。

这时候，乔乔来到了厨房。

“他不在卧室，不过我看窗外的脚印，他应该是往花园里的小房子去了。”

赛德尔太太用洗碗布擦了擦手，然后走到窗边往外看。

“他不该再去那里了。他知道我们下午茶的时间的。”

“随他吧。”乔乔虽是这样说，但还是穿上靴子去花园找他爸爸了。

“你们继续吃，别客气。”赛德尔太太热情地说。乌尔夫的罂粟籽蛋糕吃完了，又往盘子里装了一块方形蛋糕。

因为之前抽了烟，现在又喝了咖啡，所以我觉得肚子有点不舒服，最好的解决办法就是上个厕所。

偏巧这时候乔乔穿过客厅来到厨房，身后留下一排鞋印。

“乔乔，把你的靴子脱了。”

“你们几个小子来帮帮忙。小房子的门没锁，可是里面好像有什么东西把门给堵上了。”

我们三个赶紧取来鞋子，到门口穿上后，跟着乔乔往那个荒凉的小房子走去。那个地方我们不常去，毕竟它很久以前就被他爸爸改造成个人雕刻室了。

“你们看！”乔乔推了推门，虽然露出一道缝，却无法完全打开，“打不开。”

见状，我们几个赶紧帮忙，手和肩膀一起用力去推那个木门。

“你们有没有闻到什么味道？”凯说话的时候表情都扭曲了。

里面的确散发出一些味道，我们还隐约听到一些什么东西摇摇欲坠的声音。突然工具架子倒塌了，我们顺着门缝往里看，只见螺丝起子等工具滚落一地，然后停在了地上的猎枪旁——就在那附近，竟然是乔乔父亲的脚。

一

乌尔夫约我到里克林根见面——一个隐没于房屋中介、美甲店、毒贩巢穴和网吧之间的地方，那是我们最喜欢的赌场。赌，让人有一种绝处逢生的快感。

有一阵子，我们几乎每天都去赌场。毕竟到处都有足球比赛，所有人都在赌球。也是因为这个，我才记住了阿塞拜疆和哈萨克斯坦这些队伍。一到周末，在看足球比赛和喝酒之前，我们都会先去赌一把，那时候好多人都这样。但是这些年情况有些变了，不少人都不去赌场了，一是因为网络赌球盛行，二是赌场总被转手，人情味越来越淡了。不过赌场的所有权也都是在他们自己人手里转来转去，比如老子转给儿子，儿子转给兄弟，然后再转回来。我们喜欢的这家赌场仿佛是老古董一样的存在。大约 5 年前，赌场老板卡尔因彻底放弃了赌球项目，开始在全世界范围内赌马。当然了，主要范围是英国，这是他一直以来的事业。不仅如此，这个老家伙还跟英国很多有名的赌场联系紧密。可在这里，赌场却一直沿袭着以前的运营模式，除了电灯、电视和咖啡机就看不见其他电子设备。卡尔因总是坐在 8 米长的柜台后，管理着纸质的下注单。另外，这里还提供各地有关赛马的杂志和小册子。年复一年，赌场的客人依旧爱来这里，只是他们越来越老了，而一些行动方便的人渐渐走进这里占据了那些老人曾经的位置。为此，卡尔因不知什么时候竟然在外面第一节台阶前砌了一个缓坡，以方便老客户们走路。

除了人情味，这里还有下萨克森州最棒的甜品。每隔几小时，卡尔因的太太就会到旁边的面包店带回一托盘点心。喜欢这些美味的可不止那些老家伙。有一次我们到这里，丝毫不加考虑地开始赌马，结果输得惨极了。卡尔因失望地摇头，嘴巴抖得跟马的大嘴唇似的，感叹现在的年轻人真是太笨了。其实除了我们以外，他几乎不认识40岁以下的人，而我们之所以来这里只是想支持他的生意，好让他能一直守在这里直到生命的终结。

我走进来的时候，乌尔夫已经坐在了一张圆桌旁，手里还拿着两张票。之前我刚刚拜访了附近的高尔，还让他给我文了身。文身的地点就在他家厨房的餐桌上，在我心脏位置的“96”图案旁边，我文了一个跟真正的丛林军刀一样大小的图案。那是我从电影里看到的，这个电影是凯介绍给我的，讲述的是一个俄罗斯黑帮的故事，电影里那些人的文身都超级酷。我想，假如有一天我被关进了西伯利亚的监狱，没准还会为自己有这样的文身而庆幸——他们有可能会以为我跟他们是同类人。

“海科！”乌尔夫站起来叫我。

我俩握了握手。因为刚做完文身，所以包裹图案的保鲜膜在外套下面沙沙作响。

“过得好吗？”我问，然后坐下，“有什么事情找我？”

他不说话，只是把手里的票折上，打开，再用手指抹平。他微微鼓起腮帮子，扁着嘴吐气。一位喝了酒的老者从我们身边走过，按照这里的老传统，礼貌地跟我们点头致意。乌尔夫嘴里似乎说着什么，可我没听清楚。

“有什么事情就说出来啊！”我催促着。

“其实……”他把手摊开在我们之间的桌面上，“就是我把你们从布伦瑞克接回来后……”

“是呀，真得好好谢谢兄弟你。要不是你，我们真不知道该怎么办！想要离开那个鬼地方还挺麻烦。”

想起之前在拳馆遇到阿克塞尔伯父，他问我知不知道车哪里去了，真是让我倍感压力。当时我完全不知道该怎么应对这个问题，只好假装什么都不知道。

这时候乌尔夫打断了我的思绪：“这都没什么。只是我回家后，发现萨斯基亚竟然一直坐在厨房里等我。我开车走后，她就担心得无法入睡。”

我有一种不祥的预感，却什么都没说，只是静静地听着。

“我以前曾跟她说过咱们的经历，尽管从没奢望她认同我们的做法，却希望她多少能理解一些，或者能够接受这样的我。那时候她的确接受了。不过现在，我们家那个小的都快要上学前班了，孩子懂得越来越多了。”

“乌尔夫——”

“听我说，海科。她说她受够了。这么多年来，每次看见我带着伤回家，她完全不会觉得这有什么伟大的，她无法理解，可她一直忍气吞声。但是现在，她说她受够了，在事情没变得更糟糕之前，她希望我能退出。”

“她希望这样？”我按住他，“那你的想法呢？”

“我们现在不讨论这个。”

“嘿！”我情不自禁地站起身，拳头重重地砸在桌子上。

“不讨论这个？这是什么鬼话，乌尔夫。你是怎么想的！我们的人生就该是那样的。她为什么不接受？也许我该——”

“海科！”他大声叫我，但很快，他又平静下来，“事情很简单，如果我继续这样，她就会带着孩子离开，我就成了孤家寡人。”

“简直难以置信！”我大叫，结果遭到柜台后卡尔因的训斥。

“可是我偶尔还是会去蒂姆芬酒吧呀！我们也可以定期一起去体育馆，我可以陪着你们的，只是不再跟大家一起外出了。嘿，海科！我们还是朋友啊！什么都不会变的。”

此时此刻我什么都听不进去，觉得他的每一个字都很刺耳。

我说：“什么都不会变吗？乌尔夫，这是什么鬼话啊？还是朋友？我真的不确定。”

我推开椅子，它倒下滑到一边。我跨过椅子，猛地推开门，冲了出去。

一

检查好后，我用膝盖顶上鸽笼的门，耳边再次传来鸽子们发出的咕咕声。连续的雨天让花园里的草湿漉漉的，像是蜥蜴那又长又细的舌头舔着我的裤子。我在房子旁边的水龙头下，清洗了换下来的鸽食槽，然后把它倒靠在墙边。我在鸽笼那边的时候，并没有注意到房子门廊处亮着灯，可米尔现在出来了，应该是在厨房看见我了吧！她穿着一件非常厚的羊毛衫，虽然衣服顶多是S码的，但对她来说还是太大了，那头又长又黑的头发在颈后被梳成了一个发髻。在这个寒冷的夜晚，她一手端着一盘热气腾腾的面条，一手端着一杯小麦啤酒走到桌边，然后把那些东西放在上面，又拉过一把带坐垫的花园椅，招呼我过去。我犹豫着，感觉自己就像是一头正在被美食引入陷阱的小鹿。

“你吃过饭了吗？”她问。

我诚实地摇摇头，心里忍不住暗骂自己：笨蛋！就说自己吃了，然后谢谢她就可以走了！然而太晚了，我只好走过去，坐在桌旁的椅子上。她又回到厨房里，但愿她不是进去拿甜点什么的。我用叉子挑起面条，然后卷啊卷，直到面条团变成叉子的三倍厚，我才一口把它们都吞了下去。我喝了一口啤酒，之前忽略的面条香味瞬间回荡在口腔里。不过就是普通的鸡蛋炒面，但是她做出的味道很特别，像是有十几种香味被精心组合在一起，让人回味无穷。这时，米尔又端着一盘面和一杯水从厨房走了出来，然后坐到我旁边吃起来。她吃面条的时候跟我不一样，是用叉子挑起后吮着吃的。

她抬眼看我，头却仍旧低着，下巴跟盘的距离很近。

“你冷吗？”

“嗯！”这天气谁会说不冷呢。

“你还挺会照顾的！”

我惊讶得眼珠都要掉下来了：“什么？”

“你把鸽子照顾得很好。还有你爸爸，你对他的照顾也很好。”

起初我还以为她是在开玩笑，但是这么多年来我都没发现她还会开那种隐晦又微妙的玩笑，所以我确定她说的是认真的。

“不不！”我觉得自己的脸在发烧，这种感觉实在有些让人恼火，就好像一个没有手臂的人偏偏觉得浑身痒痒，却没办法挠。我吃完半盘面条的时候，她已经把自己那一小份食物吃完了，然后就看着我吃，这让我异常紧张，可我又没法让她往别处看。

“汉斯他很不容易。”

我茫然地看着她，把酒一饮而尽。她刚要起身拿我的酒杯，我就跟她说我不喝了，并表示了感谢。

她又坐回去，继续说：“你爸爸很不容易，他有太多的困难，不过他是个好人。你也是。”

由于过度惊讶，嘴里的面条都被我喷出来了，为了掩饰尴尬，我又把它们塞进了嘴里。我不知道该怎么跟她继续聊下去，所以就让自己的眼睛盯着盘子边看，偶尔看她一眼，可她却一直盯着我。

“我父母很早以前就去世了。我……嗯……我是跟我阿姨在曼谷长大的。那是一个很大，很喧嚣，到处都是灯红酒绿的地方。不过那里也有很多乐趣，有机会你一定要去一次。那里跟汉诺威很不一样，没有这么冷，也没有这么多阴天。”

“我喜欢汉诺威。”我脱口而出，转瞬我就在心里骂自己是个白痴。

“你离开家后，你爸爸很难过。他不说，但是我能看得出来。他认为你是去你妈妈那——”

我吃完了面条，“叮”的一声把叉子扔进盘子里，随即感谢她提供的食物。米尔也小声地说了一声“谢谢”，然后我们一起拿着盘子和杯子进了厨房。

“我来吧！”我说，然后把餐具洗完直接放到架子上晾着。我问米尔，我能不能到我以前住的房间看一看。她点点头，笑了。

我轻敲开关，天花板上的灯像是刚从深度睡眠中醒过来似的，闪烁了一下，然后慢慢变得越来越亮。

“这屋子里真乱，”我对自己说，“跟以前一样，什么都没变。”

以前我一直以为，我走之后父亲会踏足这里呢！屋里的空气不太好，原来空气也是会过期的。我打开双层窗户，想给这里注入一些新鲜的空气，突然一只巨大的飞蛾从我身边经过，朝着灯飞去。它不停地朝着灯泡来回撞，发出清脆的“当当”声。我要是那只蛾子，非疼得大叫不可。

我把手搭在后腰上，四处看了看，一时之间竟然不知道该从哪里找起。床下的地毯上已经积了一层厚厚的灰和蜘蛛网，我可不想费力地从里面拉出那个大箱子。床上的羽绒被还像我离开的那天早上一样，皱巴巴的。枕头中央还留有我后脑勺的印子，如同刻在上面的回忆。衣柜我就不看了，我还记得离开家那天，我先把所有的衣服都拿了出来，然后又把那些不想要的扔了回去，并迅速地关了门。要是我现在把柜门打开，那些衣服不稀里哗啦地掉出来才怪。考虑再三，我从一个像书桌一样的石膏板架子上抽出一摞鞋盒，其中一个盒子里装了很多相片。这是我们的队伍客场对战科特布斯开启传奇之旅时候拍的，那时我们正在为晋级而战。这张照片中，凯手里举着一个沾满了血渍的杯子，还做着鬼脸。另一张照片里，能看到后面的我和阿克塞尔伯父。我爬到了赛场的围栏上，伸着胳膊想要看得更远。那时候我身上穿着一件不知道从哪里弄来的训练夹克，粉绿黄三种颜色搭配在一起，虽说很怪异，却是 20 世纪 80 年代末到 90 年代初的经典款。因为衣服太大，我只能把袖子卷起来，看上去就像有着很大的肱二头肌似的。阿克塞尔伯父站在我旁边，胳膊交叉在胸前，毫不费力地越过围栏看向远处。

接下来这张是我和凯、乌尔夫以及乔乔在蒂姆芬酒吧前的合照，大家摆着像唱片封面模特那种自以为很酷的造型，但表情轻松愉悦。另一张是我们和约珥一起拍的，他梳着偏分头站在大家中间。说起来，约珥特别像百乐宝玩具[1]中的人物，仿佛他的头发也能被拿下来然后换上其他发型似的。照片中的约珥，手拿汉诺威96的队服，衣服上面还印着“7”的号码。我们在他后面站成一排，每个人都伸出一只手放在那件衣服上，另一只手则攥成拳头高高举起。画面中的我们，正在兴奋地尖叫，不过乔乔一如既往地在照相的时候眯了眼，那样子跟反应迟钝的瘾君子差不多。我把这张照片放进了衣服口袋里。

不幸的是，我和乔乔用铅笔为约珥画的个人训练图找不着了。倒是我自己的第一套1995—1996年赛季的德甲联赛贴纸集竟完整无缺。看到这些，会让人觉得汉诺威96位列顶级联赛并不是很久以前发生的事情。我快速地翻看着，里面都是一些“老人儿”了，我几乎都忘了他们还曾留过那样的发型和胡子，但记得他们的名字：米尔科 · 沃塔瓦、汤姆 · 杜雷、弗拉基米尔 · 别斯查尼奇、曼尼 · 本德、海科 · 斯科尔茨、阿兰 · 萨特。

我把这些东西又装回鞋盒里，然后把盒子放回原位。突然，我有一种疲惫不堪的感觉。我特别想去伊冯家前面，独自一人在车里度过一晚。可我不能这么做，我得分散一下注意力。本想去找凯的，但是我觉得今晚我没有精力开车去汉诺威了。

我跟米尔告别，我走后她便从里面把门锁上了。我跳上自己的大众车，然后开到了大富翁赌场，那里几乎是24小时营业，只在早上6点的时候关门一小时来打扫卫生。

---

① 百乐宝，是一个可以与乐高相抗衡的德国玩具品牌。乐高属于堆叠式的，而百乐宝则是根据不同的场景创造具体人偶实物的组合。

我坐在吧台旁，没去玩赌博机，只是点了咖啡，喝了一杯又一杯。我在频频点头打瞌睡之间，恍惚以为自己穿越了十年时光，看到了头发花白的那个海科——回忆往事时他还坚定地说：“我不后悔任何事，如果时间倒回，我还会这么做。”

一

四个人穿着黑色套装站在土地上，漆皮鞋都弄脏了。我们头上是深蓝色的天空，几条电线从中间横穿而过。空中飘浮的白云就像用粉笔在天上画出的罚球点和边线。约珥那双黑黄相间的阿迪达斯猎鹰球鞋挂在我的臂弯里，连接两只鞋的鞋带在我的外套上摩擦出棕色的痕迹。我之所以没用手拿鞋，是因为我要用一只手来抽烟，要用另一只手拿啤酒喝。乔乔站在距离我几米远的位置，乌尔夫在我身后，凯则在18米之外打电话。曾经我们几个各司其职：乔乔和我是一对一的记录员，要记下所有可能发生的事情；大块头乌尔夫是最后的防线，保证后方安全；凯的职责就是躲开对方的防守，稳定局势。如今，我们之中少了一个人——超音鼠索尼克，少年天才，韦斯特乌镇的任意球小王子。从那之后，再也没有那么多天才出现了。没有罗伯托·卡洛斯式的任意球能够盘旋过防御墙，也再没有那样优秀的单人控球了。

凯走了回来，大声喊："现在就把它们扔了吧！我都要晒干在这里了。"

乔乔看了看手表。

"差不多到时间了。"我把猎鹰球鞋交给他。啤酒的味道可真差，乔乔把他的啤酒罐放到地上，然后看了看空中的电线，一个仰身后迅速把鞋子扔了出去，但是它们没有被挂到电线上。他走到鞋子坠落的地方，捡起来，又扔。这次简直就是直上直下的，它们落下来的时候，他赶紧躲开了，不然非得被砸到。

“哦天哪，兄弟有点儿惨啊！”凯在我身边小声说。只见乔乔再次把鞋扔了出去，失败，跑过去，再扔，又失败。如此反复，连口气都不喘。渐渐地，他有些没力气了，跑动的时候嘴唇都跟着抖动，身边尘土飞扬。扔出，失败，跑过去，再扔，失败……

凯把胳膊搭在我肩膀上，呻吟着：“天哪，快点儿让他成功吧。”

乌尔夫从我俩中间穿过朝着乔乔走去，乔乔把鞋子给了他。乌尔夫弹掉手上的烟头，叉开腿站着，手攥着鞋带甩了几下，那双鞋就快速地旋转起来，接着乌尔夫用力一掷，鞋子就像是被人穿在脚上似的，在空中飞速地攀升，最后挂在了电线上。我们期待它能产生火花，为了纪念约珥而产生的火花。其实不仅是为了约珥，也为了我们，因为我们是一个团队的。即便有一天我们都倒下了，至少那双鞋还高高地挂在上面。这时，教堂的钟声响起，回荡在整个小镇——悼念仪式开始了。我们把啤酒干了，然后四个人站成一排往前走，个个低着头，像是输掉了很重要的东西。

后来我们到教堂去参加葬礼。凯、乌尔夫和我坐在第二排，前排是乔乔和他的父母。我看到迪特尔把头埋在手心里，棕色的卷发在肩上一颤一颤的。乔乔的妈妈轻轻拍着他佝偻的后背，轻声安慰着。牧师公式化地说着悼词，他根本一点儿都不了解约珥，说的那些话简直毫无意义，我为此不满，在酒精的作用下忍不住抱怨出声。很快，几个素不相识的人冷着脸要把我赶出教堂。随后我跟他们发生了一些摩擦，如果是在酒吧里，这没什么大不了的，但是这里是教堂，引得大家一阵骚动。凯和乌尔夫赶紧来帮我，吼着让那些人离我远点儿，并告诉他们我会自己走，然后凯护着我从安全的地方离开了。教堂的门被关上了，我一个人在外面听着继续举行的葬礼。

在瞻仰遗容的时候，乌尔夫又把我带了进去。那几个陌生人还有牧师正在跟赛德尔家的人说着什么。乌尔夫小声地嘀咕着希望他们不要起诉我。我夹在凯和乌尔夫中间，站在悼念者的队伍里。在开棺之前，约珥的父亲就支持不住了。乔乔赶紧扶住他，等到确定他可以站起来后，乔乔才从背包里拿出那件 7 号运动服，小心翼翼地盖在弟弟的胸前——领子对着脖子，衣袖盖着胳膊。那一刻，约珥看上去就跟还能再踢球一样。乔乔终于忍不住哭了。轮到凯走上前去瞻仰遗容，他说了一些冠冕堂皇又很感人的话，虽说现在我已经不记得他当初说了什么，但是那时候我心里忍不住暗想，这家伙从哪里搞到的这些词呢。接下来就轮到我了。我盯着约珥看了很久，并希望自己能更长久地看着他，久到他在我眼前腐朽到灰飞烟灭，然后在我静静的呼吸间，他就可以被我吸进身体里，与我合为一体。这当然是不可能的，我也知道这听上去有些变态，但是那一刻我的确是这么想的。我紧闭双眼，不让眼泪流下来。良久之后，我睁开眼睛，看着约珥平静狭窄的脸庞，对他说："我们汤加见。"

我、乌尔夫、乔乔以及凯亲自为约珥抬棺。当乌尔夫把肩垫给我的时候，我拒绝了。尽管别人不认同，但是我却觉得承受些许痛楚，是我能为约珥做的最后一件事。我们几个汗流浃背，衬衫湿漉漉地贴在身上。约珥的队友们身着队服等在外面。这是乔乔想的主意，他觉得这也是约珥的愿望。为了让约珥的在天之灵得到安慰，队友们全副武装，就连比赛时用的护具都没落下。阳光下，那红色的队服就像是耀眼的红烛。放下棺椁，我忍不住问自己，他是暂时安息了，还是永远彻底从世界上消失了？我们把棺材放进墓穴中，一切尘埃落定。我们多么希望能够永远地站在这里陪着他。大家双手叠放在身前，凝视着墓穴，然而我们只有半个小时的时间。半小时后，我们都回到了约珥和乔乔的家，无声地接受咖啡和蛋糕。

一

今天早上，我坐快车从汉诺威来到布伦瑞克。站在西边的工业区时，我多么希望这能有几辆卡车让我避一避啊，没有的话，哪怕是给建筑工人提供食物的香肠摊也好啊。这是入秋以来最冷的一天，大雾之中，风吹着雨斜斜地朝我袭来，寒冷的气息钻进了我的衣服。

幸运卢克酒吧像是被水洗了一番似的。牌匾灯没亮，显得破败又萧条，遮雨棚上的排水管哗啦啦地往下淌水，在酒吧入口上方形成了一个水帘。我们那辆车还停在街上，即使远远看过去，我已明白它此时必定惨不忍睹。轮胎被划出一道道口子，玻璃窗上也有被伸缩棍和棒球棍击打的痕迹。车身被喷上了黄色和蓝色的漆。倒车镜和天窗被打碎了，碎片可怜地散落在这辆车的“尸体”上。整个车顶都凹陷了。身前那个积满雨水的水坑，不仅倒映出了我的脸，就连脸上的恐惧表情也都能看得清清楚楚。我该怎么跟阿克塞尔伯父解释这件事？那可怜的引擎盖上甚至被他们用黄蓝色的油漆喷上了“汉诺威杂种”的字样。接着我做了一件让我后悔得肠子都青了的事——我往车里看了一眼，座椅被划破，黄色的填塞物冒了出来。方向盘不知所踪，车载收音机也没了。油门和刹车的位置积聚了一些不明液体，从颜色上看应该不是雨水。一个肉色的人造阳具被人用胶布粘在挡杆上，面对这样的创意，我真是哭笑不得。不仅如此，每个座位上还都被人拉上了屎。避免到时候凯和其他人不相信我的话，我赶紧拍下了照片。

我愤怒地砸了一下驾驶室这边的车门，反正现在对它来说，再多一个坑也不算什么了。此时此刻，我只想赶紧离开这个鬼地方。我转身，朝火车站方向走去。

一

自从约珥收到了汉诺威的邀请，我们就一路乘风破浪。那时候的我们做什么都很顺，也不允许自己出任何差错，当然了，除了被学校开除这件事，但是这对于那时候的我们来说根本不算什么。

那天天气不错，到处都雾蒙蒙的，能见度不到五百米，感觉很舒适。这是本赛季的倒数第二场比赛，汉诺威 96 主场对战门兴格拉德巴赫队。在伤停补时阶段，我们幸运的捷克球员施泰纳在禁区内凌空一脚，扳平了比分，同时也逆转了汉诺威 96 将要被降级的局面。那天我伯父打了好多电话，并组织了一场跟门兴格拉德巴赫铁杆球迷的对战。

大家把地点选在了贸易展览会场，在德国 2000 年汉诺威世界博览会后这里便声名鹊起。人们在西边的停车场上等着，我的工作就是在双方之间进行协调。阿克塞尔伯父想要给这个赛季画上一个完美的句号，在我求了他好几个小时后，他终于给了我自由支配“童子军”的权力。

我们认定门兴格拉德巴赫的队伍会从拉岑火车站到贸易展览会场来，所以阿克塞尔伯父在车站那边安排了“岗哨”。乌尔夫等待在候车大厅里，那儿有一个天桥通往站台。火车到站时，乌尔夫很容易就在人群中发现了对方那队“大块头”，然后他沉着地走到出口处，那里有一个通往交易中心大厅的玻璃通道，凯在那里已经等候多时。两个人交换了一个眼神，接下来凯一路冲刺。在此之前，为了让凯一路畅通，我们已经把入口的门拆了下来。一直以来，凯都是我们之中除了约珥以外速度最快的，所以这个任务交给他非常合适。与此同时，乔乔已经带着气枪藏在通道尽头通往纽伦堡大街的拐角处了。这样安排乔乔，目的是当凯穿过通道的时候，乔乔能够第一时间发现他，也便于为接下来的行动做准备。对于乔乔的安排，之前阿克塞尔伯父还特意叮嘱了一下，所以我也格外注意。

“要是你只顾着挖鼻孔而错过了凯，别说我过后把你的脑袋踢进脖子里。”

“别紧张海科，我会留意的。”

我一直等在通道的尽头。凯跑过来时他嘴里还喊着：“他们到了，从门兴格拉德巴赫来的那些人到了。”

我赶紧往楼下跑，可是没跑几步，就不小心扭了脚。顾不了那么多了，我忍着疼痛继续向停车场跑去。那里，我们的人已经摩拳擦掌，跃跃欲试。

“好的，干得漂亮海科。”说完，阿克塞尔伯父转身对一个小分队的领头者托梅克说：“你到卡芙兰超市前边去。”

托梅克带着几个人绕到主通道两侧的走廊里进行埋伏。阿克塞尔伯父则带着大部队跟着我往通道口那里走。等我们到那的时候，乔乔应该已经在他的位置“狙击”那些门兴格拉德巴赫人了。要知道，乔乔可是我们这些人中的神射手，不过我们并不想用枪伤人。所以尽管他已经荷枪实弹，但是在那个距离发射气枪威力很小，它的作用不过就是吓唬吓唬对手，让他们自乱阵脚而已。那种感觉真是太棒了，时至今日，我都记得自己身后跟着一群“足球流氓”的样子。我回头看了看他们，感觉自己就像是个老大一样，威风极了。就像我听说过的那样，他们是孤独的，也是勇往无敌的。他们大步流星地走，我就以更快的速度走在他们前面。我太想保持这种领袖一样的感觉了，尽管真正对战的时候，我就得到一边去。我们转到了通道里，看见门兴格拉德巴赫人正怒吼着朝我们走来。枪声响起，阿克塞尔伯父领导着队伍，就像《勇敢者的游戏》中的罗宾 · 威廉姆斯一样喊道：“给我打扁他们！”刹那间，我们的人朝着对方队伍冲了过去，好几个门兴格拉德巴赫人因为被气枪子弹打中而抱头鼠窜。而且在阿克塞尔伯父的队伍跟对方正式交锋之前，托梅克的人马率先冲了出来，直接干倒了对方几个人。接着，当时还比较年轻强壮的阿克塞尔伯父和辛克尔以及泰勒等人也开始了与对方的肉搏战。很可惜的是，那时候我们四个只能站在安全地点观看他们的战斗，不过我的灵魂已经与他们在一起挥拳、躲闪，打得酣畅淋漓。我的心脏在胸腔里狂跳不止，当时的我真是热血澎湃！

一

我就像一个在凌晨四点半被闹钟吵醒，然后快速喝完咖啡带着睡意去进行伟大工作的社会精英。不过现实与这有点不同，把我从吊床上叫醒的不是闹钟，而是我伯父的电话，而我也不是在做什么伟大的工作，只是在一个白痴拳馆里上班。

“海科，快点起来。你赶紧到拳馆来给我帮把手。赶紧起来，别再给我睡懒觉了。”

我到拳馆的时候，阿克塞尔伯父亲自到我的车门前接我，然后拉着我的胳膊进到屋里。我看见后门口的地上有很多被抽过的烟头。

“发生了什么事情？”我问，并注意到之前一直刺着我脖子的竟然是衣领上的商标——我把衣服前后面给穿反了。我脱下袖子，把衣服转到正面，再穿好。阿克塞尔伯父跟我分析着现状：“跟你说，事情是这样的：天使乐队的一个队员早前给我打电话，说他的一个在缉毒队的朋友告诉他……”

“摇滚乐队的人还在警察局有卧底？”我问。

“什么卧底？是朋友。这时候你就别在这里添乱了，认真地听我说！他们已经开始行动了，肯定是有目的有针对性的行动。今天全州都要进行突击检查，这消息不知道是从谁那听说的，但是可能跟我那辆失车有关。”听到这，我感觉我的腿好像有点儿不受控制了，分分钟就要自己逃跑似的。“反正搜查的名单里有我们。他们来之前，有些东西得弄走。”

“什么时候来？”我看了看墙上的钟，五点二十。

“他也没说具体时间，但是肯定是八点之前。别啰嗦了，快点吧！”

阿克塞尔伯父从文件柜里拿出一大摞文件，正当我感叹它厚度的时候，他竟然又从别处拿出来一些与之数量差不多的文件，另外还有一塑料袋装着药丸的瓶子。

“这些东西都是从哪里来的？”

“别说这些没用的话了，把它们投进碎纸机里。”他指着办公室角落里那台办公用碎纸机说。那白色的大机器跟一个打印机差不多大小，以前我还纳闷他用这个干什么，现在我想我已经有了答案。我把一沓纸投了进去，机器开始高速运转，随之而来的是类似拖拉机或是除草机工作不畅时发出的刺耳声音。我没有时间仔细浏览这些纸张上的内容，不过感觉应该是一些便签类的东西，上面的字迹都很潦草，我看到有一些人名对应着一些数字，还有一些资金的统计。虽然看得不全面，但是就我这简单几眼看下来，已经不是小数目了。装碎纸的盒子满了以后，我立刻把它提到浴室，把碎纸倒在下水道口，淋上火机油，一把火把这些碎纸烧成了灰，然后我打开了花洒。伯父告诉我不用担心会把下水道弄堵了，事实上那下水道管子是很粗的，哪里会轻易地就被这些纸灰给弄堵了呢！

“他们会闻到的。”我一边说，一边擦着额头上的汗。

“闻到什么？”

“就是有人烧东西的味道啊！他们稍加思考就知道咱们干了什么。”

“然后呢？”他在办公室里气呼呼地大喊，“这能给他们提供什么证据还是别的什么？什么都没有！别废话了，赶紧干活。”

多亏了碎纸机不辞辛劳地工作，我很快就把这些文件处理完了。同时，伯父把那些药丸倒进马桶里冲得干干净净。

一边冲他还一边心疼地低声说：“啊，啊，啊！杀了我得了，这简直就是拆了我的骨头。”

过了一会儿，我看见他又从塑料袋里拿出一些药丸扔进了马桶里。我帮他按下了冲水按钮，五颜六色的药丸瞬间消失得无影无踪。尽管他不再自言自语，但是我也知道他的内心独白。这些年，我从来没问过这里都经营什么，有没有什么事情是我不知道的。我对这些事情不感兴趣，或者说我一直觉得这里一切都很正常。结果呢，天哪，那些乐队的人竟然把这里当成了交易地点。不过话又说回来，如果我是老板，估计跟他应该也没什么差别。可现实就是这样，他是这里的老板，对吧？有决策权的是他对吧？难道这里还能有其他老板吗？不知怎么了，我突然想到一个同名的老电视剧《谁是老板》。天知道我为什么突然想到了这个，反正那时候它就是出现在了我的脑子里。

后来我们把其他的药丸一股脑都倒了。阿克塞尔伯父跌坐进他的私人座椅里，我觉得空气中弥漫的不是疲惫感，而是恐惧和胆怯。这未必是即将到来的警察带给我们的，毕竟他们在这里将一无所获——这种恐惧来自其他人。

我们在拳馆后门附近找了个地方坐下来，犒劳了自己一杯咖啡后，我俩又各自喝了一杯早安啤酒。我看着阿克塞尔伯父坐在一个小小的折叠椅上，因为承受了太多的重量，小椅子已经有些要崩塌的迹象了。伯父的坐姿有点儿怪，仿佛是两腿中间的器官太大导致根本合不拢腿似的。他身上穿着一条慢跑裤，裤腿上的扣子一直开到小腿，乍一看还以为他穿的是喇叭裤呢。上身那件橙红色的汗衫如今已经皱巴巴的了，透过被他解开的扣子，只见两道汗水顺着衣领流到胸前。他的双肘支在膝盖上，埋首在一只手掌中。尽管如此，他的眼睛依旧精明，隐约间似乎正分析着一些事情。我忽然发现他的脖子很红，有多红呢？大概就像是有人把狒狒的红屁股贴在了他的脖子上似的。

终于，我说："那辆车被我开走了。"

接下来的时间里，我等待着他用拳头揍我的脸，可他只是慢慢地抬起头。

"再说一遍？"

快点动手啊！揍我一顿，然后这件事就了了。

"再说一遍！"他重复道。

我不想再隐瞒了，就说："正好趁着这个机会说出来。本来挺简单的，但是……生出一些事端。"

"什么情况？"他问，声音平静得如同暴风雨来临前的山谷。

"一些布伦瑞克的家伙做事不谨慎，在网上发了很多自己的动态，所有人都能看见。我肯定要做点什么的。我的意思是……他们可是布伦瑞克的人。一辈子也许就这么一次机会——”我激动得有些呼吸不畅，胸腔像是被什么东西堵住了似的，“我搞砸了。可这不能都怪我，谁能想到那两辆车里的人会突然出现啊！”

他一直盯着我看，竟然没有转移视线，就像一把猎枪。

“车呢？”

“我们当时急着逃跑，顾不上它了，就把它留在那里了。前几天我去看过，已经报废了。”

我把手机里的照片拿给他看。本以为他会气得把手机捏碎，结果他只是平静地还给了我。

他重重地叹了一口气，说：“那辆车登记在希尔德斯海姆的一个瘾君子名下了，这事你是知道的，对吧？”

“是的。”

“我派人去那儿了。我让托梅克去那调查，是不是那家伙把车偷着卖钱了。”

他不用再说什么了，我也不知道托梅克或者其他人对那个瘾君子做了什么。长久的沉默后，我看见我胳膊上的汗毛都立起来了。

这时候，阿克塞尔伯父说：“海科，你走吧。”

我乖乖地照做，慢慢地退后，生怕动作快了他会像狮子一样朝我扑过来。

“还有一件事。”他说，我立刻停住脚步，“为什么用我那辆车？怎么不用你的呢？”

“那辆车上没有汉诺威 96 的标志。”

他闭上眼睛，嘴角不经意地微微上扬：“好的，不错。我明白了。聪明！”下一秒，他说：“走！”我转身走了。

从沃旦拳馆转到街道对面之后，我从车子的后视镜里看到一辆载着几个警察的警车从远处开过来，然后拐进了拳馆。

一

阿尼姆房前的私人车道上停满了黑色的方形货车。那些车的牌照也不知道是来自俄罗斯、乌克兰、波兰、塞尔维亚，还是立陶宛。

我感觉自己被那个混蛋给困住了，阿尼姆一定是把我当成他的贴身男仆了。一股动物园才有的屎尿味窜入房子里，搞得到处都臭烘烘的。我提着给齐格弗里德装骨头的桶，走在狭窄老旧的楼梯上，听到厨房里正有人在用俄语对话。几年前阿尼姆曾试图教我俄语，但是除了“你好”“谢谢”以及一些骂人的话外，我什么都没学会。我是真的不想学俄语，并且一点儿都不想知道阿尼姆的访客们都说了什么。我进入厨房的时候，对话忽然停了下来。三个长着典型俄国人头型的家伙满脸严肃地看着我。我真想告诉他们大可以放心地继续说下去，反正我也听不懂。但转念一想，我说的德语他们也听不懂啊，而且我估计他们连英语也不会。他们傲慢地看着我，其中一个人上唇有些唇裂，裂开的位置刚好在胡子下面，看上去就像是有人在嘴唇外面用绳子打了一个结似的。那人穿着一件浅蓝色戴维营[1]衬衫，没有系扣子，

① 戴维营，德国时尚休闲品牌。

我能清楚地看到他肚子上有一道疤。另一个人穿着军灰色、带口袋的马甲，裸露的胳膊上像是穿着一件贴身长袖汗衫——上面全是文身，坦克、榴弹炮、洋葱形塔楼、装饰着十字架的俄罗斯教堂，以及无数艘架着大架子的桅船，这些图案都出现在他的胳膊上。第三个人留着山羊胡子，他脸上的斑点看起来像烧伤，喉咙上的伤疤像一条紧绷绷的项链，而他仅有的七根手指正支在水槽上。

"你们好。"我说。

这几个人朝我冷酷地点了一下头。既然在这没什么意思，我便去了院子里。伪装网被掀了起来，阿尼姆和其他几个人站在未来老虎居住的大坑里，巨大的木盖子被放到了一边，他用俄语跟那些人说着什么，肥大的胸脯因骄傲而越显健壮。看样子他真是为了今天而特意打扮了一番，为了配合那带污渍的工装裤和人字拖，他还特意穿了一件衬衫。为了照明，他还安装了工业用灯，四周被照得灯火通明，唯有人们的眼眶下留有一些阴影，让那些人看上去比实际更狡猾。是的，他们才是真正的社会败类，可是媒体却总把矛头对向我们，他们对社会了解得太少了。我们这些人最多是用拳头打对手的脸，可是那些人呢，他们却把黑手伸向了无法反抗的可怜的动物。这样的夜里，我有时候会期待警察能够突袭这里，然后把他们一网打尽。不过这种事情从来没发生过。阿尼姆是个很谨慎的人，他很少在这里组织斗兽，因为在德国这是一件很危险的事情。这样的场面通常发生在类似巴尔干半岛东部和土耳其，只要不手握着"香蕉共和国"[1]钞票站在斗兽场前

① 香蕉共和国，指中、南美洲发展中国家。

就都没问题，毕竟那里的警察比较容易贿赂嘛。

有一次阿尼姆告诉我，另外还有两个人在国内组织斗兽。一个在汉堡，一个在法兰克福和波兰边境的附近。不过他们只是斗狗，阿尼姆觉得这些太无聊了，并觉得应该给大家提供些新鲜的东西。这让我想到我搬到这里的第一年。那时候一切对我来说都是新鲜的，所以当斗兽进行的时候，我也好奇地往里看，当时一只棕熊正在跟两只比特犬对战，虽说后者是两个一组的，但是面对强劲的对手仍是没有任何获胜的机会。比赛结束后，他们给胜利的熊打了镇静剂，然后拖出了两条狗的尸体。面对那种惨烈的场面，我忍不住吐了。从此之后，我再也不想卷入这样的事件当中。

我们这里什么动物都有。熊，这就不用说了。我们还有过几只狼，一头阉牛。两年前，这里还曾有一只虽然已经年老但是非常凶狠的黑猩猩。它是由一群带着武器、身上散发着毒品臭味的家伙带来的。领头的人带了一群保镖，还凶巴巴地指挥阿尼姆按照他的吩咐做事，他甚至还为那个猩猩配备了许多武器。我看到他把那个动物展示给阿尼姆时的样子，皮质的镣铐上镶嵌着刀片，紧紧地绑在猩猩的手腕上。那一宿我都没有睡着。幸好后来他们带着猩猩走了。不过在那之前，我一直待在我那黑暗的卧室里，忍受着猩猩不停地嘶吼。真是太过分了。好在天亮之前，那些臭烘烘的黑帮分子把动物们打包装好后就走了。那天早上，我差点就失去理智溜进客厅里，把正在锯木头的阿尼姆给掐死。不过现实里，我只是把脑袋埋进枕头里，幻想着阿尼姆被我掐得上不来气、眼珠外凸。事情就这样过去了，我能做的就是尽量忽略掉那一晚，然后把耳机音量调到最大，让音乐的炸裂声来平复我的心情。

一个带有粗铁栏杆的运输笼子被放到了小屋的墙边上，之前阿尼姆已经在那打扫一天了。那些狗慢慢地醒了过来，从“香蕉共和国”运过来的这一路上，它们被打了大量的镇静剂。看样子斗兽赛很快就要开始了。我朝着阿尼姆走过去，此时他正把盖子盖到那个人坑上。随后，他的一位访客还上去试了试盖子的结实程度，很快就满意地伸出大拇指。

“嘿，阿尼姆，我要走了。你应该用不到我的吧！”

“什么？但是这里一会儿就要有狂野的好戏看了，兄弟。”

“哦，不，你忘了吗？我不看那个！”

“哈，好吧，滚蛋吧。我是对你没什么指望了。”

我回到厨房的时候，长兔唇和文花臂的人仍旧坐在那里，前者正大声嚷嚷着什么，不过看样子不像是冲我来的。我从他身边走过，看到那个“山羊胡子”正在客厅里，弯着腰在沙发的空隙里搜查着什么。他的衣服边卷了起来，腰上别着的枪露了出来。他回头一看，发现了我，立刻站直了身体。我们两个就这样面对面站着，他突然对我笑了，眼里满是挑衅。

“我，没有东西。”他举着双手，语气轻浮。

可能是想告诉我他什么也没拿，或者也没在找任何东西吧。不过接下来的动作就真是有些让人恶心了，这家伙居然伸出手指贴在他那恶心的嘟嘟唇上，“嘘”了一声，然后还冲我眨了眨眼睛。我没理他，径自上楼去了。我把几件东西塞进背包，然后给凯打了电话，问他能不能开车到文斯托夫火车站接我，因为那里在接下来的几小时里都没有火车通过。我跟他说，不管能不能来，都别问那些愚蠢的问题。这家伙还算识相，我们两个约定一小时后在车站见面。我走出房间，锁上门，然后又把我额外增加的两把锁给锁上了，在这样的夜晚我肯定要这么做的。这两把锁比较特别，光听到里面发出咔嗒两声后还不够，必须再用钥匙锁一道才行。其实用这种锁的目的很简单——我不想哪天没注意把自己锁在里面。我下楼的时候，“山羊胡子”已经走了。我想对我们彼此来说，有没有看见对方，都无所谓。我用力地推开门，很快它就自己弹了回去。手电的光照亮了乡村小路，我一个人朝着火车站大步走去。

一

“刚搬进来就搞得乌烟瘴气的。简直难以置信！”

“闭上嘴吧！”凯跳到门外，对我的新邻居大喊着，还管人家叫老东西什么的。我赶紧把他拉回到我的房间，大叫着问他知不知道这么做的后果是什么，对方可能会报警，然后我可能会被扫地出门。可说着说着我就忍不住笑了，接着我们几个全都笑得前仰后合——那个老家伙的屁股上支了一根棍子，实在是太搞笑了。凯还是很够意思的，为了庆祝还带来了不少东西。乌尔夫拿着手机滚到了我的新沙发上，这个沙发是我们在回来的路边发现的。大伙一起把它抬到电梯上，就上了六楼。一切都很完美，跟我期待中的一样。这就是我眼中暑假该有的样子。不过事实上，几周之前我就没有再去上学了，也是从那时候开始，我就搬了出来，正式离开了汉斯那个臭烘烘的家。

“现在，把那个该死的手机放下一会儿，别再发消息了。”凯对乌尔夫嚷道，那家伙一直在跟他的新欢萨斯基亚互发信息，“现在我们该听一些鹿特丹的曲子。”

凯把立体音响的声音调得很大，巨大电音舞曲立刻从扬声器里传出来，由于音质不好，导致舞曲中夹杂着刺耳的噪声。

在这种环境下大家只能扯着嗓子跟彼此说话。我大大咧咧地一屁股坐在了乌尔夫旁边，沙发受到震动，他满脸不高兴，不过音乐声太大，我完全听不到他说了什么。这时候我的手机亮了，它本来已经被一本打开的色情杂志压在下面，但是屏幕的光却透过了纸张，是乔乔的电话。我赶紧跳到音响那边，把那个噪声制造器关了。这下凯不高兴了，顺手拿了好些东西打我。我用一只手挡掉了凯扔过来的硬币和烟头，另一只手接通了电话。

"乔乔，你在哪呢？我们几乎已经把所有东西都给享受完了。"

"海科吗？哦，海科，你说话小声点儿。我们在路上呢。我爸爸开车载我们来的。我和风云人物。"

他的声音断了几秒。

现在回忆起来，当时我大概是满心迷惑地"啊"了一声。

"你一会儿就能看见了。我们现在拐进班士街了。"

几分钟后门铃响了，我赶紧接起嗡嗡作响的对讲机。然后乔乔、约珥和他们的爸爸出现在了我的公寓里。

"嗨，迪特尔！你好吗？"凯骑坐在窗台上，一条腿搭在六楼的窗外，跟乔乔的父亲打招呼的时候，顺手又打开了一罐啤酒。

"你们好，孩子们，住在这感觉怎么样？"迪特尔笑着说。瘦弱的他像平常一样，穿着那件灰色的工作服，感觉过大的衣服都要盖到他的脚面了。

"非常完美，是不是？"我问。

"我不知道，不过萝卜青菜各有所爱，是吧！"

"快进来，喝点东西，冰箱里还有呢。"说着，我把桌上的东西都推了过去，包括那个已经满得要溢出来的烟灰缸。不过没关系，这都是小瑕疵。

"不用跟我客气，我一会儿就要走了。我来这只是为了送他们两个。约珥有个消息要告诉你们。"

"爸爸，"乔乔说，"让我来说吧。"

"呵呵。"迪特尔把他推到了一边。

"什么事情，兄弟？"凯从窗户跳到地板上，摇摇晃晃的，勉强靠着墙才能站稳。

"快说，快说。"我推了推约珥，这个男孩缩着肩膀站在那，显得越发瘦弱，脸几乎都隐藏到头发里了。我有这种感觉，很可能是吃了两颗摇头丸的结果，不过我还是觉得他分分钟就要从我眼前消失。

"两天前，我接到了汉诺威的电话。昨天我们去那看了看，然后——"

"兄弟们，你们真该去看一看，"乔乔打断了他弟弟的话，"最好的设备，完美的机构，顶级联盟规格——"

迪特尔把乔乔推开，说："乔乔，让他自己说。"

约珥继续用他那尖锐嗓音说话，那时候他还处在变声期，满脸的青春痘，真是够惨的。

"我们跟主教练谈过了，无须过多地考虑。我们今早回来，已经签了合同了。"

"合同？"乌尔夫问。

“约珥脱颖而出，跟球队签约了！”乔乔激动地说。

这时候约珥从随身带的手提包里拿出一件汉诺威 96 的主场队服，他把衣服搭在肩上，然后又翻过来。衣服的后面有球队的名字和一个大大的数字“7”，最下面是赛德尔的姓。

“我是 B 组的。”他说。

我想凯和乌尔夫都像我一样，用了好一会儿才反应过来这是多么大的一个好消息。当这件大喜事穿过我们迷糊的大脑，最终清晰地摆在我们眼前的时候，我们一起围着三位赛德尔先生欢呼呐喊着。“96！”我们互相击掌、撞击身体，然后激动地抱住彼此的头，美梦成真了，真是难以置信！我们中的一个人，成为真正的红衣战士，成为汉诺威 96 的队员。这是我关于那天最后的记忆，因为之后的两天里，我们一直处于宿醉状态。

一

我本想回家的，但还是推迟到了晚上，这样阿尼姆就能自己清理战后现场了，我可不想清理那些动物的血。除此之外，我也有点儿担心，万一回去后看见没有波博斯基和大脚怪的空笼子——虽然那两个“杀手”跟我并没有多么亲密，但是我也不想它们以这种方式脱离苦海。我准备坐下一趟车去卢特，早上的时候乔乔给我们打电话，叫我们去看他的训练。凯直接拒绝了，因为他约了一个女孩组成学习小组，一起备战接下来的测验。不过这个学习小组只是凯个人的想法，那个女孩可能完全不知道是怎么回事，没准还以为这是两个人的约会呢。对我来说，去乔乔那肯定是更好的选择，不然现在回去肯定少不了要听阿尼姆跟我描述他的斗兽赛事。

训练场地属于卢特卡塞尔黑森田径队，位置就在乔乔和约珥曾经就读的乡村小学后面。场地周围有一些很高很细的树，从很远处我就看见了。一阵风吹过，光秃秃的树冠摇曳着。突然一个被踢得很高的球出现在前面，它直飞冲天，似乎在空中停留了几秒，然后又随风飞走了。走到球场边上时，我看见乔乔把两只手在嘴边合成喇叭状，大喊着：“别踢那么高！让球在地面可控制范围内！”

穿着黑蓝相间教练服的乔乔正在观看一场训练赛。双方队员分别穿着训练服和背心。乔乔又开始留头发了，穿着正规的他从后面看上去很像传奇教练克劳斯 · 托普穆勒，如果他的头发再长点儿，颜色再灰一些就更像了。不过从容貌上看，乔乔与德甲前主帅诺伊鲁尔更相似，两个人都面容和善，嘴巴也长得很有趣。我坐在教练席的后面，看到家长们都靠在观众席和赛场之间的围栏上——其中大部分都是孩子们的爸爸。在离我不远的地方站着两个人，怎么说呢，那种人真是看一眼就让我浑身起鸡皮疙瘩。户外夹克，卡其裤子，搭配着中年人喜欢的运动鞋，我本身对衣着没什么看法，但是联系上他们的言行，真是有些无力吐槽。当他们的孩子奋力跑过球场的时候，这两个人立刻往后退一步，离开了围栏，然后玩起了“比比谁更厉害”的游戏。他们互相攀比谁的收入更高；谁的假期更奢华；谁花了大价钱把车库棚顶升高，才把家里那辆崭新的却没啥用的越野车放了进去，哎，家里还有一辆功能差不多的旅行车，车子这么多，好烦恼哦！见他们这个样子，我真恨不得上去给他们两拳，这种人完全就不懂足球，他们只是自以为是地觉得自家的小崽子是未来的莱昂内尔 · 梅西，而且数学考试还一级棒。简直就是伪君子，看到别人家孩子没有传球，他们就满脸不理解，并表示自己家的宝贝闭着眼睛都能把球踢好。突然，一个人的孩子犯规了，是犯规啊老兄。结果人家视而不见，转移话题说起自己的小女儿现在已经开始学习马术了，老师还说她在骑术方面就是个天才。我多想跑过去拆穿他：“兄弟，你确定老师说的是骑马的技术，而不是骑马就输嘛？”

虽说“忠言逆耳”，但我还是决定去打打这个周末陪练家长的脸。

“嘿！就是你，你这个老混蛋！”我也像乔乔那样把两只手放在嘴巴前做喇叭状，大声喊道。

那个人愤怒地转过身，我对他挑衅地咧嘴一笑，他气得立刻向我冲过来。

乔乔连忙平息风波，对我说：“海科，你喝多了吗？不可以在这里这样说话。”

我做了一个吊儿郎当无所谓的表情。

“看看，你的裤子歪成什么样子了。”我们握了握手，“怎么样，训练这些小粪球有意思吗？”

这一问不要紧，乔乔的话匣子一下打开了。什么明天要去参加一场很重要的比赛啦，这些孩子们真的很刻苦啦，现在主要就是练控球啦，这里真有几个天才啦……

“啊，对！”我说，然后指着之前被那个讨厌的家长抱怨没有传球的孩子说，“那个孩子——”

“库尔德。”乔乔告诉我他的名字。

“好的，库尔德，他挺有本事的。控球很稳，懂得运用身体优势，对队友的判断也很准。”

像是要印证我的话似的，说话间，那个孩子非常专业地带球从底线外绕过防守球员，再进入禁区传中，此时他的队友只要适时地伸出脚，球就稳稳地进门了。

“太棒了，我觉得这孩子一定会有所作为的。”乔乔交叉着双臂，像个专家一样说道。

“前途无量啊，兄弟。”说着，我还拍了一下乔乔的后背。他专注地看着那些男孩踢球。

“对了，星期二有国家队跟斯洛伐克的友谊赛。”

“哦。”

混蛋，没人会在意国家队的比赛。当然，欧洲杯和世界杯时期除外，那时候各家各户的爸爸们都会从壁橱里拿出德国国旗，然后挂在车子的挡风玻璃上。

“我昨晚在凯家——”

“没睡好吧？”

“是呀，你看出来了？”

“你看上去就跟刚从屁眼里爬出来的一样。”乔乔低声地说。

“好吧，混蛋。不过，凯从一个汉堡小子那听说，斯洛伐克人已经放出风来了，他们觉得胜券在握，我倒是要看看他们哪里来的自信。”

“在哪里比赛？”他问。

“莱比锡。票都订了。”

“你是认真的吗？”

“当然，我订了四张票。有你的，我的，凯的，还有乌尔夫的。”

乔乔瞪大了眼睛，说：“乌尔夫？”

“对，也有他的，我跟他通过电话了。而且他说会在比赛结束后找一个酒吧，在那里等咱们。”

“你不是跟他闹掰了吗？他跟我说，当他告诉你萨斯基亚不想他再去看比赛的时候，你都火冒三丈了。”

我递给他一根烟，乔乔摆了摆交叉在胸前的一只手，拒绝了。我只好自己点了一根。

"啊，我的上帝，这还不好理解吗？事情根本没他想得那么严重。而且不去看比赛，他自己心里也痒痒啊。"

"会不会这只是你自己的想法啊？"

"没错。好吧，管他呢，你就说到时候你能不能来吧。虽然是临时通知的，但至少上去扔几把椅子什么的。当然了，这取决于当时警察的人数。"

"好吧，既然你都买票了，那我怎么能不去呢？是吧？"

"好兄弟。"我说，"另外……"我本来想说："也许我们可以做一些有意义的事情。我的意思是，择日不如撞日，反正我们以前都没去过莱比锡城，或许我们可以跟莱比锡化工足球队或者火车头足球俱乐部的人打一架，据说他们在那些笨蛋球迷群体中算是身手不错的人了。"

可我的话还没说出口，乔乔就跑到边线处，大喊着："注意对角线，对角线！"

然后他走了回来，问我刚才想说什么。

"什么？我没听清你说的话。"

"布伦瑞克发生的那些事，也许可以再来一次。"

我吐出一口烟，顺手剥掉围栏上翘起的油漆片，说："我也说不好。反正我把那件事跟阿克塞尔伯父说了，也不知道他是准备扳回一局，还是让事情不了了之。不过我没跟阿克塞尔伯父提起你们，我自己承担了一切。可是，难道你不想今晚就挽回一下尊严吗？"

"老兄，海科！干吗要这么做呢？我们搞砸了那件事，但是大家都得为那件事负责的。"

“事实就是那样的。我就问你今晚会不会跟我去？”

“不会。”

“为什么？”

“明天有比赛，我得保持良好的状态。”

“对，你现在是球员的主帅嘛！带着假徽章什么，对吧？”

他局促地笑了。

“现在还算不上。可我做的是教练工作，”他指着绿茵场，仿佛在跟我强调他的工作内容，“给孩子们做一个表率很重要，所以我不会在他们面前抽烟。海科，我现在喝酒都比以前少了很多。”

“你这跟我闹着玩呢吧？你晚上喝酒，这些小崽子怎么会知道呢？”

“他们知不知道不重要，兄弟。好了，我得回去了，得跟孩子们再讨论一下战术，然后练练任意球。你留下来看一会儿吧！”

我扔掉烟头，然后吐出最后一口烟，转瞬它就消散了。我说：“我得走了。”

我们握手说再见。乔乔很用力地握着我的手，而我的手则像是一条咸鱼搭在他的手心里。他回到教练席，对着球员吹响了哨子。我一边走一边嘟囔着：“做榜样！真他妈高尚，乔乔。”

我环顾了一下停车场，目标锁定在一辆锃亮的白色宝马 X5 后，用力一脚踢在了它的倒车镜上！嗯，爽！

一

莱比锡夜晚的红牛竞技场上空被灯光照得如同白昼，我们所在的球迷队伍里，大多是以家庭为单位的球迷，还有一些金发碧眼的女孩穿着印有波多尔斯基和胡梅尔斯头像的球衣，剩下的就是一些比较平和淡定的球迷了。看球的时候，一些汉堡小子跟我们一起喝了啤酒，不过还没等比赛结束，他们就跑到市中心去了，说要看看那些斯洛伐克人会不会搞事情，而坚持到比赛结束的我们，此刻正在路边等着电车的到来。

“太冷了。”乔乔一边搓着手，一边往手心里呵气。

要是他跟我们一起喝点酒，现在根本不会冻成这个惨样。谁叫他非要不停地喝可乐和柠檬汁呢。

“我要去尿尿。”凯转过头特意对乔乔说，“要是遇到卖热可可的，我就给你这个小伪娘带回来一杯，怎么样？”

乔乔假装嫌弃地把凯推到一边，那小子顺势就往河边走了。乌尔夫不自在地站在我们的队伍里，忙着用手机查找市中心的酒吧，一会儿他会去那里等我们。我不屑地看了他一眼，不过他并没注意到。

几分钟过去了，电车来到跟前，车门敞开，可是凯还没有回来。

"那家伙哪去了？"

"没准跑了，要不就是跳河里豪饮去了。"乌尔夫上了电车，说，"我先去了，你们完事了告诉我。"

好的，去吧，我们应和着。铃声一响，电车门随之关闭，然后车子消失在街道上。

"有一会儿了吧。"我低声说。

"什么？"乔乔问。

"没事。"

渐渐地，我感觉耳朵像是被冰块包裹上了似的。我扯下帽子，是的，我可没说我冷。另一班开往市中心的电车又准时地到来了。

"怎么回事？凯跑哪去了？"

乔乔着急地耸肩。我四处寻找凯的踪影，脖子都要伸长了，可他还是没有出现。

"没准出了什么事了。"乔乔说。

"嘿，能出什么事啊！"我说，然后从口袋里拿出手机给凯打电话。

无人应答，再打过去，还是如此。

"好吧，我们去找找他。"

我们来到河上的大桥前。河的另一边有座公园，此时它的影子正倒映在水面上。前方的空地上有一些身着德国国家队队服的球迷，他们坐在地上喝着啤酒，因为人数众多，还占了不少自行车道的位置。

“德国，无敌的德国。”他们大声唱着。我大声地让他们闭嘴，他们看了看我，果然安静了片刻，等我走过去之后，他们又开始唱起来。乔乔去了桥的另一边找，结果回来时只是对我摇头。我趴在桥的栏杆上往目光所能及的地面和水面看去，都没有凯的踪影。

“没准他去了公园，然后走丢了。”乔乔说。

凯的手机还是没人接，我只好按下手机的红色按键：“谁知道那家伙怎么回事。”我看见又一班电车驶来，认命地说，“好吧我再给他打一个电话。他要是再不接，我就用喊的给他留言，等他听的时候把他耳朵都震聋。”

此时，我的手指已经冻得麻木了，在触摸光滑的手机屏幕时，根本就毫无感觉。电话接通了，还是没有应答。我正准备对着电话留言大声喊叫的时候，乔乔拉住了我的胳膊，说：“听！”我挂了电话，问乔乔让我听什么。

乔乔看着街道，此时没有任何车辆经过。他让我再给凯打一次电话，因为他好像听到凯的手机铃声了。很快，隐约中我听到“打扮打扮，精神一点”——迪兹·瑞斯可的歌声，正是凯的手机铃声。当我确认了这一点后，我便把手机从耳边拿开，然后趴在石头栏杆上，弯腰寻找声源。乔乔挨着我，也是如此。

“那里！”他低声说，“听到了吗？”

是的，我越发清晰地听到了，就是那首歌的节奏，虽然声音很低，但是我听到了。

“还有回声呢。”乔乔说。

“什么？”

我朝着路面和桥下一点一点地看，最后目光定格在我的垂直下方。对方电话再次提示无应答后，我赶紧又拨了过去。这一次，我把身体往外探得更低，胯部都贴在了那冰冷的石头栏杆上。突如其来的一阵车辆行驶的声音，让手机铃声瞬间听不到了。我只能集中精力，努力倾听。太棒了，声音又清晰了。

“是桥下的通道。”我说，然后从栏杆处转回来，沿着通往河堤的台阶连跑带跳地往下冲。等我到了河堤的时候，乔乔才下到中间位置。桥下通道里一片漆黑，只能看到另一边圆形的轮廓。乔乔下来的时候不小心撞到了我，他赶紧从我身边绕了过去。

“那什么都没有。”他说。我示意他过一会儿再下结论，随后伸出僵直的食指，指着通道中间。

“那里有东西。”我说。一瞬间我的血开始往头上涌。我熟练地按下拨号键，几秒钟后，信号连接，通道中突然出现亮光，紧接着是熟悉的节奏和音乐。我刚要往通道中间走，忽然听到有人高喊布伦瑞克的口号。

我不禁抬头往上看。桥上栏杆处有一个人影，在后面的灯光照射下，他就像一个黑色的剪影。这人从头上拽了一下，然后扔下来一样东西，正巧落在我们脚边。乔乔弯腰捡起来，竟是一个只露出眼睛和嘴巴的巴拉克拉法帽。帽子的嘴巴和眼眶周边位置是红色的，而整个帽子则是一半蓝一半黄的。乔乔把它给了我，可等我再往上看的时候，那个人影就消失了。我看向深蓝色的夜空，满天繁星。我的大脑仿佛被某种炙热的东西烤得融化了，然后经过我的喉咙流到胃里。黑暗中，我朝着那个亮光奋力奔跑。那是凯的手机，我蹲下身把它捡了起来。这时我的手触碰到了一些布料，顺着摸过去，竟然碰到一只胳膊。我赶紧抓住它，与此同时我听到了一声呻吟。我大叫着让乔乔让开，他这才改变了一下自己僵直的姿势，然后跟我一起把凯抬到了光亮处。

看到此时的凯，乔乔忍不住倒吸一口凉气。躺在我们脚边的这个人，看上去跟我们的朋友凯简直就不是一个人。污浊的裤子滑到了大腿处，里面的短裤露了出来。石头岛牌的外套仅挂在他一条手臂上，衬衫卷起来，露出了里面的贴身内衣。锁骨处有很多瘀伤，在白色衣物的衬托下，就像是一个个弹孔。他闭着的双眼乌青，像化了妆的哥特人。脸上有很深的擦伤划痕，伤痕累累，血顺着他的头朝一侧淌了下来，凝固在眼睛、鼻孔和嘴上，看上去就像是老虎脸上的纹路。鼻子也变了形，那颜色和形状就跟鸡头似的，鼻梁下边更吓人——横着被人切开了。嘴也被人打裂了，我把他侧翻过来，撬开他的嘴。一瞬间，血就从嘴里喷了出来。我把两根手指伸进他嘴里，舌头还在，只是牙齿松动得就像鹅卵石一样。我把个别掉落的牙从嘴里抠出来，黏液混着鲜血沾满了我的手指。我再一次把手指伸了进去，帮他把舌头按平，以免卷进嗓子里。乔乔蹲在我身边，结结巴巴地骂道："妈的，真，真他妈的。"

我烦躁地嚷道："别再废话了，赶紧叫救护车。混蛋。"

我火冒三丈，在这样寒冷的夜晚就像刚结束一场长跑一般，我仿佛能感受到头上燃烧着的熊熊烈火。我贴近凯的嘴，他还有呼吸，虽然听上去气息微弱，但是我能感觉到虚弱的气流在我的皮肤下流动。

我跪在凯的胸前，此时他还交叉着双臂保持着自卫的姿势。衣袖已经滑到手边了，他的手指虚弱地动了动。我的手扶在他的屁股上，看上去就像是在抚摸他，而他则像一头需要安慰的公牛。可事实上，那是我的手在颤抖，我努力平复情绪，让双手保持镇定。我仰望天空，云层已经变得稀薄，夜空被城市的灯光映得越发明亮。这时天空下起了雨，而且越下越大，雨滴密集地拍打在石头和柏油路上。恍惚间，我觉得自己在朝着空中游离，所以在我听来，那些雨就像是空气中的气泡，它们齐齐地向我拍打过来。而本来近在咫尺的乔乔，此刻却仿佛隔了几百米远。我看见他慌张地对着手机里急救中心的人呼喊，他无法确定自己的具体位置，只知道在体育馆附近的河堤上。凯突然咳嗽了，一口鲜血吐在我的裤腿上。一瞬间我又被拉回到了现实中。

“凯！凯！”

我托住他的额头和下巴，轻轻地把他的脸转向我。手指小心翼翼地撑开他的眼皮，它们全都充血肿胀，我赶紧松开手。跳过凯和乔乔，我跑上台阶。又一辆电车驶过，里面的人被灯光照得很清晰，然后随车走远。原来那些喝着酒唱着胜利歌的家伙还在那里，除此之外，再没有别人了。我找不到报复的对象，否则一定要挥拳重重地揍他的脸，我宁愿手受伤也要把他打得满地找牙。可是这里只有雨，它们拍打在我的肩上、头上，渗入我身体的每一个角落。

一

在蒂姆芬酒吧门口，凯色迷迷地对着几个挽着奢侈皮包的女人吹口哨。

“兄弟，她们至少都三十岁了。”乔乔背靠在墙上笑着说。

“那又如何。没听人说过，要想学骑马，就得先上老马吗？真希望你们都跟我好好学学。”凯还曾跟我们炫耀他跟一个热辣的熟女邻居上过床，不过我们才不相信呢。他每次都说，下次我给你们拍照片，结果“下次”永远没有到来过。有一次，我逃学去汉诺威，到凯的学校去找他，然后一起去了他家。在楼梯上，我倒是见到了那个女人，可人家连打招呼的机会都没给凯。进屋后，这家伙竟然把事情怪到我头上，说我是一张娃娃脸，人家不当着我的面跟他打招呼也不足为奇。没错，我当时的确只有十六岁，但说我是“娃娃”可不太准确，毕竟一年前我已经跟丽萨在学校的厕所里做过了。这件事我没跟别人说过，包括凯。因为我真的很喜欢丽萨，我希望等我们的关系更稳固的时候，再让别人知道，而不是拿这件事到处炫耀。结果一周之后，我到厕所里抽烟的时候，在隔壁听到了她的声音，准确地说是她的呻吟声，跟与我做爱的时候是一样的。我站在厕所里，越过隔板往那边看，发现她正在跟一个兔崽子做爱。直到这时候我才发现，她也不过就是荡妇而已。

一阵进球的欢呼声从蒂姆芬酒吧的窗户传出来，随后又是一阵啤酒瓶喜悦的碰撞声。

乔乔不由自主地跑过去打开门，大声朝里面喊："谁？怎么了？"

结果里面的人一起把他骂了一顿，算是对他的回复。我问乔乔都看见了什么。

"什么都没看见，电视被一群老家伙挡住了。"说着他拉过乌尔夫的手，借着他的烟点燃了自己的。

"我说的是酒吧里面，不是比赛。"

刚刚必定是汉诺威 96 进球了，不然我伯父他们怎么会欢呼呢？难不成还能为对手欢呼，除非大家都疯了。

"什么？啊，不知道。他们都坐在那，呃，也有站着的，喝酒，看比赛，就这样。"

"我伯父呢？"我边问，边用手背拍了拍乔乔的肩膀。

"哦，他也是。你想怎么样，海科？他就坐在那，还喝着酒。"他愤愤不平地翻着白眼，然后坐在鹅卵石地面上，"所以你伯父跟其他人一样。只有我们，像保镖似的站在这里，什么都看不见。"他伸出手掌遮住脸，但是眼睛透过指缝还是能看见的。这时候，门突然开了，泰勒从里面跌出来。

泰勒的一只手始终拉着门，上身弯曲着，苍白得像个死人。他弯着腰，大口地喘了几口气。以前我看见邻居家的猫呕吐出一个湿漉漉的毛球的时候，就是他这副样子。同样，泰勒也站在门口呕吐，额前的金发凌乱地遮住了眼睛。

乔乔就坐在门口，泰勒一吐，他像个弹簧一样跳起来："嘿，老兄。"

"喂，泰勒，"凯激动得都破音了，"你马尿喝多了吧！"

其实泰勒中午来酒吧的时候就已经喝过酒了。我是在酒吧门口看见他的，当时我正努力保持脚尖停在门外，探着身子跟里面的老板要可乐呢。所以准确地说，我们这四个站在门口的未成年人也是有东西喝的。

"你，过来。"泰勒含糊地说，伸手准备去抓凯。不过他们的距离太远了，泰勒晃了晃胳膊，不仅没抓住凯，自己还失去了平衡，要不是身边的乔乔扶了他一把，他的脸就得摔在自己的呕吐物上。好在托梅克从酒吧里出来，并把泰勒拉了回去，放到了自己身边的椅子上。喝醉酒的人目光涣散，坐也坐不住，托梅克就一次次地把他捞起来，最后他终于用手扶着旁边的桌子，靠自己的力气坐好了。阿克塞尔伯父这时走到门口，我们赶紧忍住笑意。只见托梅克紧跟在他身后，扶着门，这才没让伯父的屁股被门拍到。阿克塞尔伯父随手把一个拖布塞到乔乔的手里，谁让他离得最近呢。

"你，把这些擦干净。"他嫌弃地说，然后转身就回去了。

乔乔还试图把这项工作转交给我们，但是乌尔夫和我当即就拒绝了。

"哎，还是我来清理吧。"凯说话的时候，我就猜到他的意图了。他一边在那堆呕吐物周围擦拭着，一边吹着口哨。为了保险起见，我往后退了几步，跟他保持一定距离。凯看了看周围的我们，寻找着整蛊对象，他狡猾地笑了。突然，他抽回拖把，放在那堆呕吐物上来回擦拭，等到那些秽物都沾到拖把上后，就使劲朝我们甩动起来。他当时笑得真像个疯子。幸好我有先见之明，躲开了他的偷袭，不过乔乔和乌尔夫就没那么幸运了，他们像小姑娘一样尖叫连连地躲避着那些恶心的“暴雨”。凯趁乱想溜，两个受害者赶紧追了上去要修理他。我站在那，看着他们三个互相打闹，使劲地把对方往剩余的呕吐物里推。这时候阿克塞尔伯父又把头从门里探出来。他的眉毛长长的，几乎把眼睛都包上了，长下巴则完全伸到了门外。他看了看他们几个，然后对我说：“你得能够稳得住局面才行啊，是吧，海科。”

我点头。呃，我想我当时是点头了。我还记得我先是缩了脖子，然后又把头往前伸了一下，就像是吞了一根香肠的样子。

“我会的。”我说。

一

凯在莱比锡的医院住了两天。当他在病床上不能动的时候，我就在走廊里的长椅上待着。那里不能睡觉，但是我也不愿意听从医生和护士的安排离开那里。起先乔乔和乌尔夫也在医院陪着他，但是第二天他们都要去上班。我没告诉阿克塞尔伯父这件事，他也没有问我去了哪里。第三天的时候，凯被转院去了汉诺威的医学院。我没有跟他同行，因为在之前去医院的路上，我跟救护车上的人发生了冲突，结果被赶了下来，所以这次他们也不让我跟着救护车转院。没办法，我只好搭乘最快的火车回到汉诺威。

凯的父母到医院给他送换洗的衣物时，完全不理会我，后来更是对我大加指责。为了不让他们不高兴，我去了医院餐厅，等到他们走了我才回到病房。这些天我一直都没有回家，也不用参加什么秀场，衣服也没有换，我都能闻到自己身上的怪味了，油腻的衣服仿佛已经融入我的皮肤。这几天凯恢复得还不错，至少他不用插管了，只要用搅拌机把食物打碎，他自己就能喝下去了。只是他的嘴因为受伤还不能张得太大，所以说话的时候就像牙齿被粘住了似的。

医生建议凯就算不在医院多住一周，至少也再多住几天。我们拒绝了，收拾了行李就走了。行动过程中我一直扶着他，可他还是忍不住呻吟出声。上车时，我保护着他的头，避免撞到车门后又是一声惨叫，我把他的腿抬放进车里。他的眼睛因疼痛而紧紧地闭着，表情也十分扭曲。我关上后备箱，坐进了驾驶室。凯的身上散发着绷带、创可贴和药膏的味道，掺杂着医院特有的臭味。他本身就够难闻了，现在这味道又在车里蔓延起来，他降下了车窗。当我开始倒车的时候，他把头转向我，靠在座椅靠背的头靠上，说："你真臭，兄弟。"

我开玩笑说不是每个人都能像他这么幸运，可以让火辣的护士小姐给洗澡的。他听了之后忍不住笑了，结果又是一阵咳嗽和呻吟。他半眯着眼睛呻吟声越来越大，没办法，眼睛伤得太重了。

"眼睛太难受了，"他喘息着说，"看什么都超级亮。就像你平时看太阳似的，可是却不能移开视线，只能在那干刺眼，真是又疼又难受。"

我"嗯"了一声，对于莱比锡发生的事情，我没有资格去评论。我看着他，尽管开着车窗，但我还是把暖风打开，这样他会暖和一些。毕竟他还穿着露着后背的病号服呢。正常来说，就算再痛苦，离开医院的时候他都会换上自己的衣服的，但是他偏偏想给护士找点麻烦，就把病号服穿跑了。

回城的路上，我们都没说话。他把脸转向车窗那边，不知道是看着外面，还是睡着了。我口袋里的手机响了，甚至都没看来电显示，我随手就按了挂断键。整座城市都异常安静，汽车、火车、电车在车窗外沉闷地闪过。天空像是蒙了一层浓烟，灰色的街道上行人们穿着没有颜色的雨衣，静静地与其他人擦肩而过。

当我把车子停到凯家门前时，我恰好看见他父母的车也在那里。夫妇俩从车上下来，看样子已经在里面等候多时了。我赶紧走下车，在他们帮助凯从车里出来的时候，我识趣地给人家让出位置。

“行李在后备箱。”我对他爸爸说，随后凯的父亲绕到车尾，把东西拿了出来。门口有门槛，我赶紧架起凯，直到他从那个障碍物上越了过去。我清晰地感受到，他的腿颤抖得厉害。

“谢谢。”他低声说。他的妈妈正在他身后按着电梯门。

“真的不用我陪你吗？”

“回去洗洗澡吧。你闻起来就像个老虎笼子。”

我对着他笑了。他也笑了，只是嘴角颤抖着像个垂死挣扎的蜜蜂。

“我会跟你保持联络的。”他小声说。

我站在走廊上，直到电梯门关闭把凯的父母隐没其中才离开。这个过程中，他们一直怨恨地看着我。曾经，我们都相处得很好。我回到自己的车旁，发现马路对面有个警察正在抄写我的车牌号，我赶紧对他大喊。偏偏这时候手机响了，那个讨厌的警察也把罚单写好了，他得意地舞动着身体，仿佛在他那悲惨的人生中，给违停一分钟的车子开罚单就是最大的乐趣。我把车移开，然后从口袋里拿出手机，上面没有来电显示，不作他想，我按下了接听键。

“你好！”

“海科吗？”

“请问你是谁？”

“海科吗？”

“是的。”

“汉斯在这呢，他喝多了。”电话那头的女人声音很小，“他从康复诊所跑回来了，而且喝多了，他很生气。”

“米尔吗？”我问。

“求求你快点。”我只听到这么一句话，然后电话就被挂断了。

我正把车往我父亲家门前的车道开的时候，阿克塞尔伯父又打来电话。啊，真是祸不单行啊。

“喂！”

“海科，你到拳馆来一下，我有点事跟你谈。”

我没有应答。

“海科？”

“是的我在听。但是汉斯这边有点事，我走不开。”我说。

片刻安静，我环顾四周，看见曼努埃拉的车就停在家门口。

“那明天早上。”我伯父说，听上去就像是最后通牒。

我挂断电话，然后走到门前按响了门铃。门很快就被打开了，米尔穿着带有泰迪熊图案的睡衣站在那里，与以往把头发梳得规规矩矩不同，眼前的她满头乱发，看上去就像个鸟巢。

“你快进来。你爸爸正在发酒疯呢。”

“他在干什么呢？”我问。她没有说话，只是默默地指着楼梯。

我的脚不小心碰到了旁边的一个行李箱。这声音大概被楼上的人听到了，引得他一阵咒骂。走过厨房门口的时候，隐约觉得里面有个人，便停下脚步进去。原来是曼努埃拉坐在餐桌边的椅子上把脸埋在自己的双手中，桌子上还有一团皱巴巴的纸巾。

“发生了什么事情？”我问。

楼上传来摔东西的声音，天花板发出咚咚的巨响。可是曼努埃拉依旧埋着头，连看都没往楼上看一眼。

“曼努埃拉？”

“让我静一静，”她鼻音很重，像得了重感冒，“我真是受不了了。”

我迷惑地看着米尔，她只是从我身边走过，瘦弱的手臂交叉着抱住自己的肩膀，然后坐在曼努埃拉的身边。我往楼上走去，每上一个台阶，老旧的地板都发出吱呀声，楼梯顶端那间卧室的白色玻璃门半开着，尽管我已经靠近门口，依旧没有听清楚里面的人在嘟囔着什么。我推开门，叫我父亲的名字。这间卧室很小，除了门后那张大床以外，旁边还有一把倒了的木椅子，椅子后面是衣柜，有了这些，房间里就没有什么活动空间了。我踏上厚得像熊皮一样的地毯，每一步都软绵绵的。我看了看周围，然后把门关上。此刻我父亲正坐在床边上，仰着头，尿液色的啤酒从罐子倒进他的嘴里，有些流到他的脖子上，身上的背心被染黄了，就连床单也被啤酒弄得脏污了。他放下啤酒罐，拉长了声音发出满足的叹息“啊——”。我发现床前有好多啤酒罐，一些残余的啤酒洒在地毯上，被绒绒的布料吸收了。房间里难闻得就像是个垃圾箱。床头柜也倒了，里面的物品散落得到处都是。

“怎么了？你在这干什么？”我问汉斯。他抬起头，四下寻找说话的我。他的胡子像电线一样根根直立，而且目光涣散。

“爸！”说话间我把木椅子立起来，然后按照地毯上的压痕，把椅子放回原来的位置。

“哦，海科。我的儿子。”他打着嗝说。

“你为什么在这？你不是应该在康复诊所吗？”

“别再提那些破事了，全都是没有用的。想让我们把梦想放进心愿盒里，想要让我重塑自我，就通过那个盒子？去他妈的吧！我们去吃午饭的时候，他们就把盒子里的纸条拿出来看。他们觉得很好笑呢！”

我表示不明白他的意思，他使劲挥了挥空闲的那只手。

“都是一群互相搞屁股的混蛋，”他大叫着，“连个屎都弄不明白。这里谁有问题？啊？”他往我的方向看，却并不是看着我，仿佛与他对话的人是一个虚构的家伙。“他们才有问题呢。别想把我赶出去，除非我自己愿意，否则我不会离开。现在，我不需要去那里。”

我蹲在他跟前。让我意外的是，他的目光这次竟然聚焦在我身上。我试图把啤酒罐从他的手里拿走，并且告诉他喝得够多了。当他的啤酒被拿走的时候，他立刻就激烈地反应起来。他抽回手，使劲儿地摇头，就像一个将要被大人夺走手上大剪刀的孩子。

“不，不不不！”他尖叫着。

我抓住他的手臂。

“振作起来，好吗？”

他用力地推我，自己却在床单上滑倒，最后头和后背撞到了墙上。

“所有人都觉得他们能够指导我该做什么，不该做什么。我不是个孩子，混蛋。”

我站起来，把床头柜扶起来，说：“那就别表现得像个孩子啊。”他看着我，又喝了一小口酒。我接着说：“你自己看看，你是不是喝得烂醉如泥了？”

“住口！”他说，他不再看我，只是用手不停地摩擦嘴和下巴。“现在你也开始这样了，为什么不能离我远点儿？”

“在不来梅看比赛的时候，你并没有这么混蛋啊。”我说，“为什么一回到家，你就搞得一团糟？”

“什么？”他看着我，鼻孔陡然张大，鼻毛都露出来了。

“难道你不记得了吗？”我摇着头，对他嘲讽地笑，然后，坐在刚刚扶起的椅子上，“你就是个彻头彻尾的失败者，汉斯。”有些话说出来，就像敲开了一个机关，紧接着一切都喷涌而出，不能回头。“曼努埃拉坐在楼下的厨房里号啕大哭，你说这是为什么？因为她实在受不了你这样的父亲了。你从来不会收拾自己的烂摊子，从来都在逃避，然后跟那些像你一样的失败者在酒吧里喝得烂醉如泥。”我不得不停下来缓口气，在说这些的时候，我的心也在痛。为了压制激动的情绪，我的手只能紧紧地抠住椅子的扶手，“所以，妈妈不跑才怪。”

汉斯突然站了起来，虽然摇摇晃晃，但是却站住了，这可能是他自己都没想到的。

他愤怒地站在我面前，可双腿的膝盖却不住地碰撞在一起。这种威胁只能吓唬吓唬还是小孩子的我，不过从我十五岁开始，我就不怕他了。

“是她抛弃了我。”他喊着，还朝我吐口水，我连躲都没躲。

“你？她只丢下你了吗？”我咬着牙说。

“是我想这样的吗？”他艰难地抬起右胳膊，指着我，“你觉得这是我希望的吗？是我想从屋顶上掉下来？我想失业？一个人到了那般境地，能做的也就只有喝酒了。是她甩了我，是那个老婊子甩了我。”

我上前一步，忍无可忍地打了他一巴掌。他往后踉跄了几步，用手摸了摸鼻子，手指瞬间就被染红了，血一滴一滴地流下来。我蔑视着他。而我的父亲从最初的震惊，到最后竟然哭了起来。

我走下楼，大步从厨房门口走过。好像有什么人喊着什么，我完全没有心情听，只是迅速地关上身后的门，然后从口袋里拿出车钥匙，发动了车子。我对着挡风玻璃大喊大叫，我受不了这里了，我只想赶快离开。

一

我来到拳馆的第一件事就是跑到洗手间，把脑袋放在冰凉的水龙头下像个狗似的冲个痛快。我到现在一直都没洗澡，不止一身臭汗，而且还夹杂着毛孔里散发出来的酒精味。在家的时候，我把自己锁在房间里，喝了整整两箱啤酒，阿尼姆叫我，我也没搭理他。然后，我摇摇晃晃地上了自己的车，都没想到能平安无事地开到汉诺威，但是现在，我就在这里。因为我伯父让我来，刀山火海我都不能退却。混蛋！我坐在马桶上，深呼吸了两下。

“打起精神来。”我反复对自己说，然后从马桶上站起来，去敲响了阿克塞尔伯父的门。

“请进。”

没等他让座，我就自己坐在了椅子上，因为我真的连几秒钟都站不稳了。天花板上的灯就像聚光灯一样照着我，我还企图通过眨眼睛把那些光亮从我的周围挤出去。在灯光之后，阿克塞尔伯父正盯着我，一支笔在他的手指间旋转飞舞。

“你看上去就像是被谁吐了一身，海科。”他冷淡地说。

我假装没听见，然后问他找我有什么事情。这时他坐直了身体，手搭在桌面上。

“我们有个问题得解决。”

我没接茬，只等他自己继续说。

“你那伙人在布伦瑞克干的蠢事影响了我们的整体形象，这事你懂的。”

“这都是我自己的问题。”我试图纠正他。

阿克塞尔伯父好像痉挛似的，头突然转向一边：“别给他们打掩护了，海科。我知道凯和乔乔跟你一起去的，后来是乌尔夫接你们回来的。”

真是个蠢货！是我太蠢了！我早就该提醒乌尔夫要对凯和乔乔参与到布伦瑞克这件事守口如瓶的。

“乌尔夫要离开我们了，”他表情十分轻蔑，然后继续看着我说，“毫无疑问，这件事都是你的错。”

“这是他自己的决定。”我说。其实就算我们不愿意承认，但事实的确如此，要不是我把事情搞砸了，那天乌尔夫就不用来接我们，那么萨斯基亚就不会被激怒，也不会逼他做出选择。

“另外那辆大众车的事情也得解决一下。”说着，阿克塞尔伯父从桌上拿起一些清单，言语间感觉就像是在讨论什么资产负债的事情。“因为这件事，那个希尔德斯海姆的家伙吃了点苦头，托梅克误把他当成了偷车贼。不过这件事是你搞出来的，所以我想你有几个月都拿不到工资了。”

“我从来没说过大众车这件事跟那家伙有关系！”我大叫。

“安静点！”他大声地呵斥我，我立刻就缩进了椅子里，“下一个话题。后天我们跟法兰克福有个八对八的对战，因为你之前的那些破事，我本来只想让你去给大家拍个照什么的。但是现在，乌尔夫和凯都不能参加了。”

我惊讶得目瞪口呆，一句话都说不出来。

阿克塞尔伯父继续说：“没错，我已经听说凯的事情了。因为他受伤，所以我不得不把你算进去，算是给你一个将功补过的机会吧。”

“你什么时候打算告诉我这些的？这个计划什么时候开始的？”

“我现在告诉你也不晚。”他特别强调了“现在”两个字，“我对你已经够好了，现在凑齐八个人的确不容易，但是如果不答应法兰克福的挑战，你知道有多丢脸吧。”

我的脸痒痒得难受，想要挠却不敢在这个时候伸手。这时候，有人敲门。阿克塞尔伯父冷峻的嘴角闪过一丝笑意。

“我们先说到这儿，后天早上十点你在这里等我。请进。”

我站起身，一个染着金色头发但发根却是黑色的女人走了进来。她背着一个挺大的皮包，上身穿一件皮夹克，里面是贴身吊带背心，下身配着一条紧身裤。

“把门锁上。”阿克塞尔伯父说。

我听了很不高兴，可转过身才发现，他是在跟那个女人说话。当我经过她身边的时候，她皱了皱鼻子，大概是因为我身上的味道吧。等我离开了阿克塞尔伯父的办公室，门就被熟练地关上并上了锁。我走进更衣室换了衣服，然后从我的储物柜里拿出MP3。整整一个小时，我都在对着沙袋打拳，中间连口水都没喝。随后我走到淋浴室，用钥匙从里面把门锁上后，才站在花洒下面淋了个痛快。我多希望这阵子的烦心事都能够被水冲走，一切都恢复成原来的样子。可是，这都是痴人说梦。

两天后我来到拳馆后面的空地，像其他人一样等着阿克塞尔伯父下令出发。我看见几个老熟人，托梅克、泰勒还有海克尔都在。但是，当我看到在蒂姆芬酒吧被我揍过的那两个纳粹分子的时候，简直不敢相信自己的眼睛。我站在人群外抽烟，那俩人也跟托梅克他们保持着距离，只是偶尔朝我看两眼。我没搭理他们，因为实在不想再给我伯父添麻烦了，现在已经够糟糕的了。另外我对乔乔会来也不抱希望了，因为他发消息给我："对不起，不能去了，现在正训练呢。好运，乔乔。"

我多想跟凯抱怨为什么只有我自己被晾在这里。但是事实上，我只是在给他发的消息里说："今天感觉怎么样？等我从法兰克福回来，就给你讲讲当时的情况。另外，乔乔没来。他真是前途无量啊……"

很快，阿克塞尔伯父穿着慢跑运动服出来了。

把拳馆门锁好后，他说："出发了，勇士们。"眼前有两辆他新搞来的车，我们分成两组，我挨着海克尔坐，托梅克和泰勒坐在了后排。从内心来讲，对这次迎战我毫无激情，所以现在唯一能做的就是希望肾上腺素赶紧飙升，不然下一秒没准我就会从这辆高速行驶的车上跳下去。

他们三个谈论的那些东西在我看来都是废话，所以一点儿都不想参与其中。我拨弄着车窗玻璃周围的橡胶条，车窗外高速公路上的防噪音隔板遮住了太多景色。有时候他们会问我一些问题，我就用

"是""不""不知道"这样的词来应付。

"能帮我从旅行袋里拿些东西吗？"海克尔突然问我。

我打开储物箱，从里面拿出他的包，然后拉开拉链。

"要什么？"我一边问，一边在里面翻找起来。这个包一股老人味儿，装满了成板的药片。

"一片大的黄色的，再要一片小的白色的。"我从锡箔中把药片抠出来，放到海克尔伸过来的手心里。他把药放进嘴里，然后从汽车扶手箱里拿出一瓶水，把药顺了下去。这时，我把包放了回去。

"治什么的？"我问，其实并不是多么感兴趣，相反我对此有点反感。

"调节血压的，这样我就不会在方向盘前晕倒了。"他说，然后开始哈哈大笑，结果悲催地被自己的口水呛着了。他赶紧喝了一口水，此时，他的脸憋得通红，眼睛胀得直淌眼泪。后来他好不容易止住了咳嗽，才上气不接下气地说："兄弟，兄弟，瞧你这问题问得。"

我伸手调节后视镜玩儿，然后用它挨个儿瞧泰勒和托梅克。泰勒那张凹陷的脸跟他浑身肌肉的身体真不相称，而且眼睛下的眼袋又黑又大。托梅克的喉结总是随着呼吸一上一下地滑动，仿佛是在吞咽空气，而不是呼吸空气。他的嘴一直张着，从我这里都能听到他的喘气声。他那两只耳朵真小，卷曲着跟菜花似的。我觉得他右侧脸颊上的伤疤特别明显，就像有人用锯在上面切割过一样。突然间，我觉得十分虚弱无力，更莫名其妙地觉得我们都是一些衰老的公牛，就在大家再过不到十天半个月就要越过约旦河的时候，却被装进动物运输机送往保护区了。

一

我们双方人马在达姆施塔特郊外的遥控车赛场集合。即便这时我还是不在状态的，稀里糊涂地跟着别人一起下了车，把护齿器塞进嘴里，然后打量了一下我的对手。像往常一样，阿克塞尔伯父跟对方的领头人碰了头，讨论了一下流程，我们这些人则准备好要去迎战了。还好，在投入战斗的时候我暂时忘却了那些让人烦恼的事情。雨一直下，微型赛道上湿滑得很，我们这些扭打在一起的人就像是一个个哥斯拉大怪兽。我们开始陷入混战，尽管我把对手打倒了，但是我自己也被膝盖撞到了头。最后阿克塞尔伯父和托梅克成为我方还能站着的人，而对方能站着的则有五个人。我对着倒车镜看着自己，头上有一个被膝盖撞出来的大包，面颊上还有血，不过很快就被雨水冲掉了。我的前臂和手腕都蹭伤了，裤腿被撕裂到了膝盖处，裸露在外面的皮肤又红又肿，我想我需要用雨水刺激一下受伤的部位。其实，尽管我们失败了，尽管对自己的表现还有很多遗憾，尽管膝盖火辣辣地疼，尽管对这结果十分不满意，但是比在拳馆淋浴半小时之后的感觉要好多了。

一

一整天都是如此！不，准确地说，整整一个礼拜大家都在为曼努埃拉要搬出去这件事吵闹不休。那时，我这个姐姐就要去哥廷根的一所大学任教了。为了工作，她不能再耽误时间，必须马上搬走。在那之前我还跟她一起去找过房子，不过当时我的目的就是离开家出去走走。

汉斯跟曼努埃拉大声嚷嚷着，说她明明可以通勤的，可以每天坐火车去大学，根本不需要搬走。对于这件事，曼努埃拉一个月前就开始跟他在算账——要想准时到达班级，她每天早上六点之前就得起床。这些话对汉斯说简直就是对牛弹琴。他那么固执，根本就不会听别人解释的，一味地觉得曼努埃拉就是为自己离开这个家找借口。最后，他怒气冲冲地把曼努埃拉房间的门摔上走了，经过我身边的时候还撞了我一下。我看见他穿上外套，打开房门往外走，本以为他是想去酒吧，结果他又转身回来，脱下外套丢在走廊的墙角，然后又气冲冲地进了我姐姐的房间。

“爸爸，只要我有时间，我每周末都会回来看你的。”

“哼，说得好听。到时候你会去看你的朋友，跟他们在一起。你再也不需要回到这里来了。”

我姐姐又开始哭。我坐在自己房间门口，盘着腿，腿中间还夹着足球，就这么听着他们俩的对话。这个时候可不是往外跑的好时机，尽管朋友们在卢特已经等我很久了，但我现在实在走不了。这么一会儿工夫，我已经系了十次鞋带，每次都觉得有点儿紧。没办法，我只好把它们解开，然后再系一次，终于这次不那么紧了。其实，我以前总觉得汉斯生气尖叫挺有趣的。他总是这样，但是只要去了一趟酒吧回来，就什么事都没有了。

“我有我自己的人生，爸爸！我想要做自己喜欢的事情。”我听到曼努埃拉在房间里抗议，接着是衣柜门被关闭的声音。

“好的，真好，你们年轻的女士想要开拓自己的事业。那我呢？你就能这样抛弃我吗？”

我翻了个白眼，无奈地摇了摇头。汉斯走了出来，在走廊里大喊：“混蛋！”然后他站在我面前，胡子上还沾着点唾沫星。

“你想怎么样？你坐在这东瞅西望的干什么？”

没等我想出一个好点儿的答案，他又踢开曼努埃拉的房门，走了进去。

“爸爸，你就不能让我一个人安静一会儿吗？我说了我过几天就会回来的。”

“年轻的女士，你想得美，你以为这里还会欢迎你吗？”

这时候，我眼角的余光隐约看见有人经过，等我转头看去，发现竟然是米尔慌慌张张地跑到厨房里，然后无声地关上了门。

“又是那个小眼睛荡妇，蠢死了。”我自言自语，我实在无法容忍这个家庭的入侵者。而且我说她是“小眼睛荡妇”也是为了极尽所能地表达对她的厌恶，可我却做不到当面这么叫她，尽管我很想这么做。

“你能不能不要这么说。”曼努埃拉哭喊着。

“那你就把包里的东西拿出来，然后留在家里。”

我姐姐被逼得无路可退了：“为什么？这样我就能继续留在这当免费的清洁女工了吗？可是你现在已经有米尔了不是吗？”

一个响亮的巴掌声在走廊的高墙中回荡，紧接着是沉闷的哭声。我噌地一下站起来，跑过去推开门。那一瞬间，曼努埃拉双手捂住脸，上身瘫在床上哭得难过极了。我冲过去用力推在汉斯的后背上，他的头猛地往后一仰。突如其来的攻击让他失去了平衡，他绊倒在曼努埃拉的写字桌上，然后把桌面都砸坏了。我们父亲捂住自己的头呻吟着。

他看着我生气地说：“你这个小兔崽子。”

我叉着两条腿，稳稳地站在那里，双拳紧握，等待着接下来的暴风骤雨。其实，从体格上我跟他已经不相上下了，就算他有一些优势，但是在他受伤后也都不存在了。与此同时我也在变强，我伯父给我树立了一个很好的榜样，是他告诉我力量会带来什么。

“快走，”我对曼努埃拉说，“到外面去等出租车，我给你拿行李。”

我迅速地把姐姐拉起来。她擦掉脸上的泪水，从我身边走出门。我一直盯着汉斯，见他没动，便赶紧拿起行李。他始终瞪着眼睛愤怒地看着我，其实，只要他想，他还是能够打倒我的，可他终究没那么做，我想这与他受伤并没有太大关系。我拎着行李退出了房间。汉斯用身上那件还印着前老板标志的工作服衣领擦掉了胡子上的唾沫。我转过身，走了几步又回头确定一下他不会从后面冲上来掐住我的脖子，这才放心下来。经过厨房的时候，我用力砸了一下门，估计里面的米尔一定被吓得半死。我想我当时也只是一时冲动吧。曼努埃拉坐在门廊上擤着鼻涕。我放下行李箱，坐在她身边，默默地看着地上的鹅卵石。

“谢谢你，海科。”她说话时努力让自己平静下来。

我点点头，说：“祝你在大学里工作愉快。”

这时候，出租车来了，司机把行李装进米黄色汽车的后备箱里。我很高兴汉斯没有出来再生事端。我挥挥手，跟她说再见。结果曼努埃拉突然走过来抱住我，她抱我的时候很用力，我能感觉到她的脸贴在我的肩膀上，温热的气息喷在我汉诺威96队服背后德沃夏克的名字和22号数字上。我看见司机正靠在驾驶室门上，交叉着双臂看着我俩依依惜别。不过我并不在意他怎么看，毕竟是陌生人，无所谓的。

突然，我说：“我也失去妈妈了。”

曼努埃拉倏地离开我，满脸惊讶，好像我刚才抛出了一条死耗子。她说：“什么？哦不，我不是这个意思，我明白你说的什么了。”

这时候出租车司机开始往别处看去，因为眼前的事情与他无关。他坐进车里，曼努埃拉也跟着打开了车门，可是转瞬她又回来了。一定是我站在那里的时候像个小傻子。

“对不起，海科，我没想到……”

没等把话说完，她的目光就突然越过我往里面看去。我转过身，发现原来是门廊的灯亮了。当我再转过身来的时候，她已经上了车，坐在车里跟我挥手告别。车开走了，留下我孤零零的一个人站在冷清的房子前。这房子里人不少，有米尔，有我们的爸爸，可我房间的门总是锁着的，他们跟我从来不能亲近。

一

凯并没有求我很久，我就答应跟他一起去泡吧了。尽管我还是希望他别这么着急，毕竟他不仅仅是穿着有问题这么简单。在我看来，他所有的一切都有问题，可他却不让我帮忙。比如，上楼梯或者起床的时候，他宁愿咬牙忍着疼，也不让我帮一把手。走路的时候，他的大腿就像两个树干一样直挺挺的。可是无所谓了，如果去酒吧喝点酒就能缓解这些，那么干吗不去做呢？

“我应该问问他们有没有适合你的袋子，”我说，我们走进酒吧，要了两瓶啤酒，“只要抠两个窟窿能让你的眼睛露出来就行了。”

他不以为然地笑道：“我的盛世美颜怎么会轻易被遮挡住呢，老兄？”

他调整了一下鼻子上的绷带。如今他的脸还是青一块紫一块的，那些创可贴和绷带虽说已经把大部分伤口覆盖住了，但是他的脸看上去仍旧很糟糕，不知道的还以为他是从惊悚片里跑出来的呢。我对他说不要对今天奢求过多，我们这次是为了他快点恢复健康并尽快回到战场而举杯畅饮的。

“乌尔夫发消息问候我了。”他顺便提到了老朋友，把酒拿到嘴边喝的时候，嘴角还有轻微的颤抖。

酒吧里，欧洲混音舞曲的低音在舞池中回荡，不过跳舞的人却并不多。

我正喝了一口酒，便“嗯”了一声。等我把酒咽下去，又舔掉嘴唇上的啤酒沫时，才问他什么时候看见了乌尔夫。

“他下午打来电话了，他们最近都在库克斯港，想知道我的脸有没有在逐渐康复。”

凯侧过身靠在吧台上，手肘也往后搭在上面，也许是动作幅度大了，他疼得直闭眼睛。我也往后靠了过去，然后跟他一起望着舞台上的闪光灯。

“你还是浑身疼吗？”说话时我并没有看他。

“嗯。”他承认道，“瘀伤、骨伤……说真的，就我这身伤病，我自己都不爱听。”

他从上往下斜视着酒杯：“对了，那场战斗怎么样？”

我便给他讲起了那趟法兰克福之旅，告诉他那两个来自朗根哈根的家伙也跟我们一起去了，不过并没有惹什么乱子。还有，虽然不愿意承认，但是那一架我们的确是败了。

说到这的时候，我想着应该买一双登山鞋在雨天穿，这样我也不至于再摔跟头了。“其实，那种感觉很不一样，没有你们这些人在，真的有点玩不转了。所以你快点好起来归队吧，蠢货。”

他点头，嘴里含着啤酒，看着舞台上正在打碟的DJ陷入了沉思。我看着他，突然忍不住笑了。

他不乐意地看着我问：“怎么了？”

“你背心穿反了，老兄。”

凯的下巴贴在喉咙上，向衣服里面看。下一秒，他把手伸进敞开的衬衫里，揪起里面背心的商标。

“我去，我说我怎么觉得脖子这么痒呢。”

他放下酒杯，说要去洗手间把衣服正过来。

我要了两杯价格虚高的低酒精啤酒，用手机查看下一轮德国杯的抽签时间后，又看了看电子邮箱。托梅克给我发来一个临时链接，都是上次在法兰克福对战的照片。我下载下来一看，那像素真是糟糕透了，画面虚，镜头还有雨水，根本什么都看不清。我一仰脖，喝掉了啤酒，然后又给自己要了一杯。我看了看时钟，凯去厕所已经十五分钟了。我忍不住想到在莱比锡城，乔乔和我久等凯，他却迟迟不归的情景，一种不好的感觉瞬间升腾到我的心头。哎，我可真能胡思乱想，这里可是汉诺威啊。他怎么可能再发生那种事情呢？我实在是太杞人忧天了。恰巧这时候，我的手机响了，是凯的来电。

“兄弟，怎么回事？你掉厕所里了？”

“差不多吧，那什么，你能来一下吗？”他的声音听上去不太好，我估计那边一定是出了什么事。

我绕过舞池，从几个动作灵活、正在仰面朝天尽情跳舞的人身边经过。

“凯！”我进入洗手间呼唤起来。

尽管这时间对酒吧的夜晚来说还算早的，但尿味可真够刺鼻的。

“我在这里，”他回应着，“第二个隔间。”

我想推开门，结果发现从里面锁上了。

"怎么了？"

"等一下，"他说，然后我听到他的手在门上摸索的声音，"再等一下，"终于我听到门锁打开的声音，"好了。"

他坐在马桶盖上，双手握着手机，两条腿慌乱地晃动着。

"把门关上，行吗？"

我按他说的做了，接着问："怎么了？用不用我把护士叫来给你擦屁股？"

"别说废话了。"说着，他吸了吸鼻子。难道他受到什么打击了？

这时他抬头看我，我立刻发现情况不对。他的眼睛里有泪水，尽管我就在他面前，但当他的眼珠不停地左右移动的时候，目光却始终没有对准我。

"我……"他顿了一下，鞋子在地面上不安地敲打着，"我什么都看不见了。"

"什么？你看不见了？"

"海科，我、看、不、见。"

他声音颤抖，好像刚刚哭过了。

"怎么搞的？"

我蹲在他身前，可他的目光还朝着上面，等他意识到我已经变换了位置后，瞬间伤心地低下了头。我赶紧在他眼前晃了晃手。

"别搞这些乱七八糟的。"他说。

"所以你还是能看见的。"

"是！"他叹气，试着找出准确的词语来形容自己现在的状态，"不，就能看到一点。我换衣服的时候有些眼花，有种眼冒金星的感觉，我以为是自己看灯光太久的缘故，所以就去水池那洗了一把脸，结果根本没有用。”他声音忽然颤抖起来，“然后就好像全世界都被一块布遮住了。”

“像拉上了窗帘吗？”

他的颤抖让我几乎疯掉，我把双手放在他的膝盖上，安抚一番后他终于不再发抖了。

“兄弟！”他伤心地说，眼泪已经滑落到脸颊，他赶紧挥手擦掉了，“全都黑了，就像拉上一个黑色的窗帘，我几乎什么都看不见了。你明白了吗？”

“等一下，我这就叫救护车。我是不是该叫救护车？”

我站起身打开门。

“海科！”

我赶紧转身，发现他正四下转着头，似乎是在找我。他攥住自己的手机，脚再次不安起来。

“我他妈的好害怕！”

我们在酒吧门外等待救护车。在此之前，因为凯不想让别人看到他这副样子，坚持让我先去看看外面有没有人。等我确定外面空荡无人之后，他才双手拽着我，倒腾着小步子跟我走出来。我把他安置在路边一个装盐的盒子上坐着，然后又回到里面取我们的外套。

我跟急救人员说明了凯的情况，等他躺在担架车上后，急救医生简单地查看了他的眼睛，因为暂时弄不清楚具体原因，所以他们又用纱布把凯的眼睛包住了。一切都得等到了医院再说。

检查花费了很长时间，我在检查室门口坐了半宿。每当有医生经过，我就会紧张地跳起来，可看见他们那交织着嫌弃、不耐烦和焦急的目光后，我也只能乖乖地坐回到椅子上。

检查室的两扇门一起打开了，凯在一名医生和一名护士的搀扶下走了出来。我立即从椅子上跳下来，然后朝他们走过去。只见凯的眼睛上缠着厚厚的纱布，上面还贴着很明显的两块透明胶布，看上去简直就是一只巨型的大苍鹰。

“请问，他这是怎么了？”

那名金发碧眼的白人医生看上去没比我大几岁，他扶着凯的胳膊用荷兰口音问我：“你是患者的家属还是朋友？”

“好兄弟。”我回答道。

他思考了一会儿，才弄明白我和凯的关系，然后说：“啊，明白了。是这样的，他这种情况应该是视网膜破裂导致的脱落。”我不太明白他的意思，他解释道：“就是他的视网膜坏了。另外，他这种情况是今天发生的吗？”

“我怎么知道？”我不知所措地举起手臂，“现在怎么办？我们得住院吗？”

医生叹了一口气，仿佛他正在跟一个反应迟钝的孩子交流，不过他还是说道：“照顾好你的朋友吧。你们不住在这是不行了，明早还有几项检查要做。另外我得告诉你，因为他的病情延误了，或者当时也没有检查彻底，所以他的视力会造成局部不可逆转的伤害。这可能是双方的责任，不然怎么会没发现呢？我会再看看他的病例，然后跟负责的医生谈一谈。”

“不可逆转的？你的意思是……”我明明开口了，却不知道怎的，就是无法继续说下去。

“海科，”凯疲惫地说，“也就是说我可能永远失明了。”

他的头垂得很低，就像什么人在他脖子上扎了一个麻醉飞镖似的。

“局部的，”荷兰医生纠正道，“是局部有这样的危险。”

我愣愣地站在原地。他们从我身边经过，走到了电梯口后按下按键。当电梯发出“叮”的一声后，我才如梦初醒般地追了上去。

“不负责任。”医生低声说。电梯到达我们要去的楼层后，他把凯的胳膊交给我，然后自己往走廊那边走，边走嘴里还边叨咕着：“太不负责任了。”

一

“海科，你们这样让我很紧张。也不是，好吧，说真的，你回家吧。我会照顾好自己的。谢谢你这段时间对我的照顾。但是我想静一静。你再这样，会把你自己搞疯的，我也会疯。”

凯就是这样让我回家的。他的父母坐在病房另一侧，那两把椅子是护士走后拿过来的。他们最近对我很冷淡，现在更是看都不看我一眼。我想，对他们来说我就是导致这一切的间接凶手。记得小时候我家还住在汉诺威，我们两家的房子是挨着的，我妈妈常常会照顾我和凯，而凯的父母也经常把我接到他家去玩。可以说，在我家没搬到文斯托夫的那些年，凯的父母就像是我的父母一样。然而现在，我在他们眼中就像是一坨让人讨厌恶心的屎。我一点儿都不怪他们，当时我就不该同意凯的蠢主意。那样我们就不会去布伦瑞克，他就不用像现在这样虚弱地躺在病床上，更不会瞎。而乌尔夫也不会离开我们，我伯父也不会讨厌我。当时，只要我说“不”，那么这一切就都不会发生。

我把从后院捡到的网球洗干净，对着墙扔起来。它反弹回来，我接住，再扔，它再弹，我再接，再扔……

阿尼姆走上楼来："什么声音？我正打电话呢！"

忽然外面传来狗叫声。

他喊道："闭嘴，你们这俩畜生。"

结果狗还是叫个不停。只是这次我没扔好，以至于球弹回来的时候没接住，直接掉进了身边放在床上的烟灰缸里，烟灰和烟头顿时洒得到处都是。

"混蛋！"

阿尼姆走进房间。他一手拿着电话，另一只手捂在话筒处。

"海科，吵什么呢你！我这正在想办法解决事情呢。"他看到脏了的床铺，又说，"你怎么弄得到处都是。"

见我不理他，便自己消失在走廊里，然后忙着用英语和德语交替着跟对方费劲儿地沟通着。我没把那些洒出来的烟灰和烟头装进烟灰缸，而是直接扯下床单，四角对齐一拎，随手就把床单连同着那些垃圾丢进垃圾桶里。

我走下楼，看见一摞本该放在客厅桌子上的旧报纸都被放在了地上，而原本属于它们的位置却放着三个打开的信封和一堆钱。一沓绿色的百元面额的欧元被摆成扇形，上面还有数不清的五十元面额的，我甚至都猜不出这里究竟有多少钱。这时，厨房通往外面的那扇门响了，阿尼姆从外面走回来。

"OK，OK。我会准备好。全部都明白，没问题。再见，拜拜。"

我也进了厨房，此时阿尼姆正在看手表，皮质的表带勒进他那厚厚的手腕里，难怪他的手总是又黑又肿。接着他又拿了一块粘着咖啡污渍的毛巾擦自己的脑袋，乍一看就跟擦一个保龄球似的。

我拿了他一根烟，然后跟他一起坐在了桌旁。

“嘿，又到你露脸的时候了，小伙子。”他说话的声音就像嗓子里有痰一样，或许自己也不舒服，他清了清喉咙，这回声音听上去像一辆老旧的摩托车。

“什么事？你刚才跟谁在电话里啰里啰唆的？”

“我正要跟你说这个事呢。”他激动地把手拍在桌子上，震荡得桌上的香烟都弹起一寸高。

“听着，这次你得帮我。那些人——”他特意把“en”的音拉得特别长，“就是给我搞到老虎的人，他们带着老虎越过了欧亚大陆，大概明早四点到六点，就能到达波兰边境了。”

我弹掉烟灰，严肃认真地看着他，说道：“这么说来，你给老虎挖洞以及其他的一切都不是白白浪费力气，你真的弄到了一只老虎，对吗？”

“你可以拿你那瘦得只剩骨头的屁股来打赌，小伙子。”他满脸得意，仿佛刚刚获得了一枚格斗金牌，“别抽了，咱们该走了。”

“好，祝你一路顺风。”说着我站起身，想从冰箱里拿一罐啤酒。

他猛地用手抓紧我的手腕，我不由得绷紧了身体，但是并没有甩开他。

“你跟着一起来，就当是旅行了，我不想一个人去。”他从桌子底下抽出了一些东西，接着又说，“我让你住在这，你也得给我一些回报才行。”

他肯定是疯了。

我说：“你去东欧的时候，我已经帮你照顾那些动物了。我不欠你的。”

他又把桌子下的东西往外拽了一点儿，现在我终于看清楚，那黑色的带着纹路的东西是枪的手柄。这么多年，我竟然不知道这桌子底下有把枪。

“你跟我一起去。这事没什么好商量的。我喜欢你，小伙子，但是别逼我。那是我的梦想，不能因为你不想参与，就让这个机会从我手指尖溜走。”

我能看出来他是认真的，以前他就用枪指着我的头逼我上他的车，那时候我就觉得他很疯狂。再回想我们第一次遇见的时候，他一个人在大富翁，身边几乎没人逗留，然后他走过来跟我聊天，也许他那时恰好想找人聊天了吧。我当时觉得他应该是个有故事的人，哪怕看上去很乖戾，却病态又有趣。现在，我终于明白，他就是个彻头彻尾的疯子。如果可以，我一定要让自己抽身摆脱这些。我会先跑回房间收拾东西，然后再离开这。但前提得是我能跑得足够远。偏偏此刻我只感到头晕目眩，厨房都在我眼前晃悠起来。

好汉不吃眼前亏，现在我只能答应下来：“好吧。我们一起开车去，然后把你那个该死的老虎弄回来。”

他终于放开我，说道：“这才像话嘛，我的好朋友。”

我拿了一罐啤酒，然后又递给他一罐，这才坐了下来。

“这件事后，你别指望我还住在这里。”我十分镇定地说，然后打开啤酒罐，喝了一口。

“很公平。”他说着举起啤酒。

我没跟他干杯，自顾自地喝着。他耸耸肩，宽大衣服里的肥大胸脯若隐若现。他两口就把啤酒喝光了，我们一起走出屋子，就看见房前停着一辆脏兮兮的蓝色箱货车，车牌竟然还是不来梅的。天知道他是从哪里搞来的，车的一侧隐约还有一家木器公司的标志。阿尼姆用力关上引擎盖，发出一声犹如撞到水壶的闷响。

“我们出发啦！去接我的老虎。”他急切地说。

我跟着他一起上了车。倒车，调头。车子一路穿过小树林和乡村小路，然后朝着高速公路驶去。

阿尼姆让我开了大约两个小时的车。到达柏林和波茨坦之前，我们在勃兰登堡一处荒凉的服务区停了下来，然后买了20份冰咖啡和罐装红牛。我一杯接一杯地喝，到后来都觉得恶心了。阿尼姆则精神得很，不停地自言自语。

“卖老虎的人是哪来的？我们去哪里跟他们见面？”

“他们大概是黎巴嫩人，反正就是那类国家的。”他对着拳头咳嗽了一下，然后把拳头在座椅上蹭了蹭，“地点在沃斯河畔的兰德斯堡，波兰边境后面的一个小镇子。跟你说，认识的人多还是有好处的，不然怎么能选择那么好的地方见面呢。对了，你状态还行吧？”

“嗯，当然。”我说，“喝够了。”

“嘿，海科。你看见的未必就是它真正的意义所在。”

“哦。”我随便答应着，接着就全神贯注地看着前方的路，此时我们的周围已经漆黑一片了。

“我真的很感激，你知道吗，小伙子？因为你帮助我这个老家伙实现梦想。”

“你也不用太客气。”我说，“我们能顺利把这件事做完就好。”

我实在不知道该怎么把一只老虎像一堆烤肉那样运回来，可现在没有回头路，只能硬着头皮往前走。

“这的确挺疯狂，但这就是人生的意义所在。对吧？”

“嗯。”我含糊地应和一声，随手把车窗打开一条小缝。我以为阿尼姆已经说完了，但事实上并没有。

“回想我还是个屠夫学徒的时候，因为谋杀罪入狱。哎，都怪那个该死的兽医，”他嘟囔着，“出狱以后，没有人愿意雇佣我了，你知道吗？所以千万不要坐牢。反正后来我就没有工作了。那时候哪能想到我后来会养这么多动物呢？有句话怎么说来着？山重水复疑无路，柳暗花明又一村。就在我走投无路的时候，我有钱了。”

“有钱？”我转头看了他一眼。

“呃，至少对我们这种人来说，那是不少的一笔钱。没错。不过我要告诉你的是：钱不是最重要的，重要的是我实现了梦想。这是我以前在什么地方看过的一句话，大概就是这么说的。这是真理，真理啊！”

“不好意思，阿尼姆。不过我们能不能稍微安静一会儿？”

他立刻不悦地看着我，仿佛我刚刚出言侮辱了他一样，但很快他就放松了下来。

“好了把车停下，让我来开吧。我太激动了，根本睡不着。”

我们一路畅通地驶过库斯特林，一路上没有任何检查也没见到一辆警车，真要为这开放的边境三呼万岁。虽说我很想在去接老虎的路上停下来，但是一想到接下来车子后面要装一只大老虎，我还是觉得现在的行程挺好的。

我盘算着从国外走私危险动物属于什么罪，情节会有多严重。

阿尼姆对此也不甚了解。“别想这个了。我说过我不会再去监狱里了。那——”他指着前面，“就要到那座城市边上了。”

“大波兰地区戈茹夫。”我大声地念。

同时那个地名标志牌从车窗一闪而过。

“看牌子谁不知道，它还叫作戈茹夫 · 维尔科波尔斯基。”阿尼姆说出那座城市的旧名字，“不远了，就要到了。别说话了。”

晨曦之下，朦胧的城市轮廓就在前方。不远处那些如同笼罩在一大块裹尸布下的破败的废弃工厂就像小动物的绒毛，稀疏而杂乱。冰冷的空气从开着的车窗缝里钻进来，进到衣服里，就像是刀子割着皮肉一样。我升起车窗，不仅挡住了冷风，还把笼罩着整座城市的煤烟也隔绝在了外面。目光所及的那些挂在建筑物和道路上的牌匾、标识都像是几十年前的，已经十分老旧，而且大多数牌子只有两三个角被固定，冷风之中皆已摇摇欲坠，并发出破败的响声。听上去仿佛这座城市是被一个巨大的发动机驱动着的。那么这里的人呢？我实在想不出什么人才会住在这里。因为城里的景象就跟我曾经在杂志上看到的那些被轰炸过的地方差不多，也许不至于那么糟糕吧！可至少它给我的感觉就是一个发生过核爆炸的灾区。

阿尼姆开车一路穿过那些死气沉沉的街道。虽说经过不少坑洼处，但车子的震荡都被座椅缓冲掉了。我就这么一路看着这座城市，渐渐明白了为什么波兰的流氓、混混在整个欧洲都臭名昭著。相比之下，汉诺威被外人嘲笑实在有些委屈，而且我很喜欢它那种单调的灰色。可这里，如果一个人出生在这样的一座城市，那么他融入骨子里的暴躁和愤怒一定就是与生俱来的。我想回去后就组织一场跟波兰人的挑战，波兰是托梅克的老家，他一定有办法跟这边进行联系。我很想通过这些波兰对手来证明自己，他们可以是来自华沙的、罗兹的，也可以是来自波兹南的，这都无所谓。如果一切都恢复成以前的样子就好了，哪怕凯恢复健康也行啊。可我都不知道那些朋友会不会回到我身边，还有什么指望呢？不贪心地说，就让凯和乔乔回来也好啊。或者就乔乔自己也行。真是……糟糕透了！

我不知不觉睡着了，直到阿尼姆把我叫醒："那！就是那条街。有租赁车库的地方。"

他特意往我这边靠过来，还用胳膊肘推了推我。

"好，是的。我看见了。出租的车库怎么了？"

"都是我朋友的，那人是我在一次斗狗的时候认识的。他住在奥德河畔法兰克福，不过他在这也有产业，还养了不少顶级斗牛梗犬呢。"

我们以步行的速度沿着那条街慢慢地行驶着，渐渐地路变成了土路。估计是修路修到一半就没有柏油了吧！接着我们向右转，穿过了两栋车库中间的小路，然后进入了一片广阔的地带，那里简直有五个足球场那么大。泛滥的杂草甚至延伸到远处低矮的工厂外墙上，而墙外建筑物上的灯光也毫不吝惜地照了过来。场地中央停着两辆车，一辆是比我们开的小一些的货车，另一辆是黑色的奔驰，车窗玻璃都不是透明的，所以我只能看见里面有人的影子。跟他们保持一段距离后，我们把车停了下来。阿尼姆拉住我的胳膊，让我往他身边靠了靠。

“听着海科，那些人都不是吃素的。”他多此一举地朝着那两辆车指了指。当然，他肯定没有指错位置，但是这里就这么几辆车几个人，就算他不指，我也明白他说的是谁呀。“你到时候就闭紧了嘴，有什么话都让我来说。”

“嗯，这毕竟是你的事情。”我说。

他把一根手指伸到自己的脸前，像极了我以前学校的校长。

“嘿，千万闭嘴。别乱张你那大嘴巴，还有别突然做出什么动作，那样会惊动他们的。等我们接到了老虎，所有人就都平安无事可以各回各家了。明白吗？”

我点点头，忍不住翻了个白眼瞪他。不过阿尼姆好像并没看见，或者即使看见了也没工夫跟我计较。

“现在，把杂物箱里的枪拿出来给我。不过千万要放低一些，别让他们看见。”

我们两个肩并肩站在一起，这或许是出于习惯，也可能是我觉得在这种情况下这样比较合适。我把运动衫的拉链一直拉到领子顶端，倒不是因为冷，只是这样能够把我的嘴巴遮住。

对方那辆轿车上走下来三个人，即使在一公里之外，但我还是看得出其中两个人是保镖。他们身材魁梧得跟阿克塞尔伯父和克里奇科[1]差不多，粗壮的脖子下是穿着XXL码的长袖运动衫的身躯，衣服下面的肌肉清晰可见。两个人都是一副既专业又神秘莫测的表情，虽说初次见面，但是我还是迅速地发现了他们的两个特点：第一，他们拿枪的样子很随意，两手交叠着放在小腹下面，一看就是平时总拿枪的人。第二，他们戴的圆形眼镜，让他们看上去就像是呆头呆脑的变种人。我可以负责任地说，他们眼镜浮夸的样式跟他们的脸型一点都不搭调，给人的感觉就像是给猪涂了红嘴唇似的。不知道怎么搞的，反正那眼镜比枪更让我觉得紧张。第三个人看上去也没多正常，浓密的眉毛就像肥胖的毛毛虫，贴在坚硬的面孔上。灰黑色的胡子和马尾辫也非常不适合他。至于他的国籍民族，我也无迹可寻。他上身穿着一件阿迪达斯夹克衫，下身是一条肥肥大大的灰色慢跑裤，脚上配了一双锃亮的漆皮鞋。而之前的那两个呆子在他的两侧保护着他。

阿尼姆从口袋里拿出装满了钱的信封，朝他们走过去。透过贴身衣服，我隐约能看到他腰间的皮带里别着一把枪。要是那枪在我身上，一定比他帅多了。说起来我也算是会用枪的，之前我练过几次射击，不过当时只是为了好玩，而且目标也都是固定的。这么看来，阿尼姆没把枪交给我是正确的，毕竟我还是缺少实战经验。此时阿尼姆的合作伙伴也朝他走过来，相遇后两个人握了握手。他们说话的声音很小，外人根本听不到谈话的内容。我能感到那两个呆子保镖一直盯着我，所以故作镇定地让自己看上去不那么紧张。可是我的身体不太给力，从脚到腿都觉得痒痒，没办法我只能稍微地晃动晃动。这时，

① 克里奇科，欧洲重量级拳王。

阿尼姆递出那个信封，对方的人盯着看了好一会儿。他为啥不接呢？阿尼姆的手就那样在空中停着。有那么一刻我甚至觉得那个人分分钟就会掏出枪朝阿尼姆的肚子开火。可是下一秒，那个人就接过了钱。呛人的空气让我忍不住想要咳嗽，但终究忍住了。马尾辫打开了信封，数了数钱。因为长时间站着，我觉得我的脚都要生根了。好在那人适时地点了点头，并用短小的手臂拍了拍阿尼姆。他用一种我听不懂的语言大声说了几句话，很显然那货车上是有人的，并且很快货车就调了头，然后朝我们车的方向倒过去。动物贩子再次跟阿尼姆握了握手，接着阿尼姆就往回跑过来。他的速度很慢，跟走路差不多，可他摆动的手臂和迈步的方式告诉我，这就是阿尼姆跑步的姿势。

“海科，上车。”他说。

我进入驾驶室，发动汽车后就朝另一辆货车的方向调头。在把车倒过去的时候，我透过降低的玻璃车窗向外观察，以免撞到人。我可不想因为压死了对方的老板而被人用枪射击。等我听到货车的门打开了，便下了车，然后朝着那辆轿车走去。那些人根本没把我当回事，估计在他们眼中我就跟那两个戴眼镜的保镖差不多，都是随从。这时，货车的门也被打开了，一股浓浓的、动物园里那种又甜又馊的味道立刻朝我喷过来。动物贩子跟他的保镖说了几句话，后者这才从他们那种刻板的职业动作里脱离出来，收好了枪后，爬上了货车的后面。司机也没闲着，在车厢边缘搭了一个斜梯。随后，保镖开始移动笼子。看着眼前的一切，阿尼姆忍不住发出一声充满虔诚和满足的叹息，我也是惊得一个字都说不出来。这是非常非常不一样的感觉，跟以前在动物园看到的完全不同，在那个大笼子里，透过栏杆就能看到里面那个巨大的无意识的猫科动物。我距离它只有三米远，能够清楚地看到老虎的头趴在前爪上，它的每只爪子都有我的脸那么大。尽管它呼吸平稳，可听起来还是像一辆启动着发动机的大汽车。它的胸部上下起伏，耳朵像两只巨大的蝴蝶在有规律地振动。那两个保镖看上去并不害怕，不过动作还是很小心的。显然他们的老板完全不在乎这些，在保镖小心翼翼地把笼子移动到斜梯上的时候，他还用力地在上面敲了两下，这一举动当即让我紧张极了。结果老虎毫无反应，继续在那里呼呼大睡。

动物贩子笑着说："安静。"

"什么？"阿尼姆一脸迷惑。

"意思是要让老虎保持安静。"我解释道。

"给！"那个人从车里拿出一把麻醉枪和一盒药弹交给阿尼姆。

"两个小时打一次。"担心阿尼姆听不明白，他还伸出了两根手指，"离屋。"

"啊？老虎要离开笼子？"阿尼姆接过对方赠品的时候问道。

"不是'离屋'，是'礼物'，他给你的礼物。"我再次忍不住说道。

那个人不悦地看着我。或许在他看来，我这种帮工的就没有开口的资格吧。这之后，我、阿尼姆和那两个保镖，我们四个人把笼子一起借助斜梯运上我们的车。这个过程中马尾辫一直都没伸手帮忙，而是紧盯着自己的劳力士手表："时间到，走。"

我锁上车厢门，阿尼姆再次跟他握手致意。

"玩得开心。"他说。不知怎么了，我一看到他的笑就感觉如芒在背。

那几个人没等我离开，就迅速上了车，然后绝尘而去。我和阿尼姆也上了车，不管怎么说，心中的一块大石头终于落下了。如释重负的感觉在每次打完架的时候常有，可是直到此刻我才发现自己竟然前所未有地紧张激动，肾上腺素飙升。

“干得漂亮，小伙子。”阿尼姆说着就把腰间的手枪递了过来，我小心翼翼地接过，然后放到储物箱里。

我们回到国境线以内还不到一个小时，就听到了警笛的声音。原本支在车窗玻璃上的胳膊因为紧张，陡然滑了下来，差点没把我弄骨折。

“我靠，我靠，我靠！”

“天，他们在哪儿？那些警察在哪儿？”阿尼姆紧张地问。

“不知道，老兄。我怎么知道他们在哪儿啊！”我烦躁地喊，然后努力地往车窗靠去。

我四处看去，可是风把我衣服上的帽子刮到了脑后，这样一来，后面的东西我都看不清。当然了，前面的看得也不清楚。

我坐了回去，紧张地说：“什么都看不见，会不会是我们的幻觉？”

“啊，有可能，咱们再仔细听听。”

汽车发动机的声音很大，所以听得不甚清楚。不过我能确定的是，那声音可能离我们很远，但绝对不是幻觉。突然，阿尼姆加大了油门，我们汽车发动机随之发出一声“怒吼”。

他像一个小孩似的一遍又一遍地嘟囔着：“我不会再回去了。”除此之外，再没有别的话了。

“我们现在该怎么办？”我的问题没有得到阿尼姆的回答，此刻他紧张得几乎就要去咬方向盘了。

我解开安全带，确定前方没有障碍物或者限高架后，就紧紧抓住车窗框跳到了外面。因为车速很快，为了不让自己有闪失，我侧着骑跨在了车顶上。这样一来我就能看清周围的环境，在我们右边是一片被树林环绕的峡谷，而在峡谷中散落着几个小村庄和大片的田野，微弱的晨光和局部的雾气让一切看上去都不甚清晰，可我还是看到了一辆警车行驶在我们下方峡谷的道路上，而且在风的作用下，警笛声更加清晰了。我跳回车里，告诉阿尼姆那些警察正在跟我们平行的道路上行驶，不过我无法确定他们是特意跟着我们的，还是碰巧出现在附近。

“混蛋，他们一定是冲着我们来的。无论如何我都不能再回到那种地方……”

一声巨响打断了阿尼姆的话，我俩立即紧张地回头看，然后又瞪大了眼睛看着彼此。

“这是怎么了？”我忍不住说，“老虎醒了，阿尼姆。”

“坏了，坏了，坏了！好吧，海科，你现在把麻醉枪拿过来，赶快去给老虎打一针镇静剂。动作快点。”

“什么？你疯了吗？”我大叫道，因为紧张我的手都不受控制了，只能不停地在脸旁无意识地舞动着。

“别磨蹭，快点儿！”他大声催促。

我都不知道自己是怎么摸到后面的麻醉枪的，又是如何用颤抖的手打开了药弹盒子，拿出药弹装进了枪膛里的。

“现在该怎么办？”我问。

“当然是开枪给它打针啊，笨蛋！”

我转过身，打开通往货厢的小窗户。一瞬间，动物的臭味冲进我的鼻腔，我赶紧屏住呼吸。里面漆黑一片，什么都看不见，我只好把枪伸进去，指着低吼声的源头。在封闭的货厢里，那声音变得更大了。我尽量把麻醉枪口降低，这样就不会射中老虎的脸。

“开枪！”阿尼姆在我耳边喊道。

“啊，好，好的。”我结结巴巴地说，然后扣动了扳机。老虎发出一阵低吼，嘴里的臭气直接朝我喷过来。

“怎么样？”阿尼姆问，然后又加大了油门。

“我怎么知道？什么都看不见。只能听听动静了。”

我紧张地把耳朵靠近那个小窗户去听声音。老虎还在叫，但是声音渐渐弱了下来，过了一会儿，终于安静了。我终于松了一口气，瘫软在座椅上。为了不被发现，阿尼姆冷静地关掉了车头灯。这时在我们前方出现了一条通往树林的岔路。

“往那走。”我一边叫着一边指着那条林间小路。

千钧一发之际，阿尼姆迅速转动方向盘，急转弯让车子的右轮瞬间偏离地面，我立刻就被弹了起来，下一秒车子就冲进了树林里。我紧紧地抓住车门扶手，只觉得无数的树枝正拍打在车顶和车窗上。车轮终于落在了地面上，我们的车也终于停止了颠簸。周围到处都是树。

“真是见鬼了。我真是恨死自己了。”我气呼呼地说

“哎呀，哎呀呀！”阿尼姆惊魂未定地说。

后来我们把车开到了树林深处。这个时候，我们在哪里、有没有迷路都不重要了，最后车子停在了一片很茂密的树林里，我和阿尼姆跳下车来。那一刻我既想吐又想尿尿，之后我点燃了一根烟，让自己倒在了一片潮湿的棕色树叶上。

一

那真是糟糕的一天。刚刚埃里希 · 里贝克率领的国家队竟然以零比一输给了英国国家队。当电视台的记者和球员为这次比赛失利找原因的时候，我狠狠地把沙发垫扔到了客厅里。此时，我已经喝了三瓶啤酒，所以一个醉鬼在脱鞋的时候自然不会在意会不会砸到电视机。

曼努埃拉跑进客厅，生气地叫道："海科，你白痴吗？干吗搞出那么大噪声？我正学习呢，马上就要期末考试了。别再这样了好吗？"她拉长声音说。我最烦她这样了。

接着，她又指着桌子上那三个空酒瓶说："你都干了什么啊？"

没错，那些酒是我从汉斯的储藏柜里偷来的。

"爸爸回来一定揍扁你！"

"曼努埃拉，别大惊小怪的，人们看球的时候都会喝点酒的。"说完我还朝她伸舌头做鬼脸。

"你才 14 岁，还小呢！"说完她摔门就走了。

我朝着她喊："嘿，别说一个男人'小'，这让我感觉很不爽。"

我想那时候我一定把我"小弟弟"掏了出来，然后用手攥着，用它把桌子上的空酒瓶打下来，砰的一声落在地毯上。

“都吵什么呢？”真不巧，我父亲从外面回来了。

趁着他没进屋，我赶紧把“小弟弟”收起来，毕竟这可不是闹着玩的。随后，我用最快速度把空瓶子藏到沙发下面。后来我就把这事给忘了，没准它们现在还在那里呢。

我走到门廊的时候，被晒黑了的汉斯正站在那里，他的好朋友韦尔夫也在那。两个礼拜前，他们两个一起去了泰国普吉岛。曼努埃拉和我知道这件事的时候，他们已经开始收拾行李准备出发了。

这件事过了几年后，韦尔夫就因为得了类似于肝硬化的病去世了。他发病很突然，当时就从酒吧高脚椅上摔了下来，再后来我父亲也病了。说起来，韦尔夫没有汉斯的酒量大，往往汉斯刚喝到兴头上，韦尔夫就已经喝多了。

“嗨，海科。”汉斯傻兮兮地笑着说，“家里打理好了吧？鸽子也喂了吧？”

我只是点点头，并没有说话。那时候我的注意力全都集中在那两个挽着汉斯和韦尔夫胳膊的女人身上，她们各自提着带着难看花纹的行李箱。整个门廊都充满了刺鼻的香水味。

“来！”韦尔夫笑着说，“给孩子们介绍一下他们的新妈妈。”

“什么？啊，对！”

汉斯把一个比我矮了一头的女人推过来。她尴尬地看着我，然后伸出了手。我看看父亲，又看看她。

“儿子，不要这么没礼貌，跟这位女士握握手，轻轻地握一下。”

我僵硬地抬起胳膊，碰了碰她的手。我想我这个握手的动作一定糟糕极了。突如其来的一切让我目瞪口呆。曼努埃拉跳到我前面，对着那个黑发齐腰的女人鞠了一躬。

“我是曼努埃拉。”

那个女人也傻笑着对着曼努埃拉鞠了一躬。

“这是米尔。”汉斯得意地说，仿佛带回来一个顶级的旅游纪念品。

“很高兴认识你。”曼努埃拉说。我真想狠狠地揪她的发辫。

“好了，去客厅吧。”汉斯夸张地眨眨眼，随后又用很浮夸的声音说：“快请进吧，韦尔夫，你这家伙知道我家啤酒放在哪里的。”

韦尔夫带着他的新妻子走进客厅，然后给自己和我父亲每人拿了一罐啤酒。

“米尔，我带你去看看我们的卧室，我们的小窝。”

汉斯笑嘻嘻地推着她往楼上去，那个叫米尔的女人一脸迷惑地看着他。走到一半的时候，我父亲转过头来，并换成一副严肃的表情。

“把行李拿过来，赶快！”

我看着上楼的他们，牢牢记住了汉斯当时冒光的眼神。我发誓从那往后一句话都不会跟那个女人说。

一

整整两周，凯一直住在医学院的治疗部，进行各种检查和治疗。要不是眼睛被缠住，他跟正常人没什么区别，原本肿的地方都消了，伤口也好了。可是因为精神不振，他看上去就像一个有着“X”眼睛的线条人。我跟凯的父母也形成一种默契，我们会选择不同的时间来看望凯，这样就能避免见面了。他们每天下班后会来陪凯一两个小时，而整个中午和晚上就会换成我。每周一和周四，我会带来足球杂志读给凯听。我现在很擅长做这些了，而且还会给他读最新一期的《11 位朋友》，对于每一篇文章，凯也会给出自己的评价。读完之后，我们两个还会在一起谈谈对各种比赛的见解，我的见识也得到了空前的提高。因为在此之前，我的热情几乎都放在汉诺威这个局部区域了。几天之后，我发现了一个网络阅读软件，每次只要在网上找到想要了解的内容，软件自己就会进行语音播报，这样一来，我读到口干舌燥的日子总算结束了。总的来说，这个软件还是很好用的，只是在读一些外国球员名字的时候会出错。我和凯都觉得很好玩，有时候就会故意找一些国外的或者名字很奇怪的运动员的资料让软件去读，每一次都把我们两个逗得前仰后合。当然了，偶尔它也会失灵，一句话都不说。

有些时候，我觉得凯还是我认识的凯，喜欢开玩笑，甚至调侃自己的伤势，比如他会说要穿着超级英雄的衣服去纽约街头抓捕罪犯之类的。我是不太喜欢演蝙蝠侠的本 · 阿弗莱克的，不管是什么电影，就算再感兴趣，如果是他演的我都不会看。

可是有些时候，我觉得凯还是变了。他像是被一种无形的压力狠狠地按在了病床上，我看着他咬着牙被巨大的痛苦折磨着。那位荷兰医生经常来看凯，有时候还会跟我们坐在一起聊聊天。他告诉我们，阿贾克斯足球俱乐部和阿森纳足球俱乐部的前球员马克 · 奥弗马斯来是他同乡，至于那个小村庄的名字我倒是没记住。通过接触，我还挺喜欢他的荷兰口音的。在谈及凯未来的恢复情况时，他总持有保留态度，但也很诚实地告诉我们，不要抱有短期内就能恢复的想法。他也会向我们解释给凯进行的手术和治疗的目的，但是凯说自己根本不记得那些，只要医生们觉得有必要，那照做就是了。

“你知道我最想念什么吗？”

“什么？”我问，可心里却已经有了答案。

“可乐。”

鬼才信呢，我猜一定是情色片。

我脱了鞋，坐在病房里一张空床上，跟凯一起看德国杯 16 强的抽签环节直播。因为要保持安静，不能打扰到其他患者，所以我们看电视的时候是关掉声音的。我俩都觉得两个人一起戴着耳机看电视太傻了，所以准确地说，应该是我自己在看画面，然后再口述给凯。住院期间，我们一直都这样，即便是病房里没有其他人也是如此。现在，国家队女足的明星守门员斯特菲·琼斯，正作为幸运女神在电视上为各个球队抽签呢。

“拜仁队真幸运。”我说，“对战的是腿脚都不灵光的荷尔斯泰因足球俱乐部。”

电视里，主持人从琼斯手中接过带有俱乐部标志的小球，放进一根管子里。我想象着这些管子通向演播室下面的空间，这些小球在气力输送下会落入一个巨大的球堆里，而那些球都是几十年里比赛抽签时使用过的。

收回思绪，我继续解说着电视画面：“汉堡网球俱乐部足球分部，”虽说我们跟汉堡那帮小子关系不错，但我还是不能支持他们的俱乐部，“对战裸体巴格达。”

“啊？海科，等一等，对战谁？”凯一边问，头一边往上抬，床单发出窸窸窣窣的声音。

这么看来，他有点像歌手史提夫·汪达[1]。我忍不住想，是不是所有的盲人，或者暂时看不见东西的人都有这样的小动作呢？

“对战科特布斯。”我纠正自己道。

“老兄，真希望汉堡队能把东部那些家伙都踢出局。”凯说，听上去非常严肃认真。

“是的，”我说，“最好让他们屁滚尿流。接下来的对战是……”

琼斯把手伸到一个大碗里，就像和面一样在里面搅动着，很快她就从里面拿出一个球交给了主持人，后者把球一分为二，将其中一半

① 史提夫·汪达是汽车城唱片旗下艺人、美国盲人歌手、作曲家、音乐制作人、社会活动家。

扔到另一个大碗里，然后举着另一个带有球队标志的半球。

我咽了一下口水，说："汉诺威96。"我俩几乎同一时间坐直了身体。现在那个大碗里还有几个值得期待的球队，琼斯又拿了一个球递了过去，然后球被打开。主持人看着球队队标，嘴角微微上扬，下巴都有些突起了。此刻他已经把那个半球对准镜头了。"汉诺威96对战的是——"我说着，却忍不住呼吸一窒。我的眼睛都要粘到电视上了，简直难以置信。一定是他们搞错了，或者我看错了，又或者对战的是别的球队。直到电视画面上出现了抽签配对的字幕条，我才确定了一切。

"对战的是谁？说呀海科，汉诺威96对战的是谁？"凯急得直推我。

我慢慢说出那四个字："布伦瑞克。"

"你要是拿这个跟我开玩笑，海科，那我可——"

"不，真的。"我大叫着，一着急竟然被自己的口水呛到了。紧接着，两条消息接连传来。第一条是乌尔夫："哦，我的天啊，真是历史性的一刻。"

第二条来自乔乔："你们看直播了吗？"

直至此刻，我都觉得难以置信。我必须非常克制，才能不让自己尖叫并疯狂地撕床单。我转头去看凯，嗓子里像是被一只大蛤蟆给堵住了，什么都说不出来。他倒在床上，侧着身背对着我。我手心里都是汗，脖子后又像是有阵阵凉风似的。我咬住自己的舌头，直到疼得麻木。我心里暗想，那帮布伦瑞克的死蜥蜴要倒霉了。

一

我整夜未眠，开着车去了文斯托夫，在伊冯的公寓前一直坐到天亮。我看着窗帘上她的倩影，后来公寓的灯熄灭了，可我却毫无睡意，无数个想法冲进我的脑海。我计划着如何让布伦瑞克的那些家伙付出代价，考虑着是去告诉我伯父，还是我自己想办法搞定这件事。我一根接一根地抽着烟，到后来都开始恶心了。所以我去了加油站附近的24小时营业的超市，在那里喝酒一直到天亮。

然后又去帮阿尼姆喂老虎。它似乎已经适应了在那个大坑里的生活，也可能是屈从于命运的捉弄，反正它再也不试图跳到外面把阿尼姆撕成碎片了。这也怪不得它，毕竟它总是从金属墙上滑下来，动物这东西，真的很容易放弃，对此阿尼姆很开心。他整天待在地下室里给新宠准备食物，并喜滋滋地展示起曾经的屠夫技能，地下室的血腥味蔓延到整个一楼的地板上。自从老虎来了，波博斯基和大脚怪就变得异常安静，也许他们已经感觉到了潜在的危险，但愿在开始全新的斗兽比赛前，阿尼姆不会心血来潮地去测试老虎的奔跑能力。关于老虎的事情我没跟其他人说，包括凯。我希望等到他完全恢复成原来的样子后，再跟他分享这件事。现在这种情况下，每天都跟他待在医院里，我真的没有心情提这些。喂完了老虎，我又回到车上，在房子前调转车头。我希望这是全新的一天。

凯一只手抓着我的胳膊，我们绕着医院的小公园走了好几圈。乔乔和乌尔夫也来了。乔乔这家伙一直在我和凯的身边跑来跑去，因为担心凯会摔倒，他总是紧张兮兮地伸手去扶，搞得凯就像一个随时都会倒塌的积木塔一样。

“乔乔，求你别这样了。你让我很紧张。我这不是抓着他呢嘛！”

凯的头发从来没有这么长过，两侧的脸颊都被遮住了，更不用提什么发型好不好看了。其实我带了剪刀想给他剪头发的，可他却说在医院里好不好看都不重要。他小心翼翼地走着每一步，但还是晃晃悠悠的。我心里暗想，人躺在床上几周后肌肉就会消失吗？会不会一两周就变这样呢？可我又觉得不该这么快，所以这应该不光是肌肉的问题。我知道凯最害怕的就是突然间连一丁点儿光亮都看不见。他曾跟我说过，直到现在他都没有适应这种半盲状态下的空间感。有些话我真的很想说，但是真话往往都是伤人的。站在我的立场上，我是绝对不能袖手旁观的，所以我很想推开他那只抓着我胳膊的手，告诉他你并不是一个残疾人，你要自己走。然而这些话我又说不出口，因为凯也许会因此误会我，以为我不想继续照顾他。

提起 12 月 18 号的比赛，乌尔夫忍不住说道：“这简直就是最棒的圣诞礼物了。”

“用不用我去弄几张票来？”乔乔一边问，一边给大家发烟。他自己点燃了一支后，小心翼翼地放到凯的嘴里，那样子就跟照顾一个小孩子似的。我本想说凯能够用自己的手和嘴点烟的，但我终究没说。

我继续着之前的话题："也许我们能做点儿别的事情，而不是老老实实地坐在那看比赛。"

"什么意思？"乔乔问，然后慢慢地抽了一口烟。

"乔乔，你这是跟我开玩笑吗？你是第一天认识我吗？这可是修理那些蠢货的最好时机了。"

"所以你不想看比赛了？"乌尔夫问。

"如果能组织到人，当然就不看了。不管是在蒂姆芬酒吧还是哪里都行，反正坐在体育场里等着被警察护送出去真的太傻了。要是不抓住这个机会，以后想有所行动就难了。"

乌尔夫不耐烦地说："别说了，海科。"

我的确立刻停止了讲话，因为凯差点被绊倒了。还好我迅速抓住了他，而且乔乔也及时伸出了手。

我看着乌尔夫说："我要踢烂他们的屁股。那些杂种一定要血债血偿，就算只有我一个人去干这件事我也不在乎。"

"你只会把这件事弄得更糟糕。"他说。我把他推到一边，不想再听他说了。

"无所谓，乌尔夫。没有人能阻止我。"我难过地说，感觉自己的嗓子像是被什么堵住了一般。

乔乔问我有没有跟阿克塞尔伯父说过这件事。

"没有，他还不知道。"我说，"就算他不赞成，就算你们不陪我，大不了我自己去。”

乌尔夫走到我面前，高大的身材让我整个人都站在他的影子下。

“你到底知不知道自己在说什么？难道你也想像凯一样吗？”

他指着凯，我顺着他的手看过去，看见凯不知所措地晃着头，什么都说不出来。

“你有没有考虑过哪怕一丁点儿后果啊？”

我朝他冲过去，彼此之间只有一厘米的距离。我甚至能感觉到他的鼻息。

“我、不、在、乎！”我一字一句地说，接着我退后一步，又继续道，“你有家庭，有房子，有带着白色木栅栏的花园，你有大好的未来。”

有些话本不该说的，但是我控制不住自己，而且还越说越激动：“乔乔找到了教练工作，等凯康复了，他也会完成学业，然后找一份好工作。”我真的不想这样说他们，仿佛像在抱怨什么似的，可话此刻已经收不回来了。“可我什么都没有，”我用手指比画着，“什么都没有，我没什么可失去的。你知道为什么吗？因为这就是我的人生，我就是要去战斗，去承担这一切。乌尔夫，如果你连这些都不明白，你就太不懂我了。那么这些年我们在一起经历的这些就是一场笑话。”

我把凯的手从我胳膊上拿开，然后交给了正目瞪口呆看着我的乔乔。从乌尔夫身边走过的时候，我还故意用肩膀撞了他一下。他没有动，只是在我身后大声说：“你知不知道你这样真的很可悲。”

我挺直了背，对他大吼：“去你妈的，乌尔夫，真的，去你妈的吧！”

一

我还记得我坐在妈妈行李箱上的情景。我扭着腿，让两只新球鞋的鞋尖不停地互相撞击着，心里则想着下次踢球的时候一定跟朋友们好好显摆一下。正门和走廊之间的那扇门被打开了，妈妈踩着高跟鞋，笑容和蔼。早在她拖着笨重的行李箱从楼上下来的时候，我就从自己房间跑了过来。我问她要去哪里，去干什么，她也没回答，只是笑着看着我，然后在我额头上亲了一下。“妈妈啊！”我一边撒娇般地抗议一边擦着被她亲过的地方。下一秒，她从我身边走过，浓烈的香水味在身后弥漫着如同新娘礼服上的一长串花香。我跟着她走，曼努埃拉靠在客厅的门框上，脖子上系了一条黑色的丝巾，那时候女孩们都这样，弄得自己像是那种脑袋和身体是后来拼接在一起的科学怪人似的。她用手臂抱着自己瘦弱的身体，噘着嘴唇。现在人们都管那叫鸭子嘴了。不过在当时，我并不明白她为什么要噘着嘴。真是很傻很天真啊！

我听见外面有汽车的声音。妈妈赶紧提着行李箱打开门，放下东西后，又回去把两个行李袋拎过来。两个袋子都是打开的，一些衣物都冒了出来。她对着门外开车的人挥了挥手，随后又走到我身边，屈膝蹲下来抱住我。我不知道该怎么回应这个拥抱，只好老老实实地让她抱着。

“没事的，小海科。我爱你！”她的声音异常地低沉含糊。

她又亲了我一下，这次我没有抗议也没有擦拭。她站起身，看到靠墙的玻璃柜里还放着她那些丑丑的小人偶后，有短暂的迟疑，然后说：“哎，无所谓了。”说罢，她朝着正对她怒目而视的曼努埃拉走去。可才走了几步，我姐姐就迅速地退回到客厅，砰的一声关上了门。我被突如其来的声音吓了一跳。妈妈叹了一口气，转瞬又对着我笑，虽然我们距离很近，可她还是对我挥挥手。一个男人走到房前替她把行李都装上了车。妈妈拉着门，再一次跟我挥别、飞吻。门被关上了，呆呆地站在走廊里的我听到关车门和汽车离开的声音。我回到客厅，曼努埃拉正跪在窗前的单人沙发上往外看。早在这里还是爷爷家的时候，这沙发就已经是她最喜欢的东西了。我还记得爷爷生前最喜欢坐在上边喝啤酒了，早上的时候也会在那里喝咖啡。我拿过遥控器，坐在沙发里，把电视调到播放日本动画片《足球小子》的频道。我最喜欢的人物是主角的对手，很酷、竖着长头发。他做事像个大人似的，从来不犹犹豫豫，而且踢球的时候很拼，蓝色训练服的袖子总是挽着。我老老实实地待在沙发里，可是曼努埃拉却在瞪了我一眼后说：“你可真傻。”

我觉得好冤枉。我什么都没做，也没打扰到她。骂完了我，她又继续看向窗外。我一脸茫然。

一

我冲下楼的时候差点大头朝下栽下去。一把推开纱门，因为用力过猛，门不仅弹了回来，还差点掉下来，没办法，谁让上面少了一个合页呢。可我顾不上这些，门铃一直响个不停，我只得朝门铃奔去。

“你们来这干什么？”我对刚刚下车的曼努埃拉和安德烈亚斯说。他们看着对方，彼此的目光里都充满了难以置信的意味，似乎他们从来没见过这么破旧的房子。尤其是安德烈亚斯，嫌弃之情十分明显，好像阿尼姆的房子是个鬼屋一般，真是没见过世面的白痴。我朝他们走过去，因为光着脚，地上的石头子十分硌脚。我问他们为什么到这里来。直到这时候，我姐姐的目光才从这栋饱经风霜、破败不堪的建筑上移开。

“我想我已经说得很明白了，你们不该来这里的。”

安德烈亚斯看都不看我一眼，说道：“你以为我们想来这吗？”

说完，他抻平自己那件烫熨得十分平整的带有浅蓝色图案的衬衫，并把衣摆小心地掖进米色的裤子里，随后他又正了正衣领，并把自己那喷了发胶的头发弄得更蓬松一些，也许他觉得这样很时尚吧。

可在我看来他就像一个为了初次去教堂做礼拜而盛装打扮的小孩，过分的自我感觉良好只会让周围的人笑掉大牙。他的一切都让我讨厌。有那么一瞬间，我觉得真应该让他们进来见识见识波博斯基和大脚怪，感受一下什么是真实的人生，让他们知道生活可不只是他们以为的那么和谐温馨。但我不会这么做的，否则曼努埃拉就会跟我彻底产生隔阂，而她的丈夫则会毫不犹豫地去报警。

“海科，我们已经找你好多天了。”曼努埃拉说道。

她走到我身边，拉住我的手。眼镜下，是她那根本隐藏不住的眼袋。发际线的边缘也都红了。我知道她只要一再遭受压力，就会起湿疹。多年以前我们还住在一起的时候，她就被这毛病折磨着。

“我手机关机了。”我实话实说。

“我们能进去吗？我想坐一会儿。”

“不行。”我想不出好的借口，只能粗暴地阻止，“你们不能进来。”

“为什么？”安德烈亚斯不高兴地问。

因为里面充斥着动物的血腥味和鸟屎味，因为那些化学药物和麻醉枪，因为里面有两只斗犬和一只老虎，因为阿尼姆一旦发现家里有异常或者来了陌生人就会开枪。

“就是不行。我说得很明白了。”我坚持道。

我不知道阿尼姆去了哪里，什么时候会回来，所以只能尽快把他们打发走。

“海科，我们得谈谈。”曼努埃拉说。

她的声音很虚弱，仿佛下一秒就会晕倒似的。这时远处传来了雷声。

我的视线越过她的头顶，穿过树的顶端，看见乌云正在聚集，马上就要有一场暴风雨了。我伸出两根手指，说：“两分钟，就在门廊里谈。”

我摆出一副不容拒绝的面孔，然后带着他们走到了门廊处。

我从椅子上拿了一个坐垫放到台阶上让曼努埃拉坐。其实从卫生角度看，有没有这个垫子都没差别，因为它真的很脏，上面还有好多黑色的污点。但是从礼貌上讲，我得有这样的一个举动。我挨着她坐了下来。安德烈亚斯一直站在我们前面，双臂交叉，不屑地看着周围。我缓了好几口气，才压下扇他巴掌的冲动。这时，我闻到了下雨的味道。

“说吧，找我什么事。”我问。

曼努埃拉看了看安德烈亚斯，又看了看我，忽然哽咽了。

“前几天爸爸从楼梯上摔下来，髋骨折了，现在正住在医院里。”

“哦。”我说。

此刻我真的不知道该说什么才好，也没有精力去做一些看上去很伤心的举动。曼努埃拉十分不解地看着我。

“你明白我在说什么吗，海科？”

“是的，髋骨受伤了。老年人骨折不是很常见吗？”

“准确地说，每个人都可能骨折。”安德烈亚斯一本正经地展示着自己的博学多才。

我从外套口袋里拿出一根烟点着了。我抽烟的时候，曼努埃拉一直盯着我，似乎还期待着我能有一些别的情绪。

“海科……”

“算了吧亲爱的。他根本不在意。”安德烈亚斯嘟囔着。我真是很努力地去忽略他，不然非得要他好看不可。

“他是又喝多了吗？”

“你关心的就只是这个吗？”曼努埃拉往后挪了一下，问道。

“那么你想要我怎么样？”我提高了嗓门叫道，“要我哭一场？还是质问老天为什么让他遭受这样的事情？”

“海科！”她的语气里满满都是责怪，仿佛我做了什么大逆不道的事情。

我把烟头朝着身下的台阶轻轻旋转，弄掉多余的烟灰，然后让他们离开。

曼努埃拉又开始哭了。我转过头不再看她，然后站起来。

“你怎么会变成这样？”

“我为什么会变成这样？”我对她吼道，“你难道失忆了吗？你忘了一个月前发生的事情了嘛？你是怎么坐在他家的厨房里哭的？”

一定是我的声音太大，引得两只狗叫个不停。糟糕！安德烈亚斯随着狗叫声往前走了一步，瞬间满脸恐惧。

“那是什么？”他尖锐地叫着。

“还能是什么？狗呗！”

突然，狗叫中掺了一种不容我们忽视的咆哮声。我的天啊！可别在这时候跟我开玩笑了好吗？那只老虎竟然从黑暗的大坑中跳起来，用爪子去够那个木制的大盖子。

“我想我们马上就得离开这了。”安德烈亚斯拿出车钥匙，慌张地说。

“不，等一下！”曼努埃拉说道。看得出，她在努力地保持镇定，尽量不让自己的声音听上去那么颤抖，“海科，我知道一切都很糟糕，可我们到底是一家人。现在，你父亲正躺在医院里，所以我希望……不，我要求你至少去看他一次。你知道他很固执，所以必须由我们先走出这一步，特别是你。就算不是为了他，你就看在我的面子上去一趟吧。”

她开始对我进行道德绑架了。我差点就跟她说“不”，然后把他们一起赶出去。这样我就能摆脱他们，安安静静地过自己的生活了。可是我眼前却出现了她坐在厨房里哭泣的画面，那时候汉斯正在自己的卧室里发酒疯呢。这样的回忆让事情发生了变化。我想起我们小时候，她是如何在汉斯面前保护我的，想起了她因为知道我拒绝吃米尔做的饭，所以不管我回不回家，都会为我准备放学后的加餐，想起了她到我房里问我有没有脏衣服要洗。这些都是很小的事情，但是对我来说却很有意义。刹那间，我突然开窍了，明白了还有人对我很重要。而她之所以这样照顾我，不是因为她喜欢做好事，不是她觉得我可怜，我们不是不相干的——我是她的弟弟，她对我好是本能。也许她总能轻易原谅汉斯的所作所为或者能够忽略他的过错也是出于这种本能。

“好吧！”我说，“等我准备好了，我会去看他的。但是你现在真的得走了！”

临别前她跟我拥抱了一下。安德烈亚斯在驾驶室里发动了车子，按着喇叭催促着。

“代我向达米安问好。”说着，我拍了拍她的后背。

“他总是问起你，只要有时间就会在花园里踢你送给他的足球。”

“真是太好了。”说完，我便让她快点上车去。

一

自从德国杯16强抽签完毕后，沃旦拳馆里唯一的话题就是与布伦瑞克的比赛。不管是流氓、格斗家、摩托党、保镖还是右翼分子，所有人都在讨论今年的这场比赛。一时之间，所有人都成了评论家，不过他们谈论的焦点可不只停留在足球赛上，大多数时间里他们都在关注服装，有时也会说一说这次比赛的历史意义。两个球队上次碰面还是在2003年，那一次也是很重要的比赛，可是汉诺威96却以零比二败北，搞得所有人都很压抑。

事实上，拳馆最近几周的经营业绩并不太好。自从知道那次警察突袭后，不少客人就不来了，毕竟谁都不想惹麻烦，而恢复的过程是缓慢的。我最不愿意承认的是，最早回来的那批客人竟然是那几个右翼分子。随后天使帮也回来了，高尔又在更衣室里做起了文身生意。这些天阿克塞尔伯父几乎每天都被那些摩托党拜访。他们进入阿克塞尔伯父办公室的时候既不敲门也不提前打招呼，却不用像我那样被要求退出去重新敲门。有时候我从门外经过，能听到他们的争吵声。阿克塞尔伯父的脾气越来越不好了，自己都能一边自言自语一边急得直跺脚。他本就泛红的皮肤如今比以往更加暗沉，像燃烧的火焰。

他把方脑袋从办公室里伸出来并大叫我名字的时候，并没有意识到我正在离他只有几米远的后门处呢。

“过来一下，给我干点活。”

我小心地把刚点着的烟熄灭，然后装回烟盒里，留着过一会儿接着抽。进到办公室的时候，阿克塞尔伯父穿着袜子站在那张大办公桌上，头伸进天花板里，正在把一块能移动的天花板从框架上拿下来。

“需要你给我搭把手。”因为在天花板里说话，声音听上去像是从别的房间里传来的。

他指了指脚边一沓新的表格单。

正当我分批把那些单子递给他的时候，他竟然用充满威胁的口吻跟我说：“别弄乱了。”

他接过那些东西放进了天花板上方的角落里。当他往里推那些纸单的时候，头顶上方发出了干涩的摩擦声，与此同时一大团灰尘落了下来。我又按照吩咐，从抽屉里拿出一个装着大半袋药丸的透明袋子交给他。抽屉里还有一把黑色手柄长约 8 英寸的匕首，刀刃锋利，寒光闪烁，刀背是尖锐的锯齿状。把这些东西放好后，他又小心地把之前移走的天花板恢复到原来的位置。

我伸手去扶他下来，结果人家并没有领情，自己吭哧吭哧地跳下了桌子。他又反复看了看天花板，直到确认没有异样后才放心。而我，需要坐下来歇一歇。

他背着手，左右舒展了一下脖子，像个老板似的说：“12 月 18 号。”

“布伦瑞克。”我接着他的话说。他点点头，继续道：“没错。准备工作已经开始了。就算警察那边有什么行动，我警局的朋友也会通知我的。”

“准备工作？”我差点从椅子上跳起来，心中更是有太多的好奇。

“这是一场大秀。海科，这是复仇的好机会，是让汉诺威 96 扬名立万的好机会，也是洗刷我们在法兰克福战败耻辱的机会，还有，为了你们那次……愚蠢的行动。”

他眼睛眨也不眨地盯着我，想看看我有什么反应，但是我没有做出任何举动。

“天知道下次再有这样的机会还得等到什么时候，所以我们要抓住这次机遇。”

他握紧拳头，情绪激动，简直就像是一个正在面对外国人的新纳粹分子，固执地认为对方抢夺了我们的饭碗，还妄图霸占我们的女人。“我们得在沿袭传统的前提下干点儿大事了。”他满脸期待，可是这种表情出现在阿克塞尔伯父脸上就像是得了精神病。

“你想怎么干？”我慢悠悠地问，想让他觉得我对这件事并不是特别感兴趣，或者刚刚有了一丢丢的小兴致。

“比赛当天就跟他们约一架，地点最好别离体育场太远，就跟以往一样。要提前检查摄像机、录音和监控设备。咱们都实事求是一些，不要自欺欺人，在体育场里跟他们干是不可能的，要超出警察监控的范围，也许城中比较好。”

“改在梅河综合建筑区怎么样？”

他用那香肠一样粗的食指指着我，笑着说：“果然是我的侄子。你看这就是我没有揪掉他耳朵的原因。海科，你是一个有想法的人，就像我一样。我也会给一些建议的。”

“什么意思？建议？给谁建议？”

他靠在椅子上，目光从我的身上移开，环绕了整间办公室后，落到了自己的椅子上。

“我一会儿要见一些客人。他们应该很快就到了。我已经派托梅克去接他们，然后带着他们来。”

就像他说的，不一会儿门就被敲响了。阿克塞尔伯父笑了笑，伸手掸平衣服，清了清喉咙。

“请进。”他说。

托梅克走了进来，身后还跟着四个肌肉发达的小伙子。他们都笑呵呵的，仿佛在来的路上正说着什么有趣的事情，而且直到现在还意犹未尽。其中两个人穿着石头岛牌的帆布夹克，另一个人穿着褪了色的龙狮戴尔外套，最后那个人是典型的金发碧眼模样，穿了一件印有传统德国文字的连帽衫。阿克塞尔伯父站起身，挨个跟他们握手，并说：“先生们，很高兴你们能走这一趟。”

“毕竟这是一件大事。”那个金色头发的人说。突然，我从他发根处的颜色辨认出他那金色的头发竟然是刚染的。原来不过是冒牌的雅利安人。算他有良心，没有为了模仿而带上蓝色的美瞳。

“海科，给腾出个地方来。”阿克塞尔伯父说。

我站起身，把我的椅子让给了他们中的一个。那人看我的时候一副忍俊不禁的样子，仿佛我鼻子上沾着一块大鼻屎而他又不想引起我的注意似的。他从我身边经过时，几乎就是贴着我身体过去的，嘴里的味道像极了臭猫的屁股。

“就是他吗？”他问同伴，并用下巴朝着我的方向抬了抬。

我有点搞不清状况，只能看着我伯父。他又清了清喉咙。

“是他。”

所有人齐齐看向我，并把我从头到脚打量了一番。

“那另一个呢？”说完，这个口臭的家伙没有征求别人意见就点了一根烟。

阿克塞尔伯父看着他，我看得出他气得直咬牙，心中满是怒火，而且非常乐意让对方尝尝他拳头的滋味。我希望他能那么做。但下一秒，阿克塞尔伯父却打开了抽屉，从里面拿出一个烟灰缸递给那个人。这样一来，其他人也跟着开始吞云吐雾，很快小小的办公室就充满了烟。

“另一个人住院了。”阿克塞尔伯父说。我隐约觉得他又瞄了我一眼。

那几个人哼了几声，让我感觉就像是几头猪在笑。

“那就赶紧按约定进行交易吧，我们也好快点回布伦瑞克。”坐在我位置上的人说，然后像调整西装一样调整了他的石头岛外套。

“海科，开始吧！”阿克塞尔伯父说，还用手做了一个主持人在演播间里介绍球赛评论嘉宾的动作。

“干什么？”我问。

“道歉！”

我呼吸一窒，仿佛自己的肚子被狠狠地揍了一拳。

我问我为什么要道歉。

我伯父低声说：“你知道为什么的。快点吧。”

我什么都没说，只是看着他。我的手臂在身体两侧像是被冰冻住了一样，似乎血液都不往拳头上输送了。布伦瑞克人都等着看好戏，看样子还挺有耐心的，你们这群蠢货。阿克塞尔伯父把椅子推到后面，然后拉住我的胳膊，转身对那几个人说：“稍等片刻。”

阿克塞尔伯父和我走出办公室，在身后把门关好。我听到那些人在里面笑。我伯父把我推到门上，几乎是像因纽特人进行贴鼻礼一样贴在我脸上说：“你赶紧去为你上次打了他们的人道歉。”

“不可能。”

“海科，听我说。”他的口气很淡，可能是刚用剩余的可乐漱过口，“我不管你怎么想，但是你现在必须去道歉。这样我们才能往下继续。”

“是他们把凯……”

“是他们，是他们……”他重复我的话小声地说，“但我现在管不了这些！我让你做什么，你就赶紧去做。”

他打开门，把我推了进去，自己则绕过我坐到那张老板椅上。此刻所有人都朝我看来，托梅克站在那几个人中间，像个格格不入的外国人。他看着我，眼中尽是同情和愤怒。我知道他跟我同样厌恶现在的局面，我真想让他把抽屉里那把匕首递给我，这样我就能解决了那几个狗杂种。一想到能切开那几个人的喉咙，我就热血沸腾。阿克塞尔伯父盯着我，脖子上的肌肉绷得很紧，皮下的血管都清晰可见。

我说了，我到底是说了“对不起”了。我从来没有哪一刻像现在这样讨厌自己，觉得自己就像一个叛徒，像我伯父那样肮脏、虚伪、恶心的叛徒。说完那三个字后，我立刻冲出门外，逃到走廊又跑进厕所。我觉得很恶心，几乎把所有东西都吐了出来，到后来只剩酸涩的胆汁了。我对着洗手池尖叫，在陶瓷盆的作用下，那些声音最终回到了我自己的耳朵里。

一

那次汉诺威 96 被降到二级联赛，也是我们比赛史上最臭名昭著的时期。阿克塞尔伯父在保证会好好照顾我们后，获得了我们妈妈的同意，最终带着我和凯去看球了。

我们两个小傻瓜戴着汉诺威 96 的领巾，站在侧面的人群队伍里。周围的人大声唱着歌，在空中激动地挥舞拳头，我们像身上着了火似的在围栏周围跳来跳去。拥挤的人潮中，大量汉诺威 96 的球迷像缓慢移动的波浪，撞击着隔在我们和普通观众之间的栅栏。每当我们的队员阿多和阿萨莫阿持球的时候，观众席上就会爆发出猴子一般的叫声。我问过阿克塞尔伯父，那些人为什么这么做，他说因为阿多和阿萨莫阿都是黑人，那时候的我还不能理解足球场的种族歧视。

看球的时候，凯跟着我跳上栅栏，希望我们对科特布斯的诅咒能够抵达对方球迷的阵营。那时候的我们无条件地捍卫我们喜欢的球员奥托和杰拉德。他们是我们最棒的球员，是赛场上的组织者和得分手，是汉诺威 96 攻击力的保证。然而我们的声音还是不够大，稚嫩的童声很容易就淹没在人声鼎沸的环境中。戴着头盔的警察组成人墙站在我们前面，但是我俩一点儿都不怕他们。就是在那时候，我们明白了球迷在这里是不能退却的。我们在科特布斯体育馆里，第一次见到了飞来的啤酒瓶碎片，看到有人在我们面前打斗流血。明白了即使是友谊赛，也会被人投掷石头和大便。阿克塞尔伯父、托梅克和辛克尔把我们两个围起来，防止被外力误伤。我从他们身体的空隙往外看，发现那些被打倒的人被扶了起来，喝了些东西，简单地擦掉血污、处理了伤口后，又继续挥舞着手臂为自己支持的球队鼓劲助威。

比赛临近尾声。场上局势为一比一，汉诺威 96 相对占据上风。忽然，泛光灯熄灭，角落里的旗帜陷入一片黑暗中。比赛暂停！一时之间，成千上万人的呼喊声在夜色中回荡，我感觉自己就要疯了。当然，这种疯不是贬义的，而是激动和兴奋。我多想借着“猴子叫”的由头，爬上栅栏顶，然后疯了一般地尖叫，为汉诺威 96 尖叫！从那以后，一切都变得糟糕起来。

当场上的灯光再次亮起，人们才发现灯光只亮了一半，我们的守门员西佛斯几乎什么都看不见了。球迷区的人们大声呼喊着：“守住！守住！”然而此刻球队的节奏已经全都乱了。等到科特布斯队重返赛场时，客场的球迷们立刻就沸腾了。接着，我看见我们这边的人先挑起事端，然后整件事情就像是一场烧烤派对，先是被人破坏了香肠烤架，接着撞倒了烧烤炉，然后熊熊烈火便彻底毁了这场派对。

当然，现实中并没有火，但是正在进行友谊赛的体育馆却充满人们的怒火。托梅克、辛克尔、泰勒还有我伯父跟警察发生了冲突，我和凯肩并肩对着警察大喊大叫，龇着的牙齿在灯下闪烁着寒光，让我们看上去像是愤怒的小兽。警察的警棍劈头盖脸地打下来，我们不仅没退缩，还攥紧了拳头进行反击。我和凯看着彼此，暗暗发誓，有朝一日我们也要像大人们那样站在这里，永远守护我们的球队。就在那，在球迷席最前排，我们两个正式握手许下诺言。

一

我几乎不能看凯的眼睛，事实上我也看不见，因为它们都被纱布包住了。不过，自从我做了那件背叛他的事情后，对我来说即便是面对他也是一件很难的事情。我想18号以后一切都会不同，等到一切尘埃落定，他的眼睛会恢复，我们又会像过去一样，什么都不会变。

凯从床上坐起来时嘴里还说了些什么。我忙着翻看用手机拍的照片，所以没太在意。经过我的综合评估梅河综合建筑区绝对是城中进行对战的绝佳位置。空间够大，四十到六十人在里面打群架完全够用。周围的建筑物和没人的商场像迷宫一样具有迷惑性，这为我们提供了绝佳的隐藏位置，估计在警察们走街串巷寻找我们的时候，我们就已经能够结束战斗了。即便事情不像我计划的那么简单，比如警察可能比我预想的更早一步来到那里，但是错综复杂的路线也能掩护我们迅速撤离。再者这样的地形势必会分散警力，当一名可怜的警察好不容易找到我们的时候，也许我和伙伴们已经坐在蒂姆芬酒吧里为胜利举杯畅饮了。

凯摸索着走到床边，然后熟练地找到另一张床并从旁边走了过去。他用手扶着墙走到拐角处，后面就是病房里的洗手间了。他现在做这些事情已经很习惯了。别人也无须像照顾老人的护工那样扶着他的胳膊带他去厕所。他尿尿的时候没有关门，从我这个角度能看到他的脚，垂下来的大短裤正好到脚面位置。一阵冲水声后，他洗了洗手，然后走了出来。

“你听见我说的了吗？”他问。

我从手机上抬起头看他，说：“什么？啊，没有。”

“我说我想去国外实习。”他说，“用一学期的时间，也可能是两学期。”

我看也没看就把手机关了丢到一旁。

“去哪里呢？”我问他的时候语调不禁有些激动。

“伦敦。我读硕士学位的时候做了一个项目，项目顾问在德意志银行有熟人，他说可以帮我推荐。”

“伦敦是英国的吗？”

凯摸了摸床，床单立刻发出一阵干燥的摩擦声，他叹着气坐了下来。这是人们住院时的通病，特别是那些因为突然意外而残疾的人，他们每动一下都会情不自禁地发出呻吟或者叹息。我觉得凯身体上的伤仍然没有痊愈，不过恢复是早晚的事情。当下，我们最担心的还是他的眼睛。

凯一脸嫌弃地说：“啊，伦敦在莱茵兰－普法尔茨州[①]，你信吗？伦敦当然是在英国。你这个白痴。”这时一名土耳其护士用小车推着凯的午餐走了进来，并把罩着塑料盖子的食物放到病床的移动餐桌上。就在

① 莱茵兰－普法尔茨州在德国西部。

不久前，我还告诉凯这个护士很可爱，结果直到人家离开，凯都没说一个字，这可不像他平时的风格。我问他为什么突然要去英国。他却拿开食物上的塑料盖，一瞬间，热气喷在他的脸上，他皱着鼻子把蒸汽挥散。然后用手把眼睛上的绷带按压好，这才摸索着拿起餐具。

“真是要疯了。我都没跟你说我现在吃东西都没味道，就算你给我端上来炸老鼠屎我也闻不出来。嗅觉神经都不好使了。”他拿起勺子摸了摸，确定那不是叉子后，才伸到盘子里盛了东西送到嘴边。

“嘿！”我说。

“怎么了？”他问，然后对着勺子吹了几下，才送到嘴里，“哇，令人作呕。竟然是扁豆汤，真是够棒的。”

“你什么时候去英国？”

“嗯。”说着，他指了指自己的脸，“得先让这里好起来，不然我还不得上错飞机，最后跑到哈萨克斯坦去，要是在那里打听去特拉法加广场[①]的路线，那可就尴尬了。”

“呵呵呵，有趣。”我说。

“海科，我的老兄。我还没确定什么时候去，可能是明年吧，在我写毕业论文前。”

“酷！很好！看来我一整年都得闲着了……”

“也可能是半年。”说完，他嫌弃地把勺子放回到了盘子里。

“没错，好的。看来是我自己蠢，还想着要好好收拾那些人。难道你不记得我们两个曾经在球迷区第一排共同许下的承诺吗？好的，

① 特拉法加广场，英国伦敦著名广场，坐落在伦敦市中心。

你可以不记得，这都没关系。”

我根本控制不住自己情绪，就像个生气的孩子似的。每当我发脾气的时候，曼努埃拉最有办法让我平复了。可是凯却没有给我选择的余地。

“我当然记得。可是你忘了一件事：我他妈的瞎了！”他用手指着自己的眼睛大声说。

“可你不会一直这样的，兄弟。一旦你恢复了，我们就又能继续以前的生活了。到时候阿克塞尔伯父也会退休，我们就能自己安排一切了。我想乌尔夫也会回来，并且给自己的生活找到最佳的平衡点。”

他夸张地呻吟一声，然后倒在了床上，两只脚则伸到空中。

“你不会这么天真吧？”

“什么？”我问。

“所有的一切，海科，都是不可能的。乌尔夫退出了，这件事无法改变，你也不要再责备他了。阿克塞尔也永远都不会退休，除非哪天他倒在地上死翘翘了。”

我从口袋里拿出烟盒和打火机，站起身后说：“你等着，等到这次跟布伦瑞克比赛结束……”

“海科，你醒醒吧。我已经受够了，我已经接受了现实，而你也是时候面对真实的生活了。”

“等到跟布伦瑞克比赛完……”话我只起了一个头，却有些说不下去，只好打开门告诉他我要去外面抽烟。我把身后的门重重地关上，凯说了些挽留我的话，但是我不能，我太需要呼吸一下新鲜的空气了。

一

起初我根本搞不清状况，半梦半醒间，我在黑暗中摸索着。我摸到了我的床垫，发现被子已经被蹬到了膝盖处。我的枕头和T恤都被汗水打湿了。脑子里重复着梦中的情景：也不知道是日出还是日落时分，我站在一条公路上，那是一条沿着山坡此起彼伏但又很笔直的路。所有人都在，健康的凯眼睛没有缠着纱布，他微笑着，露出一口白牙。乌尔夫、乔乔甚至约珥也在。还有伊冯，尽管瘦弱，但是在昏黄的日光下她看上去十分健美。曼努埃拉和我的父母也在我的身边。所有人都穿着溜冰鞋，这是我在现实中从来没有穿过的。在梦境里，大家笑着沿着起伏的街道一起出发，我却落后了。所有人都很轻松地越过山坡，可我却无论如何都爬不上去。他们站在高处对我挥手，朝我微笑。我试着退后，想要一下子冲上去，结果失败了。他们又朝我挥手告别，然后一起消失在那条街上。我急了，偏偏自己一动不能动。就在这时，外面忽然传来一阵声响，让我瞬间惊醒。那声音是从客厅传来的，像是发酒疯的阿尼姆在摔家具。我重新躺回床上，用手臂盖住眼睛，嘟囔道："阿尼姆，你这个老家伙，赶紧去睡觉。"

我想让自己快点入睡，便努力地不去听那些声音，结果偏偏又听到他在大声地呼喊着什么，我完全听不懂。我祈祷这家伙赶紧闭嘴吧！突然，我意识到那里不止阿尼姆一个人的声音。起初我还以为自己听错了，但是当我拿开胳膊，让耳朵离开枕头的包裹后，我听得更加清晰了。那是好几个人的声音，掺杂在其中的还有持续不断的击打声，就像是有什么人在砍木头似的。突然一声枪响响彻整间房了，周围立刻陷入死一般的寂静。我被这突如其来的枪声吓得弹起来，直挺挺地坐在床上。随后，笼子里的狗像疯了一样率先叫起来。我拿过角落里倚靠在床垫上的棒球棍，光着脚溜到门口。那些人又开始说起话来。我尽可能小声地打开门锁，然后猛地拉开门。没办法，如果我慢慢地开门，那么它必定会发出吱吱呀呀的声音，不惊动他们才怪。我偷偷地往走廊看去，冰冷的月光从窗子照到木制地板上，边上的楼梯正是通往楼下客厅的地方。我不知道那里究竟有几个人，也不知道他们正在小声地交谈什么。其实一声枪响过后，他们根本没有必要那么小心翼翼了，但是谁让偷偷摸摸窃窃私语是非法闯入者最普遍的行事作风呢。我听不清他们的谈话内容，也许是因为声音太小，也许是因为他们说的是外语，反正我不懂。我把门留了一条缝，然后悄悄地溜出去。棒球棍就端在手中，每一步都走得小心翼翼，在这生活久了我甚至知道哪块地板一踩就会响，那样的地方我都选择越过或绕行。我靠在墙边，T 恤蹭到老旧的墙纸发出轻微的声响，但别人是绝对听不到的。我移动到走廊尽头，然后隐秘地往转角下看。这绝对不是德语，他们到底在说什么呢？这个时候，我一点儿都不愿意去想为什么阿尼姆这么久都没有说话。客厅里的灯关着，我闻到轻微的烧焦味。有人手里拿着手电筒，那灯光经过墙壁反射到楼梯上。

“大卫！”这是我唯一能听懂的词，之后另外一个人迅速地说了一句外语。

楼下手电筒的光柱还在，而且越来越小了。想来那个人是往我这边来了。

“妈的！”我小声说并迅速退开。快步走到齐格弗里德的门口，扭开门把手，无声地溜进去后，我又赶紧关上身后的门。此刻，我已经能听到有人上楼的声音了。眼睛很快就适应了黑暗，齐格弗里德巨大的身形出现在我眼前。就像往常一样，它坐在椅子边上，头缩在两个翅膀中间。

“是我，老伙计。”我小声说，“我就是来陪你待一会儿。一切都很好，别担心。”与其说我是在跟它说话，倒不如说我此刻就是在自言自语。

我一边继续说着安慰自己和它的话，一边轻轻地在两行旧报纸之间走过去。外面上楼的声音更大了，那个人大概已经站在门外了。缩在自己翅膀下的齐格弗里德用眼睛瞄着我，羽毛还发出沙沙的声响。

“我只是想跟你在这舒舒服服地待一会儿，放心吧，什么事都没有。你可以继续睡觉了，我保证不会打扰你的。”

我蹲下身体，在椅子周围挪动着，眼睛则一直盯着齐格弗里德。我可不希望它这个时候过来攻击我。好在它一直都保持原来的姿势，没有阻止我过去。我紧紧地贴在屋顶下的椅子后，缓慢地调整自己的呼吸。门把手被拧动了，下一秒门开了。秃鹫新鲜的粪便味熏得我眼睛火辣辣的，眼泪止不住流了下来。我竭尽全力地把自己缩得更小，然后透过凳子腿往外看。一个黑色的人影站在门口朝里看，一声清脆的电源开关声响过，可屋里并没有如他所愿地亮起来。真庆幸这里的灯已经坏了好几年了。接着我听到了那个人剧烈摇晃手电筒的声音，电池在里面来回撞击，后来那手电筒到底是亮了，还朝着屋子里照了过来。光柱最先照到我们左边的角落，那是我平时给齐格弗里德倒食物的地方。那家伙小声地说着什么，我猜他是纳闷为什么地上有那么多骨头吧。接着光柱又继续在屋子里移动起来，地板、报纸、颜色鲜艳的粪便。现在光柱朝我们这边来了，从上到下，不好！他要看见我了。哦，还好还好，黄色的光圈停留在了椅子上的秃鹫身上。那人情不自禁地发出一声惊叹，然后又是一阵自言自语。啊，不好，妈的，妈的，妈的，这回他一定会看见我的。我绝望地看着齐格弗里德垂在我前面的羽毛。可就在这千钧一发之际，它伸出头，展开几乎占据了整间屋子的巨大翅膀。那人再次发出惊叹。这次齐格弗里德用声音回应了他！尽管我在这住了这么久，但从来没听见它出过声，更别提现在这种像公鸡打鸣一样的声音了。当然这可不是一般的公鸡，它像个大狗那么大，声音沙哑得像个老烟枪，而且能够一口吞下一条巨蟒。它的声音是一种介于嘎嘎和吱吱之间的声音，听起来就让人不寒而栗。下一秒，齐格弗里德像只羚羊一样轻快地跳下椅子，充满攻击性地展开翅膀，仿佛马上就要去攻击一只大熊。

站在门口的人自然被吓了一跳，他惊慌失措地尖叫着，仅有的理智让他在齐格弗里德抓到他之前及时把门关上了。真希望我们的大秃鹫能好好收拾收拾他！齐格弗里德似乎也有点不甘心，就那么一动不动地站在门口静静地等着。我听见那个人在房子里大喊大叫，可楼下并没有人回应，气得他又暴躁地说了些什么。我猜他的同伙一定不会相信这家伙刚刚差点被秃鹫撕成碎片。后来他一个人下了楼，但愿他不要在我的房间发现什么蛛丝马迹，并联想到我此刻就藏在这所房子里。

我一动不动地蹲在角落里，双腿已经发麻了，但还是强忍着没有跪下去。齐格弗里德跳了几下，来到那堆骨头前，为之前自己威猛的表现大快朵颐起来。吃饱之后，它又跳上椅子找到自己最舒适的姿势开始睡觉。对于我的存在，它可能是忘了，也可能是根本不在意。也许它并不介意我在这陪着它吧。这时，脚步声再次响起，并在门外停了一会儿。该死的，赶紧走，否则齐格弗里德会啄瞎你们的眼睛！就像我希望的那样，门外的人下楼了。紧张过后，我的身体终于得到了放松。一坨粪便掉在椅子扶手上，好吧，此时此刻，就算齐格弗里德拉在我身上，我都不会有丝毫抱怨。

又听了几分钟动静，终于说话声和家具在木地板上拽动声消失了。确定不会有人再找到这里后，我才从之前僵硬的姿势中解放出来。我再三感谢齐格弗里德，可蜷缩在翅膀里的它连瞧都没瞧我一眼。我蹑手蹑脚地经过走廊，往卧室方向走，隐约还听见狗在大叫。进到自己房间后，我第一时间跑到窗边偷偷往外面看。尽管今天是满月，但是那光亮还是太微弱了，所以根本看不清楚伪装网下大坑里的情况。我估计外面可能有五个人，但也不敢肯定。他们似乎是在商量什么事。突然网下的临时笼子里传出一阵金属碰撞的声音，那几个人开始相互争吵起来。又是两声枪响，很快周围就安静了下来。其中的几个人返回房子里。我赶紧趴下，并把耳朵贴在地板上。虽说没什么大用处，但我还是听到他们在楼下走来走去的。不一会儿正门被打开，又被关上。经过了难熬的几分钟后，发动机声音响起。之后，房子彻底安静了。

过了至少半个小时，我才敢有所行动。我穿上袜子，手里拎着鞋，轻声走到走廊后，又停下来听听动静，之后才小心地下楼。客厅里一片狼藉，陈列柜和桌子不是被掏空了就是被推倒了，各种小物件散落一地。沙发中间被划开，填充物像内脏一样溢了出来。阿尼姆不在这里。我又大着胆子去厨房看了看，发现那里跟客厅的情况差不多。我小心地拉开正门，并及时拉住门铃以防它叮当作响。院子里，阿尼姆的小货车还停在我的车旁边。我一路光着脚进到车里。不想浪费时间去思考会不会有人守在外面，等我从房子里出来自投罗网，此刻我只想赶紧离开这个鬼地方。开车的时候车灯并没关闭，也许我不够谨慎，但是这至少能保证我不撞上什么东西。车子开到乡村公路的时候，袜子就沾上了很多机油，我也顾不了那么多了，直到回到了文斯托夫才把脚从油腻腻的袜子里释放出来。

我先是到了伊冯家附近的加油站，从夜班职员那里买了一些廉价的酒，不知为什么我就是不想喝啤酒了。之后我把车停到伊冯家楼下，又在那里度过了一夜。我准备等到天亮的时候再决定之后怎么办。但是现在，我什么都不愿意去想，唯独希望伊冯能够在我身边，让我感受她的存在。可她房里的灯熄灭了，而我也不能再去打扰她。

一

刚搬到文斯托夫的那段时间简直无聊至极。那时候我跟乔乔和约珥还没有成为朋友，在我眼中，乔乔不过是新班级男同学中一个满头卷发的安静男孩而已。他们所有的人我都不喜欢，所以我总是远离人群，在花园里度过我的大部分时间。我把篱笆上的一个位置想象成球门，然后不停地把足球往那里踢，后来邻居不堪其扰，越过篱笆警告我不许再那样做了。我本来也想窝在沙发上看卡通的，但是父母严格限制了我看电视的时间，所以当曼努埃拉看《美少女战士》和《超级明星米拉》时，极度无聊的我也会驻足观看一会儿。我实在想不出还有什么有趣的事可以做，那时候年纪太小，又不会自慰。班上的小姑娘上身顶多发育出点点“小馒头”，我“小弟弟”的用途也只限于撒尿，偶尔调皮时才会把他拿出来做做恶作剧。

终于有一天我再也受不了这种无聊的日子了。那阵子爸爸去了工地工作，妈妈完成了助理护士的培训，从早到晚地照顾那些老年患者，就连周末都不能在家。电视上所有的动画片我都看过了，其他频道播放的则是一些讲座，那些白痴叽叽喳喳地也不知道在说什么。我索性关了电视，从仓库里推出自行车，然后穿过镇子往火车站方向骑行。因为满脑子想的都是如何实行我的计划，竟然都没注意到我穿着睡衣裤和一双靴子就出门了。后来想起这件事，都觉得一个这样打扮的孩子风风火火地骑着自行车一定傻极了，可当时我的心情却是相当愉悦的。

我不知道别人是怎么从售票机购票的，反正我也没有足够的钱买。我的人生里从来就没有“零用钱”这三个字，所以我带着我的自行车直接上了下一趟城际列车。人们见一个穿着睡衣的小孩在火车上骑车都觉得挺有趣，但也没说什么。我则一边听着站点报告一边用手搓着胳膊，好冷呀，从家里出来的时候真应该带一件外套，可是哪个男孩懂得给自己添衣服呢？当广播里播报汉诺威中心车站到了时，我激动得都快跳起来了，还没等车门打开就迫不及待地第一个冲到了车门口。过站台天桥的时候，我选择了用电梯，以前我都是走楼梯的，但是这次我觉得推着自行车走楼梯还是不太方便。出了车站我就有点发懵了，该往哪里走呢？市中心还是辣市广场呢？我用袖子蹭掉鼻涕，决定往市中心走，原因很简单——我觉得市中心方向那个带尾巴的雕像比辣市广场方向的混凝土建筑更眼熟。

我在购物的人群中来回穿行，最后总是又回到广场上的克罗普克大钟附近。不过这并不能让我气馁，在费了好一阵功夫，并换了无数次路线后，我终于从一个熟悉的转角处骑出来了，这距离我以前住的地方就不远了。一路上，有很多小孩和少年都嘲笑我穿的怪，可我却心情愉悦地把手搭在车把上，心情根本不受任何影响。那时候，我丝毫没有考虑他家会不会没人在，满脑子想的都是当我突然出现在凯家门前，看见凯来给我开门时会有多么欢喜，他也一定很惊喜。我们曾经住的那栋旧公寓就在眼前，我伸出一条腿，用脚充当刹车，车子正好就停在入口处。我把所有人家的门铃都按了一遍，有的人通过对讲机问我是谁。我当然不会回答，只是高高兴兴地与跟在我后面的一位老太太进了狭窄的电梯。身上散发着猫尿和皮草发霉味道的老太太一脸不屑地看着我的自行车，而我则庆幸这个长着一张牛头梗脸的老人在二楼就离开了电梯。我终于来到了我们曾住过的楼层。凯家的门关着。我偷偷地瞧了瞧我过去的家，又看了看旁边的铭牌。原来的名字被贴了胶布，上面用记号笔写着“洛科沃斯基”。一想到 1996 年杯赛冠军队教练住在我以前的家里，这可把我高兴坏了。小小的我怎么能想到此“洛科沃斯基”非彼“洛科沃斯基”，那个大名鼎鼎的迈克尔 · 洛科沃斯基是绝对不会住在这个破旧公寓里的。但不管怎样，当时我就是那么想的，甚至还觉得他会把我曾经住的房间布置成荣誉展览室呢。突然隔壁的门开了。“哈哈！”我大叫着跳过去，然后傻笑着看着凯的妈妈，一身睡衣裤的我突然出现在她眼前，当真把她吓坏了。

“海科！”她一只手捂在胸前，安抚着自己惊讶的情绪。

我很自然地问凯有没有时间跟我玩。得知我来了，凯立刻满面笑容地从屋子里跑出来，看到我这身装束他忍不住笑得前仰后合，而我也被快乐的情绪感染了，跟着他一起哈哈大笑起来。后来我们在他家厨房里一起喝橙汁，吃花生酱吐司。我告诉他们我是自己来的，凯的妈妈一听立刻就开始联系我的家人，结果却是徒劳无功。

一

我总是睡不着。前些天都是在车里将就着的，后来就搬到了拳馆的更衣室，里面的长凳可以让我躺着，而且我还有地方洗澡。现在没有任何迹象表明阿尼姆还活着，我本想去报警，但是前几年他就告诉过我，不管他发生了什么事，我都不要为他去报警，我答应了他的要求。毕竟这是他想要的人生，我也只能尊重。除了他，我还很担心那些动物。现在只要阿尼姆不联系我，我就无从得知他的情况，我唯一能做的就是去喂动物，总不能眼看着它们饿死，对吧！不过现在我还有更重要的事情要做，我想再去劝劝乔乔，让他回到我的身边。我给他打了电话，他说要在大富翁见面。我不想他奔波，就主动把地点定在了他家。

今天可真冷，赛德尔家外面拐角处的风刮得尤其猛烈。但我的衣服却干燥温暖，因为它们都是刚刚从自动洗衣店拿出来的。就在不久前，身上只穿着内衣裤的我坐在洗衣机前，等到衣服被清洗烘干完就直接穿上往乔乔家来了。

我已经很多年没来过这里了。但是当乔乔打开门的一刹那，我竟然有了一种时光倒流的感觉。我们彼此打招呼，然后进了屋。老式乡村风格的墙纸和用了几十年的地毯散发着我最熟悉的味道。

“你要是再早来几分钟，就不会错过我们的咖啡时间了。”乔乔带着我穿过走廊往厨房走，“不过我可以再给你弄一杯，怎么样，来一杯吧！”

我谢绝了他的咖啡。

乔乔的妈妈正在水池前清洗着两套杯盘。她带着一条颜色暗淡的围裙，头发都被包在一条头巾里。如今这样的装饰已经不太常见了。也许一些上了年纪的土耳其妇女还喜欢这种装扮，但是德国的老太太们几乎都不这样了。或者说，习惯这种装扮的德国老太太大多已经去世了。

“你好，赛德尔太太。”我握了握她的手。

她给了我一个温暖又慈爱的微笑。尽管我从来没说过，但是我真的非常喜欢她的笑容。那是我家没有的笑容。看到她，我就会有种想要把自己裹在毛毯里，慢慢地喝一杯热可可的冲动。也许听上去很愚蠢，可我真是这么想的。赛德尔太太又老了很多。在我们这些朋友里，赛德尔家的父母是年纪最大的。即便是在过去，赛德尔先生和赛德尔太太看上去也比较像乔乔的爷爷奶奶，而不像他的爸爸妈妈。我坐在桌前，看着赛德尔太太那富有感染力的笑容。我想也许现在才是她人生中形象和性格初次完全相符的阶段，因为她是那么慈祥，所以我很难想象她年轻或者少女时期是什么样子的。没有询问，她直接将一个盘子放在我面前，里面装着两片白面包，外加一盘自制的黑莓果酱。

“海科，我也没什么别的可招待你的。要是乔乔提前告诉我你要来，我一定会给你准备一些点心。”说完，她还不满地看了儿子一眼。

“妈妈，”乔乔说，“我们已经不是十二三岁的小孩子了。”

“啊，是呀是呀！”她故意提高了声调，说，“长大了的先生们都不喜欢蛋糕了，对不对呀？”

“别在意这些，赛德尔太太。我已经很感激了。”我用心地把果酱抹在面包上，可事实上我已经好多天没有饥饿感了。

准确地说，自从那天晚上我躲在齐格弗里德的屋子里，而阿尼姆又下落不明之后，我就一直没有食欲。

“有什么新消息要告诉我吗？”乔乔一边问，一边从橱柜里拿出一个玻璃杯递给他妈妈，赛德尔太太往杯里倒了一些可乐然后放在我跟前。他们母子二人真是心有灵犀啊。

我自然不能在赛德尔太太面前说我要去把布伦瑞克人打得半死不活，所以就跟乔乔说我想再听听他的想法，还特意把头向旁边晃晃，意思是想跟他上楼单独聊，结果他根本就没明白我的意思。

毫无胃口的我一下一下地把食物塞进嘴里，却又得表现出一副非常享受的样子。这期间我们又聊了一阵。平时我最擅长跟人聊天了，但是赛德尔太太却轻而易举地引导着话题，还问我凯的眼睛最近怎么样了。我很惊讶乔乔是如何把凯眼睛受伤这件事讲给她听的。不仅如此，她还知道我在我伯父的拳馆工作，并问我在那里干得怎么样。有些事情我都不知道该怎么说，只好哼哼哈哈地敷衍过去。

后来赛德尔太太看了看时钟，然后说自己要看的节目要开始了，我和乔乔这才上了楼。我们坐在约珥以前的房间里，墙上还贴着以前的海报，他的球衣被镶在一个玻璃框里。桌子上铺满了关于足球训练的手册，一些重点部分还被标上了不同的颜色。

“等一下。”乔乔说着跑回隔壁自己的房间，拿了些东西后又转回来，“你看。”

他递给我一本旧版的《迪尔克世界地图集》。

“啊？”我不明白，“你想让我看什么？”

“翻到大洋洲那页。”

我翻到目录页，发现空白处写着：约珥，六年级 B 班。我又把书翻到最后，看见在太平洋蓝色天堂中间有一小群岛屿被红色笔圈上了。地图上那个群岛是橙色的，若不是仔细看，我还以为是书上沾到了面包渣或者鼻屎呢。小岛的旁边写着“汤加”的国名，再旁边是约珥红色的笔迹：国际足联世界排名 199。我抬头看乔乔，见他一脸严肃，仿佛他刚刚交给我的是他的自传似的。“你还记得吗？”他问。

“当然。我记得。”我低声说，手指在一座座小岛上游移。

乔乔坐在椅子上陷入沉思，手则无意识地翻动着足球手册。不用看我也知道，此时他一定是在盯着我看。有那么一瞬间，我仿佛回到了多年以前。我跟约珥坐在废旧工厂的房顶上，腿就那么垂在 20 多米的空中。我前胸被通往楼顶那扇大铁门的把手划伤了，一道血痕从 T 恤上透出来。就是那天约珥告诉我们他转入了 96 青年队，我们几个在我的新公寓疯狂了一个晚上。当其他几个人都睡着后，我跟约珥散着步，不知不觉就来到了这个地方，在此之前我们曾在这里举办过好多次“青少年之夜”派对。楼下散落着无数个啤酒罐，那都是我们以前在这里开派对时丢下去的。回想在那些派对之夜里，我们会在波浪形的屋顶上踢着空啤酒罐，比赛谁速度快。凭着这种游戏，我曾一晚上就赢了乔乔50欧元。到现在我还记得，那天晚上约珥呼呼地吹着自己的刘海，觉得幸福得有些不真实。在那之前的几年时间里，大家都没想到他能够成为我们之中最有潜力的少年球员。然而意想不到的幸运并没有一直延续下去，就像我们谁都没想到约珥会在训练中受那么重的伤，从此前途尽毁，最终从我们坐着的地方跳了下去，结束了自己年轻的生命。

“你是想给我弄到一个贵宾席，对不？”那天我开玩笑地对约珥说。不过我可不是真的愿意跟那些有钱人坐在一起，因为对他们来说，花点小钱看足球队跟花钱赛马没区别，都跟开玩笑一样毫无意义。可足球在我们这些人心中确实是具有非凡位置的。

“那得让我先参加一场比赛才行啊。”他笑着说，“我感觉这件事太不可思议了。他们一定是弄错了，过阵子就会把我送回哈弗尔河队去。”

“别胡思乱想了。”

约珥这人就是过度谦虚。

“不信咱们就等着看。过不了多久我就得被替换下来，现在的一切都太疯狂了。”不过约珥并没有特别消极，反而笑着说，“没关系，我可以去汤加。”

“喂，干吗非得去汤加啊？”我很不理解他为什么选择那个小国家，就算他在德国得不到自己想要的，那么凭他的天赋也可以去一个比汤加更好的国家得到一个正规的身份和位置。

“为什么不能是汤加呢？它听上去不错，不信你再说一次：汤加！”

我跟着他重复了一遍，点头说道：“嗯，还是个翘舌音呢。”

“另外，”他摆弄了几下手指，继续说道，“汤加的国际排名很靠后，欧洲任何一个能踢到球的球员去那里都会受欢迎，并获得国籍，金钱方面更不用说了。而且我觉得住在一个热带岛屿上，没事的时候就能够躺在白色的沙滩上，走几步路就是淡蓝色的大海，这多好啊。等我成了汤加的马拉多纳，全国的人都会为我庆祝，还能够被穿着草裙戴着椰子壳胸罩的美女簇拥，想想就很棒，对不？在那里谁还会花大价钱去买跑车什么的啊！”

“没错。”我说。

然后我俩一起往后躺了下去，也不在乎波浪形的房顶有多么硌得慌。我们仰望星空，想象自己是躺在汤加的海滩上，那或许是我们每年去探望约珥的时候吧，身边大概还陪伴着戴着椰子壳胸罩的美女。

“你到底怎么想的？”乔乔突然问。

然而我的思绪还在海滩上喝着爽口的汤加啤酒上，所以过了好一会儿才让自己回到现实中回答乔乔的问话。

“18号。”我说，“跟布伦瑞克的比赛……”我的话还没说完，但是很明显乔乔已经知道我要说什么了。

他皱着眉，开始思考如何才能让我平静地打消这个念头，但是现在我最不需要的就是这个。

“让我猜猜：你想去那，对吧？”他叹着气，有些不知所措地搓着脖子，头皮屑像圣诞节雪花一样从头上掉落下来，之后他说，“海科……”

“不，别说什么海科了，有话快说。”前所未有地没有耐心，这让我自己都很意外。

“我仔细想过了乌尔夫说的话，还有……”

“去他妈的乌尔夫，他从来就没有跟我一条心过。”我舞动着手臂，强烈地表达我的不满。

“我不信，海科！你说的不是事实。而且我也不光是因为乌尔夫！还有凯！”

我按着额头想缓解此刻的头疼。

乔乔继续说道：“海科，我不想我的朋友再像凯一样遭遇到那晚的事情了，永远都不想了。”

“我简直不敢相信，”我双手捧在胸前，痛心疾首地说，“你们竟然同时抛弃了我。”

乔乔把椅子拉到我身边，我立刻往后退去。

“事情不是你想的那样，我们没有人要抛弃你，你想的事情是不对的。海科！”

要是他再叫我的名字，要么我会崩溃地尖叫，要么就会扇他一巴掌。

我说：“不，事情就是这样。你们抛弃了我，让我独自一个人承受这一切。不过，就算凯不想为自己报仇，我也会为他出头的。”

“可你有没有想过，凯根本就不想你为他做这些？”

“他之所以那么想，是因为他现在残废了。”

乔乔闭着眼睛，无可奈何地摇晃着满头卷发的脑袋。

“我真不敢相信你会这么想。是的，抱歉……是的。另外，我现在找到了我真正想做、也必须去做的事情，所以再争吵下去也没有意义了。”

“好，不错，非常棒。告诉你，你那群忘恩负义的小崽子早晚会长大离开或者中途退出。也许有几个会踢出名堂，但是大多数不过就是把这当成周末娱乐。到时候你就继续去教下一批小不点儿吧。”

“没错，但是我觉得这样已经很好了。”

我站起身，调整了一下我的衣服和裤子，表示我要走了。

“行了，”我说，“我明白你的意思了。”

“海科，”乔乔的妈妈突然从楼下喊道，“乔乔，我们喜欢的犯罪片开始了，海科要不要来一起看？”

我连忙说：“不了，谢谢你赛德尔太太。我得走了。”

我们两个一前一后往楼下走。

“你也不要再来找我了。”我小声地对乔乔说。他皱着一张苦瓜脸看我，让我恶心得想吐。到了楼下，他便跟他的妈妈一起坐到沙发上。

“祝你生活愉快，赛德尔太太。”我说。

她点点头，笑着说：“你能来真好。等凯感觉好一些了，你们这些孩子可要再来我家喝咖啡呀！”

“会的。”我点头应和着，可心里却不是这么想的。

我本已经往外走了，但是走到客厅和走廊中间位置的时候我又想起了一些事，所以又转身回去。

电视上已经开始播放片头曲了。在赛德尔家仅剩的两名成员的意识里，我应该已经到门外了，所以并没有注意到我回来。这个家里现在只剩他们两个相依为命了，此时此刻他们显得那么单薄。他们的脸颊像是填满了沙砾一般垮了下来，赛德尔太太静静地抚摸着儿子搁在沙发上的手。周围的家具和置物架上摆着迪特尔生前制作的雕刻和约珥的奖杯，这场景让我想起曾经跟伊冯一起看的一部纪录片。那是一部关于古埃及法老的片子，里面讲了法老是如何选择自己最珍爱的物品来陪葬的，有的法老还会让自己最喜欢的侍从陪葬，那些殉葬者甚至在活着的时候就被扔进了主人木乃伊的坟墓里。现在这间房子何尝不是那样的坟墓呢？而约珥曾经的卧室就像是乔乔的祭坛。突然这里的压力变得好大，看着赛德尔家这两个活着的人，再想到以前的种种，我不禁有种喘不过气的感觉。我赶紧走到外面，抬头看天，入冬后的第一场雪就这样开始了，可惜雪花还没等落到地上就融化了。

一

我从拳馆更衣室的长条凳起来的时候，依然醉醺醺的，地板上是东倒西歪的啤酒罐。我摇摇晃晃地离开拳馆，连门都没锁，然后直接爬上了我的车。夜晚的天空里，厚厚的云像是染了墨水的钢丝球。我一路来到医院的停车场，在车旁的灯光下撒了一泡尿后又回到了驾驶室。仪表盘上显示此刻的时间是一点五十分。一辆闪着灯光鸣着笛的救护车停在了医院的正门口。其实我也可以跟着进去再把凯弄醒，到时候他一定会抱怨我疯了，不然干吗要大半夜叫醒他。但我不仅没那么做，还迅速地把车开走了。我都不明白自己为什么要三更半夜地爬起来，像个疯子一样在街上胡乱地开车。也许我就是想找到一个让我有归属感的地方吧，谁知道呢！也可能是我喝得太多了。不过幸运的是，我太擅长酒后开车了，所以能够一路平安地把车开到文斯托夫。在经过那条通往阿尼姆家的乡村路时，我让车速变得很慢，这样我就能利用灯光往黑暗的树林里看去了。只不过除了那栋房子像个黑影一样出现在贫瘠的土地上，我什么都没发现。车子最后停到了伊冯公寓前面，她卧室的灯光还亮着。我熄了火，未经太多思考，就从杂物箱里拿出一串备用钥匙。

我打开公寓的大门，在黑暗中三步并作两步地上了楼。我把耳朵贴在伊冯公寓的门上，在没有听到任何声音之后用两只手指捏着钥匙，弓着腰去开门锁。这样的姿势不仅能让我在醉酒的状态下顺利地把钥匙插进锁眼，还不会引起房里人的注意。很好，她没有换锁！我轻轻推开门，灯光从卧室里透出来，给走廊照出一道光亮。一个小家伙突然窜了出来，那是一只小猫，它围着我的腿转来转去，小脑袋不停地蹭着裤脚。我蹲了下去，拍了拍它的小脑袋。等它腻歪够了，我便想站起来，却突然感觉很晕。那束光让我眼花，所以只能靠着墙才能起身。我蹑手蹑脚地朝卧室走去，这对喝醉酒的人来说可不是一件容易的事情。我轻轻地推开门，然后用只有我能听到的音量说："我回来了，亲爱的。"

床上方的射灯发出温和的嗡嗡声。她静静地躺在那睡着了，在她肌肤的衬托下，身上的内衣显得那么苍白暗淡。她的膝盖还是那么顺滑，曾经我总是喜欢亲吻它们，而她总是特别害羞。所以，在我被允许住在这里的日子，我总是以这种方法唤醒她。视线继续向上移动，那纤细的大腿之间，内裤下的风景隐约可见。她的小肚脐不是凹陷的，而是凸起一个圆圆的小球，除她以外我从来没见过谁有这样的肚脐。尽管我站在门口，却能清楚地看清她肌肤之下的每一根肋骨和锁骨。我不禁屏住呼吸，小猫也在我身后发出咕噜噜的声音。她把头发剪短了，刘海还挑染了一绺红色。她闭着眼睛，看上去就像是一个没有生命的美丽物体，眼睛下的眼珠一动不动，脸颊也平得像个盘子底，没有丝毫皮肤松弛的迹象。嘴唇微微开启着，隐约露出白色的牙齿。眼睛之上，我曾经最喜欢的眉毛如今竟然像是两条细细的黑色破折号，这真让她的美丽大打折扣。她干吗要把眉毛弄成这样？难道觉得两条直线很好看吗？我真想用膝盖压住她的手腕让她不能反抗，然后亲自用拇指把那对黑色的破折号擦掉，直到让她恢复成以前的伊冯。然后我会把手指轻轻抵在她的嘴唇上安抚她，继而跟她身贴身、心贴心地睡在一起。等到早上的时候，我会在她醒来之前起床，把那些空袋子和吗啡注射器一起扔掉，并为她冲上一杯浓浓的咖啡，而她则会开心地把它喝光。我们会依偎在一起看家具杂志，给喜欢的东西做上标记，却从来也不买。就这样我们一直相伴着彼此慢慢变老，直到死亡。

可惜这样的事情只能靠想象才能实现了。我退到旁边的客厅里，打开灯，坐在咖啡桌前，点上了一根烟。这种烟草的味道我很不习惯，忍不住对着拳头咳嗽起来。我离开前，特意去看了看冰箱。在装鸡蛋的塑料格子前有一支一次性注射器。伊冯可真幸运，在医院工作果然有便利，而且她还幸运地至今都没有被别人发现。我关上冰箱门，它瞬间就被一种力量吸紧了。我把备用钥匙放到走廊的一只空碗里，小猫从厨房里走出来，我最后一次拍了拍它。它身上还挂着些许猫砂，不过看得出它很高兴。我用腿挡住了小猫要出去的路，自己则迅速地进入黑暗的楼梯间。

一

假期的大部分时间我们都是在爷爷奶奶家度过的。头发稀疏的爷爷因为病痛总是在床上辗转反侧，所以只有在他感觉好一些并能够起床活动的时候，才是美好的时光。那时候奶奶是管理家庭的人，她不让大家乱碰东西，不许大声说话，还只能喝那种甜腻腻的果茶。我想这也是为什么只有奶奶去花园里时爷爷才觉得舒服的原因吧！为了不听奶奶的唠叨，爷爷宁愿去听鸽子们的咕咕声，这样他就不用去勉强自己回答“好的，我这就来”“哦不，不用了”，只要对着那些鸟儿们说“来来来，我的小鸽子们。来来来！”就行了。对曼努埃拉来说，这里的一切都不错，她很快就跟街上的同龄人玩在了一起。那时候我还不认识乔乔、约珥和乌尔夫，凯也是偶尔才能来跟我玩。加上小镇周围就是一望无际的田野，所以我真的觉得有些无聊。可我又矛盾地喜欢这里，因为有爷爷在。我们会在花园里一起踢球，每次他要射门的时候，我都会把球截断，然后带球跑到他前面。接着爷爷就会像一个解说员一样，像模像样地大声说：“班杜拉正在带球，女士们先生们，快看他那精湛的球技！他绕过后卫，把球传给了已经跟上节奏的海因克斯。哇，那边的罗德坎普在叫球啦！那是个不错的位置。不过海因克斯又把球回传给了班杜拉。他们这是要干什么呢？哇，是迂回战术。现在罗德坎普带球了，射门，球进了！球进了！”①

在踢完球和吃饭前的间隙里，我会帮爷爷给鸽子添食、添水。他会把最漂亮的托在掌心，鸽子乖乖地站在那儿，好像知道主人会保证它们的安全似的。爷爷用手指轻轻地拂过鸽子的羽毛，我想它们一定很享受这种动作。爷爷还会告诉我颜色变化之美，我一边听一边点头，但实际上我根本就不懂。在我看来它们都是灰色的，偶尔会有一些绿松石色的羽毛，但也多出现在鸽子颈部。其他的不是深灰就是浅灰，反正都是灰，又有什么区别呢？可我还是喜欢听爷爷说话，他从来不管鸽子们叫小动物，而是叫作“我亲亲的小鸟儿”。他的嗓音就像是温热醇厚的茶，每每让踢完球精神亢奋的我可以快速平静下来。

那是夏季的一天，爷爷没有躺在床上，但是我能看得出来他非常痛苦。他从来不跟别人说自己哪里疼，更不愿意让我知道。我清楚地记得，那天他很少说话，奶奶背地里哽咽了好几次，我见他眼皮沉重、身体行动僵硬，便也不敢叫他跟我去踢球。我坐在屋里，奶奶要求我必须把那杯讨厌的茶喝完了才能出去。趁她不注意，我捏着鼻子把茶倒进小杯子里。以前妈妈的朋友来看她，她会把有怪味儿的饮料倒进小杯子里，妈妈就是用这种方法喝东西的。我从她那学会了这招，还挺管用的。

见我喝完了，奶奶说：“出去看看能不能帮你爷爷照顾一下鸽子。”说完，她伸手把发网紧了紧，好让那头灰白色的卷发更规整。

① 海因克斯等人为汉诺威 20 世纪 70 年代左右球员。

我来到花园里，发现通往鸽笼的门半开着，翻倒的食槽孤零零地躺在草地上。我大叫爷爷，这时奶奶敲响厨房的玻璃，我回头正看见她把食指放在嘴边，还告诉我小点声。我走过去打开鸽笼的门，鸽子已经都飞了，笼子里散发着新鲜干草的味道。我觉得眼前的画面有些刺眼，便使劲儿眨眼睛，可是直到把眼睛都眨疼了，我才意识到事情不对劲儿。那场景根本挥之不去，那一刻，我明白到自己再也不会有快乐了，再也没人去抚摸小鸟的羽毛了，也再不会有人在奶奶后面做恶作剧了。

在鸽笼侧面的墙上，我爷爷一动不动地躺在那里，脚下是一堆被风刮下来的干草，他胖胖的肚子上散落着鸽子食槽里掉出的东西。一只鸽子在他旁边觅食。我含着泪水，愤怒地把它赶走，大叫着："你这个没良心的笨鸟。"爷爷那天穿的是一条格子裤子，我看到他的裆部有一块很明显的湿痕，正散发着浓烈的尿味。我没有去碰他，也不敢去碰，只是呆呆地看着他的脸，希望他能突然对我眨眨眼，然后说："哈，骗到你了吧！"

可我期待的事情并没有发生。年少的我完全懵了，甚至忘了要去叫奶奶来。我一直站在那，直到奶奶自己走了过来。那时候晚餐的蔬菜汤都凉了，可我和爷爷还没有回去，她便很不高兴地出来叫我们。但是当看到眼前的一切后，原本的絮叨瞬间便梗在了喉咙里，她无声地把我推了出去，然后关上了门。不一会儿，她自己也出来了，我看着她，不过她的眼光并没有落在我身上，只是再次把门关上，又把我往旁边推了推。

救护车来了，奶奶带着急救人员往花园走去。我和我的父母坐在厨房里，极力地往花园里看。其中一名急救人员进入了鸽笼，但很快就摇着头走出来了。后来殡仪车来了，由于花园栅栏跟鸽笼那边的通道很狭窄，轮床无法从那里通过，所以他们便得经过屋里的走廊和厨房走后面那条通往花园的路。当他们推着爷爷走到走廊的时候，爸爸就把我送到了客厅里，并锁上了门。不过我还是可以透过窗子看到外面。他们把爷爷装进一个像烤箱的黑色棺材里，人们面无表情地点头、握手。随后那些人就载着爷爷离开了。我坐在窗下，仿佛还能感觉到爷爷的存在。这时候门打开了，爸爸从外面走进来，对我说："你就继续在这待着吧，好吗？要是没人来接你，你可千万别离开。"我乖乖地坐在那直到晚饭开始了。那天吃的是猪肝肠三明治，蔬菜汤还有肉。

一

倾盆大雨冲击着挡风玻璃，尽管雨刷器卖力地舞动着，可是对于这样的大雨天，清雨效果并不明显。街上积水严重，我开车所经之处都会溅起许多水花。我正在去往我曾经做志愿服务的诺伊施塔特的路上，路过德国空军基地，那些庞大的绿色空中列车装载机一个个地停在跑道上。过去，这些飞机每天在文斯托夫上空盘旋，然后再降落到克莱因 · 海顿空军基地。也许我应该像汉斯期望的那样去参军，成为一名真正的军人。那样我可能就会离开这，过上一种完全不同的生活。也许会去中东、索马里或者其他什么地方。不过事情远不会到此结束，世上哪有那么简单的事情啊！走出去看世界？不，都是屁话。去别人的国家，用武力去把我们所谓的民主、我们的价值观和我们的治理体系强加给人家吗？还能心安理得地享受麦当劳和星巴克吗？我们现在的一切已经够好了吗？已经可以去别的地方指手画脚了？所以谢了！我可不想去参军。顶多是看见了一架飞机后随便想想罢了。除非现在有人给我一纸调令，告诉我不用去医院看汉斯了，那么刀山火海我都愿意去。然而我根本收不到这样的指示，暂时也没有迫不及待要做的事情，所以我无处可逃。但是接下来，我清楚地知道，我要做的就是去收拾那帮布伦瑞克人。突然，我的手机亮了。我猜是曼努埃拉打来确定我是不是真的去看汉斯的。我没接，反正我已经在路上了。

在铁路交道口等了好久，之后又以超级慢的速度开车，可终究我还是到达了诺伊施塔特的医院。停车位不够用，我只好把车停到隔壁护理学院那边。医院一点儿都没变，只是我已经不用黎明时分就到这里报到了。往事历历在目，我记得自己在正门前抽烟，透过蓝色的光，那砖块形的建筑物就像是巨大的怪兽。每次伊冯休班，我的脑子都像要炸开似的。如今再回到这里，已经注定看不到她，因为几年前她就转到了斯塔特哈根地区医院了。现在我只希望不会遇到她曾经的同事，因为我担心被认出来。我来到咨询台，打听汉斯 · 科尔贝住在哪里。女职员头也没抬就告知是二楼 202 病房。在她准备详细介绍路线的时候，我对她说自己能找到。

我一从电梯出来就看见安德烈亚斯跷着二郎腿坐在右边的走廊上玩手机。

“海科，你终于肯来了。”

我没搭理他，推开了 202 病房的门。一股消毒水和医院餐食的混合味瞬间窜入鼻息。我看见曼努埃拉站在那，身穿一件紫色的 polo 衫，腰上系着一件毛衣外套。

“嗯，这真是个好消息，”说着，她把手放到床位的金属栏杆上，“下周你就能出院了。”

我走到卫生间的拐角处，简单地跟他们打了个招呼。

“嗨！”汉斯说，并用叉着肉的叉子比画着回应了我。

米尔坐在汉斯和另外一个患者的病床中间。那个人年纪跟汉斯差不多，也不知道是土耳其人还是阿拉伯人，此刻正独自一人戴着耳机入迷地看着电视。米尔对我笑了笑。我从曼努埃拉身边走过，靠在窗台上。

“这一切都还好吧？”我问。

“医生说手术很成功，爸爸的骨头上被钉了钢钉，现在受影响那侧身体也能用力了。”

“那挺好的。”我抻了抻袖子，掩饰着自己的不自在。

“那个人就是庸医，”汉斯嘟囔着，他的胡子很浓密，上唇都被遮盖住了，“你是没看见他，简直就是折磨人。”

“爸！”曼努埃拉尴尬地说，“别胡说，再说这也不是你该管的事！”

“反正我不会让他碰我。”说完，他张开嘴吃了一块肉。

“达米安呢？”我转移了话题。

“跟安德烈亚斯去游戏室玩了。”

“嗯？安德烈亚斯就在走廊上啊！”

她看我的眼神突然变得有些不高兴，好像我把刚刚抠完屁眼的手放进了汉斯的饭里似的。她快速地走到外面，紧接着就听到她跟安德烈亚斯的争吵声。

“难以置信，”我爸爸说，“看来真是天堂也有烦心事。”

“你会明白的。”我随口一说。

“什么意思？”

“没什么，”我说，“所以你下周就能出院了？”

“应该是吧。”之后便没人再说话了。汉斯吃着他的火腿，我记得医院的厨师管这个叫“鞋底”。米尔把装着食物的移动餐桌往汉斯那边推，他已经把第五颗豆子掉到被子里了，自己却完全没有注意到。我无聊地把袖子卷起来，用手拍着另一只胳膊，一个红印立刻出现，但很快就消失了。

曼努埃拉回来了。她把手机收进包里。出乎意料地，她对着我们微笑着说：“我给你们带来了一个惊喜。”

“是一些像样的吃的吗？”汉斯问，接着又一颗豆子滚到了他的裆部，还在床单上留下了一行棕色的污渍。

曼努埃拉用手指在胸前指了指说：“妈妈正在来这的路上。”

“什么？”我大叫着。米尔也停下了推桌子的动作，汉斯的叉子更是直接掉到了盘子里。

“没错！”曼努埃拉说，“几周以前我们取得了联系。我想现在就是我们一家人团聚的时刻了，她还带了她的男朋友。”

我惊讶得下巴都要掉下来了。

“你跟她联系了？”我实在难以控制自己震惊的情绪。

这些年来，我姐姐从来没有提到过妈妈一个字，而她现在突然有了这样的举动。

“你疯了吗？”汉斯大声说，他的病友不禁转头看他，然后不好意思地把耳机往耳朵里塞了塞。“你干吗让她来这？”

曼努埃拉表情严肃，并用老师特有的专横口吻说：“因为，我觉得应该这么做。你看看我们，看看我们俩，连个家都没有。我就是想要一家人在一起，”严厉的语气渐渐变得哽咽，“不用像安德烈亚斯的父母那样，稍微正常一些就行，难道我的要求过分吗？”

汉斯一把推开桌子，正巧撞到米尔的胳膊上，她惊呼了一声，也不知是疼痛还是受到惊吓的原因。叉子掉到床边，又被弹到地上。

“如果我都能克服心理障碍打电话给妈妈，那么你们所有人也都可以。特别是你，海科，我觉得最大的受益人是你。”

“我不想见那个沉默的婊子，”汉斯叫道，“她不能来这，更不能带着她的什么男朋友。我真是要被气疯了。”

曼努埃拉向我投来求助的目光，不过她从我这得不到她想要的。汉斯继续歇斯底里地吵着现在就要出院，结果每个激烈的动作都使他疼得龇牙咧嘴，他抱怨着自己，抱怨着我们每一个人。米尔拍了拍他的胳膊，想要安抚他。

“滚！你们都给我滚出去。”

“海科！”曼努埃拉等着我开口。

我只是摇摇头，深呼吸的时候我能感觉到我的鼻孔一张一合。我静静地离开窗边，在汉斯大喊大叫中轻轻地说：“你们都疯了。”我不想碰触到曼努埃拉，从她身边绕了过去，她赶紧跟了上来。“让我一个人静一静。”我说。

我一把关上门，把在身后叫我的姐姐和其他人关在了病房里。这时安德烈亚斯正拉着达米安从楼下往上走，在他张开那张肮脏、谎话连篇的嘴巴之前，我挥起拳头打了过去。虽说我没用尽全力，但是他也是承受不住的。只听他“哎哟”一声后，差点就跌下楼梯，倒是因为及时拉住了达米安才站住了脚。我大步往楼下走，他在我身后叫嚷着要去起诉我。哈，快去告我吧！反正我什么都没有，什么都不在乎。你这个蠢货。

一

期盼已久的日子就要来了——就是明天，我要让那些来自布伦瑞克的家伙血债血偿。阿克塞尔伯父给我详细地说明了对战的细节。按照我之前的设想，我们把对战地点安排在环境复杂的长廊里，时间也按照我的要求定在了下午五点。这样事情结束后，我们还能去蒂姆芬酒吧看比赛直播，或者我也可以开车去医院找凯。哪怕我们只是用广播或者网络来看球赛，我也决定偷偷带一些酒进去，不论比赛结果如何，我俩都得好好喝上几杯。从此之后一切都会好起来的。凯身体会复原，我们会有全新的开始。在我的能力得到充分证明以后，阿克塞尔伯父也会把领导的位置传给我，到时候乔乔、乌尔夫再回到我身边，那么现在这种糟糕的日子就将一去不复返了。

我进入凯的病房的时候，乔乔和乌尔夫都坐在他的床上。见我来了，一个个眼神都怪怪的，仿佛我是一个无关的路人，突然闯入了他们的秘密会议。

“凯，我想跟你说点事情。就咱们俩，好吗？”我结结巴巴地说。

乌尔夫站起身，刚要开口说话，凯就拉着他的手，然后对我说：“好的。”

凯站起身，在他们的帮助下朝我走来。我俩走到走廊尽头，穿过自助餐厅，来到了医院的花园里。他的双眼还贴着东西，右眼是白色透气孔的纱布，左眼则是透明的贴片。

“你现在能看见了？”我指着自己的左眼问。这里的风很大，所以我们走得很慢。

“还可以，虽然模模糊糊的，但是医生说我的左眼正在恢复，也许很快我就能恢复视力了。”

“那右眼睛呢？”尽管是询问的话，但我已经觉得他一定会好起来，心中莫名地洋溢出喜悦之情。

“这还不确定。因为右眼比左眼伤得严重，医生们还在观察中。”

在甬道上走了几分钟后，我从口袋里掏出烟来。

“我该回去了，抽烟对眼睛不好。”凯平淡地说。

“我明天会去那里的，”我用手拍了拍他的胳膊，“之后我们可得好好庆祝一下。到时候我会过来，跟你一起庆祝。”

“不，海科，”他的声音听上去很虚弱，好像我们走了很远的路，做了好多事似的，“别算上我。如果你要庆祝，千万不要带上我。”

“我告诉你，那帮狗娘养的杂种一定要付出代价，”我随便地拍了拍手，“惨痛的代价。”

凯突然停住了脚步，用一只眼睛严厉地看着我。猛地，他用手背推我的胸口，透明的眼罩让他的表情看上去十分扭曲。

“我不想再搞任何事情了。麻烦你用用脑子，我就这个样子了，这改变不了。你究竟想让我跟你说多少遍你才能明白？”

我站在原地一动不动。他的眼罩上倒映着我的身影，那是一个站在一片模糊的灰色物体前的、小小的没有头的影像。

“跟我走吧。”他平静地说。

“去哪儿？”

“去伦敦。你也攒够钱了对吧！继续留在这里有什么意义，这终究不是长久之计啊兄弟。咱们一起走，哪怕只是一阵子也好。”

我无法直视他的眼睛，所以只好看着他那被袍子环绕的脚踝。周围的小路泛起水汽，忽然下起的雨从头顶流到额头，再顺着鼻子淌下来。

“另外，我可能还需要一只导盲犬。”当他犹犹豫豫地说出这话的时候，我正准备抬起头。他对我笑，我知道他此时很希望我也能跟他一起笑。可我只是用左手拉住他的胳膊，并用右手跟他握手：“保重，兄弟。”

从他身边经过的时候，我恍惚听到有人在小声地叫我的名字，不过应该是错觉吧。我把衣服上的帽子扣到头上，拉紧了帽绳，这样立起来的夹克领就能遮住我的嘴了。我攥着拳头伸进口袋里，这样一来防风夹克下摆那厚实的布料里立刻就鼓起了两个圆球。我机械地走到车里，内心愤愤不平。在明天到来之前，我还有一些事要办，有些账要算。

一

通往阿尼姆农场的路泥泞不堪。车子行至乡村路和小树林之间的时候就陷进了淤泥，我打开车门下车去推。大雨倾盆，瞬间就在座椅上形成了一摊积水。我推了几下，车子不仅没有出来，反而陷得更深了。后来我憋足了一口气，把两只手分别放在门框和驾驶室内并用力一推，车轮好像从一块石头上越过，我再一用力，车子就从泥坑里出来了。我本想跳回到驾驶室的，不过左脚又陷在了泥里，想使劲儿把脚拔出来，结果只有脚出来了，鞋子却还留在里面。妈的，我气呼呼地上了车，关上门，用沾着泥水、半挂着袜子的脚去踩离合器。与此同时，倒霉的裤子也被座椅上的积水弄湿了。

阿尼姆的小货车还像以前一样停在房前，这让我觉得他会忽然从房里走出来，一手拿着枪，一手拿着啤酒，对我说："嘿，小伙子。"我进了屋，里面还是离开时的样子，满地狼藉。屋里静悄悄的，除了能听到雨水拍打房顶的声音，就是客厅里冰箱的嗡嗡声。门铃的动静也没引起大狗们的反应。我恨自己为什么没有勇气早点来。地上散落的报纸沙沙作响，也许是有老鼠经过吧。厨房里已经有了浓浓的霉味，水槽上开始有蛆虫在蠕动。我走到院子里看见伪装网的一侧被掀开，那样子就像是一条跟钟楼上的钟那么粗的蛇趴在老虎坑盖子上面似的。笼子里没有被动过的痕迹，装食物的碗静静地翻倒在地。我把食指和中指放到嘴唇中间吹了一声尖锐的口哨，结果没有任何回应。该死，我就是个胆小的懦夫。

“大脚怪！”我模仿着它前主人的俄罗斯口音叫道，“波博斯基！”可它们并没有像以前那样，一听到动静就火急火燎地跑出去，并徒劳无功地想要咬碎我的喉咙。更糟糕的是，当我走到两个笼子跟前的时候，竟发现它们的门都是开着的，它们两个已经不知去向。我紧紧地抓住栏杆，感觉身体既沉重又麻木。这一切来得太突然了，我只能勉强用手和颤抖的腿来支撑自己的身体。我感到非常的内疚，这内疚在于当事情发生的时候，我竟然只是躲在楼上，藏在齐格弗里德的羽翼下，直到风平浪静了才敢出来。这内疚在于我没有事后做任何补救，反而把回来的行程一拖再拖。除了担心阿尼姆的安危，我还对大脚怪和波博斯基的未来感到十分担忧。一直以来它们都屈从于命运的安排，自己从没有选择的权利，它们只能配合主人，才不用躺下来等着饿死，可是以后它们又会遇到什么呢。我好想哭，真的，我想一直哭到脸融化了，身体干瘪了。我松开了抓着栏杆的手，擦掉了脸上的雨水。原来我竟连想要痛哭一场都不能如愿。我做好了最坏的打算，然后卷起袖子，把盖在老虎坑上面的盖子往旁边拉了一些，这样我就能看到里面的情况了。里面有很多积水，老虎的半条腿都被没过了，身上的毛湿漉漉地垂着。一见到我，它立刻对着我吼了起来，只是这吼叫没有丝毫的威慑，相反只是让它虚弱得越发明显，现在老虎已经没有力气往上跳了。

忽然我发现水面上竟然飘着一些东西，看上去像是一些布料。它们轻轻浮动在水上，妖艳得宛若绽放的水仙花。我不禁打了一个寒战，但内心里我还是期待着奇迹的发生，所以努力地在里面寻找阿尼姆生还的丝丝迹象。然而现实总是残酷的，我的希望还是破灭了，里面根本没有任何动静。我知道就算我把全世界都翻过来，也见不到阿尼姆了。这只还没来得及取名字的老虎很快就对我失去了兴趣，它蹚着齐膝深的水转过身去，我想它自己也明白从我这里得不到它期望的东西了。不过有一件事是我会为它做的，就算是为了我自己的良心，我也会做，因为这里再没有其他人了。我不会让动物园把它带走，那样的话它的命运仍然不会改变。我把盖子盖好，然后回到房子里。

穿过满地狼藉，我把沙发推到一边，然后扶起被打烂的柜子。结果发现阿尼姆的枪不见了，一定是那些坏蛋带走了。我坐在一堆杂物上抽烟，烟灰弹得到处都是，反正这里已经够乱的了。我得赶快想个办法，找高尔帮忙吗？他倒是能有办法，但是这太浪费时间了，要找他我就得先回汉诺威，等货到了的时候，估计就要几天以后了，这样根本无济于事。我已经下定决心，这件事不解决我就不会离开。突然，我想起阿尼姆放在厨房餐桌上的那把枪。跳过油腻腻的厨房地板，我摸到了餐桌的下面。太好了，还在这！它就装在一支黑色的枪套里，多亏了这个狡猾的阿尼姆，我拿着枪坐在桌边，现在一切都好办了。我用手掂了掂，它还挺重的。我在脑子里回忆了一遍操作方法。我拔出子弹夹，里面是满的，然后把它推进枪的手柄内，满意地听到里面发出咔嚓一声。我站起身，给枪打开保险上好膛，再次来到外面。一路上我都很小心，以免手指误动意外让枪走火。

走到老虎坑前，我先是把枪放到盖子上，等把盖子推开后，再拿起它。我用食指指着那只老虎，那家伙只是看了我一眼，并短暂地发出一阵嘶吼。我收回手，再次检查了一下枪的保险，然后把枪口对准了老虎。

“别动，”我轻声说，“求求你，别动。”我的手已经情不自禁地开始颤抖了。

这可根本就不管用。我猛然想起刑侦电视剧里，警察都是双手握枪的，便赶紧把空闲的那只手一起用上。我眯着左眼，屏住呼吸再次瞄准了老虎的脑袋。终于，我开枪了。跟电视上每次开完枪都有疯狂的事情发生不同，我只是听到“砰”的一声，子弹就穿过了老虎的脑袋，它直接就倒在了水中。起初我以为自己没打中它，还暗暗骂自己没用。但是当水面波纹散去，它依然没有动静后，我才意识到我已经打死了它。那一瞬间，我瘫倒在地，膝盖彻底地陷进泥土里。我大口大口地喘气，直到雨水淋满我的脸庞。我需要一些时间，让我缓口气就行。之后我把盖子重新盖好，回到了屋子里。

雨停了，外面的排水沟哗哗作响。经过厨房的时候，我把温热的手枪放回到餐桌上，然后漫无目的地在杂乱的客厅里走了几圈。我的脑袋已经没有意识，只是任凭着双腿机械地上了楼。推开齐格弗里德的房门，苍白的光线从窗子照进来。它像往常一样站在椅子背上，尽可能地把自己巨大的身躯缩到最小。一对翅膀落寞地折靠在身体两侧，稀疏的羽毛从根部开始翘立着，原本饱满的胸脯看上去却坑坑洼洼的，椅子前面还有一堆它掉落的羽毛。我轻轻地走过去打开窗，腐朽的窗子在窗框上发出吱呀吱呀的声音。齐格弗里德抖动了一下身体，瞬间掉落下的羽毛开始在屋子里飞舞着，仿佛有什么人把一个羽绒枕头被撕开了一个大口子，慢慢地羽毛飘落在地，我希望它不会因为突如其来的新鲜空气而不知所措。毕竟它在这个空气污浊的屋子里待了太久了。

我往旁边靠了靠，好给它留出更大的空间从窗户飞出去。“去吧，老伙计。你自由了。我们都希望你还能飞，对吧？”

然而它并没有如我所愿，只是在原地挪动着爪子，仿佛脚很冷似的。

“嘿！”我用拳头敲了敲墙面，“别睡了，你可以离开这里了。”

这个笨鸟还是一动不动，甚至还把自己的头往身体里缩得更深了。

“趁着我还没改变主意，现在赶紧飞走，你这个笨蛋。”我急得嘶吼起来，但能说的词也就这么几个。

它还是没有动，甚至都没往外面看一眼。

“好吧，就如你所愿，”我说，“从今往后你就自己照顾自己吧。”

房门被我一脚踢开，撞到墙上时还发出了一声巨响。我决定在门口做最后的停留，如果它还不走，我也不会再管它。偏偏就在这时候，它看了一眼地上的羽毛，就是这个举动让我根本无法轻松地离开。它也只有一只好用的眼睛，就像凯一样。我得使劲儿地咬住嘴唇，这才没让它一直颤抖个不停。

“没关系，老伙计。”我说，然后关上了门。

一

天气真热，我穿着松松垮垮的内衣裤跑来跑去，两条小细腿在大短裤的对比下，就像两根牙签。尽管香肠还很烫，但我还是狼吞虎咽地吃了。我把脚搭在曼努埃拉椅子的扶手上，有时候还故意伸到她的鼻子前，贱兮兮地说："闻闻，香不香？香不香？"每当这时，妈妈和奶奶都会批评我，让我离姐姐远一些，还说我已经把她气得张牙舞爪了。而爷爷只是一味地笑，然后把烧烤架上的肉和香肠翻个面，偶尔爸爸也会过来帮忙——往烧烤上浇啤酒。爷爷见了就会把他轰走："够了够了，再浇火就要灭了。"

阿克塞尔伯父的膝盖挨着萨比尼伯母的膝盖，大家坐在一起。那时候我们这个家还是很幸福的，因为其他女孩都还没有出生，所以我和曼努埃拉是家里仅有的两个小孩，再加上爸爸、妈妈、爷爷、奶奶、伯父和伯母，显而易见，这是一个健全家庭该有的样子。在我印象中，那是我家最后一次的欢聚。阿克塞尔伯父对着拳头大的香肠咳嗽了一声，然后说："爸爸，考虑下，好像该谈一谈了。"爷爷却不顺他的意："现在这样很好啊。我们还没死呢。"曼努埃拉像是做手术似的仔细地把肥肉撕下来放到我的盘子上。而我也照单全收，还把上面带的脆骨嚼得咔嚓作响，我很喜欢这种既有肉香又有嚼头的东西。奶奶见了忍不住笑道：“哈，你们快看这小子，他什么都吃，嚼脆骨的声音让我浑身痒痒。”我听了觉得有趣，便吵着要吃更多。

烧烤结束后，木炭还红着，爷爷要爸爸把啤酒拿过来灭火，可我爸这回又舍不得自己的酒了。没办法，阿克塞尔伯父只好不情愿地用自己的酒把木炭熄灭。这时奶奶从厨房里出来，端着的托盘里是六只小玻璃杯和同样多的长颈瓶。所有的大人都可以选择自己喜欢的饮品，不过他们大多数时候都喝奶奶自己酿的杜松子酒。在他们互相干杯的时候，我会把球踢到花园里，爷爷许诺他马上就会过来。我高兴地点头，告诉他我得先做个热身。

我把球踢来踢去，还用膝盖顶球玩，不过我那小短腿最多只能顶三个，足球就扫兴地掉到地上了。我问爷爷什么时候才能来陪我，可他只是岔开话题，并不正面回应。我从鸽笼后面绕过去，想出其不意地把球踢到露台上的大人们那边。为了不被发现，我便躲在鸽笼后面观察情况，看见阿克塞尔伯父和爸爸站在露台边上，两个人上身都只穿着背心，我爸爸手里拿着酒瓶，阿克塞尔伯父则浑身被晒得通红，像是之前烧烤架下火红的木炭。他们似乎在为什么事情争吵着，阿克塞尔伯父的大嗓门回荡在草地上：“我是老大，你得排在我后面，汉斯。”

爸爸回应他的时候声音比较小，这也没错，因为他的头也比他哥哥的头小。在他们身后，女人们默默地把用过的餐盘拿回到厨房里。曼努埃拉突然闯了过去，妈妈立即把她拉回到屋里。阿克塞尔伯父和爸爸朝着对方的脸互相叫嚷着：“哦好，你就是这么想的是吧？”“我就是这么想的。”爷爷和奶奶坐在一边不动声色地看着他们的两个儿子。我慢慢地从鸽笼后面绕过来，结果被奶奶发现了，她挥着手让我上一边玩去。我才不会听她的话，站在那等着她来轰我，以我矫健的身手，当然不会让她得逞。这时伯父和爸爸的声音更大了，互相之间骂着一些我没听过的或者是我听过却不被允许说的词。因为他们是大人，所以即便说着这些话也没人管。接着他们开始推搡对方。我想应该是爸爸先动手的，阿克塞尔伯父拉长了脸朝他推了回去。本以为我爸会被推倒的，没想到他却稳住了脚步。他气急败坏地把啤酒瓶扔到草地上，冲过去用双手推阿克塞尔伯父，伯父纹丝未动、稳稳地站在原地，但脸色已经相当难看，就像是一个即将喷发的火山。下一秒，伯父还击了，在我爸爸还没有反应过来的时候，就“啪”的一下挨了我伯父一巴掌，爸爸被打倒在地上，惊讶地用手捂着脸。

爷爷奶奶忍无可忍，大叫着：“你们两个闹够了！”

接着我爷爷指着外面说：“阿克塞尔，你现在就走！”因为激动，爷爷下巴上的赘肉都颤动起来。阿克塞尔伯父朝着草地上吐了一口口水，然后叫上萨比尼伯母一起开车走了。从那之后我隔了很久才再见到他们。而那天，我到底也没跟爷爷踢成足球。他给我和曼努埃拉打开了客厅的电视，自己则与奶奶、爸爸还有妈妈一起在厨房里待了很久，并且禁止我们两个小孩进去，即使去拿饮料喝也不行。没办法，我们两个只能在客厅看着无聊的电视。

一

我从住处带走的唯一物品就是我脚上穿的这双鞋，其他东西对我来说都已经不重要了，反正我还可以再买新的。以后，无论如何我都不会踏足阿尼姆的农场了。

车子开到文斯托夫的工业园区的时候，天上又开始下雨了。而现在它更是夹杂着冰雹无情地敲打在车子上，有的冰雹甚至聚在雨刷器上形成了一长条冰晶颗粒。天黑了下来，我父亲的房子里没有任何光亮，路边也没有车，所有人都不在。此刻我希望那些鸽子也不在了。我把车停在房子外面，连锁都没上，反正喂鸽子也用不了几分钟。打开后备箱，拿起在加油站买的油罐，现在里面已经被加油员灌满了油。然后我迈着大步走在通往鸽子笼的那条杂草丛生的小道上，地上都是带刺的荨麻和蓟，我觉得脚很冷，更后悔自己没有穿上一双新袜子。此刻我的裤子上都是泥水，一双新鞋也被脏袜子给毁得不成样子。这样寒冷的天气里，这些原本长得很高的草也都弯下了腰，即便如此我走路的时候仍是深一脚浅一脚的。雨水掺杂着冰雹打在脸上就像针扎一样，我想下个礼拜我准得感冒。不过没关系。只要过了明天，我就要睡上它一个月。一觉醒来已经是新的一年了，一切都会重新开始，而我也将会迎来崭新的生活。

黑暗中，花园面前的鸽子笼如同恐怖片里阴森的坟墓。我一只手拎着汽油罐，一只手插在衣服口袋里。罐子碰到笼子，发出一声清脆的响声。为了在鸽子飞回来之前做完该做的事情，我不禁加快了脚步。打开门，鸽笼里干燥又温暖，让人有种想要躺在里面睡一觉的冲动。我拎着橘黄色的汽油罐，扭下了盖子扔到一边。然后一脚埋进笼子里，把汽油泼洒到地上，很快它就流得到处都是。等到罐子里只剩下四分之一的汽油了，我才停了手，并把剩余的倒在了鸽子棚舍的钢结构棚顶上，汽油顺着墙面淌下来。汽油罐被我往后一扔，在空中呼啸而过，最后落在草地上发出一声闷响。我蹲下来，一个深呼吸正好闻到了汽油那恼人的味道。我感觉头脑发胀，胃里也恶心得要命，然而这种感觉正是此刻我最需要的。在此之前，我对什么都没了感觉，这突如其来的变化至少让我觉得我的身体对外来的刺激还是有反应的。从夹克衫的口袋里拿出打火机并打着了火，我静静地把它举在眼前，多么希望它能猛地点燃周围的气体继而爆炸，顺带着把我炸飞起来。现实并不会如人所愿，我期待的事情也没有发生。我把打火机丢进鸽笼的中间，地面瞬间就燃烧起来。火焰在汽油上滚动，仿佛它们是脱离了油在独自燃烧的个体。几秒钟以后，鸽笼四周，连带着墙面和沾满了鸽子粪便的木架都燃烧起来了——到处都铺着的干草总能让火着得很快。忽然我的身体也感受到了火焰的热浪，我赶紧退出去，关上了鸽笼的门后就跑到露台那边去坐着。

火苗炸裂的声音让我回忆起我们五个在赛德尔家的地里烧火的往事。那时乔乔、乌尔夫、凯和我总是在一堆空啤酒罐中间睡着，而约珥则喜欢回到家里躺在自己的床上休息。第二天早上，他会用保温杯带着赛德尔太太亲手煮的咖啡来把我们叫醒。想到这里，我忍不住想要抽根烟，忽然想到打火机已经被丢在鸽笼里了。不知为什么，这件无足轻重的小事竟然让我笑得不能自已。我又坐了几分钟，看着曾经的鸽笼现在变成了一团巨大的火焰，金属制的棚顶也被烧得塌了下来，忍不住再次像个神经病似的笑起来。后来我告诉自己该走了，这才把烟丢进火场里。我从来时的路离开，上车之前，我在黑夜里站了一会儿，想要听一听是不是有消防车赶来。结果发现根本没有任何警笛的声音。趁着还没人发现，我赶紧离开了现场。我开车去往沃旦拳馆，也许在那还能找到一些安眠药。不用太多，够我好好睡到明天就行。明天，可是一个重要日子呢。

一

我的眼睛瞪得大大的，慌乱地寻找手机查看时间和日期。我认定了自己这一觉睡了好几天，然后把所有的事情都错过了。谢天谢地，这是12月18日，九点十分。放松下来后，我感觉口干舌燥，就像有人往我嘴里丢了一把泡腾片。我脱了衣服站到花洒下冲澡，一只手撑在贴着瓷砖的墙上，一动不动地让水流从我的头一直流遍全身。昨天的事情感觉太不真实，就像是一场虚幻的梦。但是那脏破的衣服提醒我，所有的一切都是真实发生的。我把它们团成一团扔进了垃圾桶，又从储物柜里拿出一套衣服：T恤、运动裤和外套。裤子膝盖上被染上了草绿色，T恤上有陈旧的棕色血迹。这套衣服是我上次跟科隆的人打架时穿的。我走到街上，就近在一家小店勉强吃了一些肉喝了点儿可乐。我都不记得上次感觉到饿是什么时候了。

一个半小时候之后，阿克塞尔伯父来到了拳馆。他身上散发着刚洗过澡的味道，胡子也是刚刮过的，这让他那四方的下巴显得更突出了。

“准备好了吗？”他问，“我希望你今天是那个表现最好的人。”他把手搭在我的肩膀上，像转水龙头一样把我转向他，“只要把事办得让我满意，咱们两个就可以好好坐下来谈了，好吧。”

“嗯。”我含糊地说，眼睛直直地看着他。

我真想甩开他的胳膊，然后用脚狠狠地踢他的鼻子。不知我内心所想的他则抿着嘴唇，发出一声父亲般满意的叹息。他用手拍了拍我的脸颊，就回到了自己的办公室。

接下来的几小时里，其他人陆续到了。他们像是要去参加春游的小孩似的，嘴巴一刻不停地热烈聊天。泰勒从门外一进来，就开始说起中央火车站那边有好多防暴警察，他们到处设卡设障，而且在火车站对面的塔上也能看到好多戴着望远镜和对讲机的警察。介绍完了那边的情况后，他也加入其他人聊天的行列，一个个都跟长舌妇差不多。我独自回到更衣室，带上 MP3 的耳机，把音量调到最大，直到电量用尽，它自己关机了。这时我们 15 名主力也要出发了，大家各自上了车，我伯父告诉其他想要参与的人可以自行到现场。没错，除我们以外，几个来自斯坦托安保现场和汉诺威天使队的兄弟也想借此机会跟布伦瑞克的人干一仗。我们上车的时候，阿克塞尔伯父特意强调了一下今天没有着装要求，还说：“大家都注意点儿自己人，照顾好自己。”随后车子之间互相保持一定距离相继前往梅河综合建筑区。

此刻，我正站在建筑群中一座住宅楼顶的消防通道上。远处传来直升机的轰鸣声，我想它正在城市中心的上空盘旋。不过没关系，今天的雾气很大，在梅河这边能见度不足百米，警察根本就看不到我们的行动。一只手插进裤子口袋，揉搓着护齿器。手机被我调成了震动并留在了车里，没办法，一路上凯给我打了四个电话，所以我只能这么做。地面上，大家围着阿克塞尔伯父站在错综复杂的水泥小路中间，从我这往下看，他们就像一个个玩具小兵人。这让我想起我们玩过的《侠盗猎车手》，就像观看国际足联比赛时大家或多或少都要骂人一样，玩《侠盗猎车手》也有惯例，那就是玩家如同坐在直升机里，所以看画面中人物的角度都是从上往下的，这种视觉效果真的很容易让人头晕。有一次我们在乌尔夫家玩这个游戏一直玩到所有人都头昏脑涨。我顺着视线伸出手，想象着自己可以把下面那些“小人”摆弄于手指间。突然在我视野范围的边缘，一些不速之客隐隐出现了——要是稍不注意，那二三十个从街上聚集到综合建筑区的人怕是就被我忽略了。很快那些人就隐藏到了不同的楼层和羊肠小道中。我把手指抵在嘴边，吹了一声尖锐的口哨。我伯父往上看了我一眼，还对我挥挥手。我赶紧顺着消防梯爬下来，抽空还把护齿器塞进了嘴里。这一刻我终于明白我失去了什么，知道自己出了什么问题。我的心不在了，我的胸腔里毫无波澜。在这样的时刻，肾上腺素竟然没有上升，神经也毫无兴奋或者紧张的感觉。我的头、胳膊、腿和拳头，它们只是条件反射一般地在行动，没有激动和兴奋，我的意识只是反馈着我看到的一切，然后让身体各部分配合着行动而已。脚一步一步地踏在梯子上，混凝土地面离我越来越近了。

阿克塞尔伯父拍着手掌把大家聚集到一起，他笑着对这群肌肉发达、个个瞪大了眼睛的人说：“兄弟们，今天我们将要创造历史。在未来的二十年里，人们都将谈论今天的这场世纪之战，所以我们一定要全力以赴，成为胜利的人。”

我还站在从梯子上下来的地方，没让自己非得去跟人群靠拢。因为我明白自己的目标。人群中爆发出一阵呼喊声，布伦瑞克的人很快就要到了。我浑身的肌肉都在跳动！

一个人从拐角处走出来，然后其他人也陆续出来——那是一群握着拳头的光头党，行动迟缓的腿上都穿着肥大的运动裤。他们大声地喊着："布伦瑞克，布伦瑞克！"我们也不甘示弱，用更大的声音为我们的城市鼓劲呐喊。就在这建筑区里的几百面墙壁之间，两个城市的名字交杂在一起，不断地回荡。随后布伦瑞克的人在我们对面站成一排。我的脚不耐烦地在原地划动，看着我伯父那刮得干干净净的脖子！终于等到他发出指令，冲啊！大家迈着整齐的步伐前进，我则在对手的队伍里搜寻。他们的脸在我面前就像是混在了一起，如同一个身体长了三十个脑袋的怪物，那脸孔更是一个比一个丑陋。那个长疣的家伙呢？那个梳偏分的金头发呢？那个狗娘养的杂种到底在哪呢？双方人马距离越来越小，空气都变得稀薄起来，后来更是被吸进了各自的鼻子里，再被喷出来。我走到队伍的另一侧，没有碰到对方的脚跟或身体的任何部位。我必须保持我们整体队伍的形象，我们是有组织有纪律的。这回我终于找到了那个金头发，他那恶心的笑容还有边上那颗疣，我是不会弄错的。现在我的眼里只有他一个了，其他的人都变成了黑色的浮云。这时阿克塞尔伯父的声音再次响起，他对我们说了什么，不过我完全没听进去，只觉得那是缓慢低沉的嗡嗡声。我一跃而起，迅速地绕过其他人，直奔着那个家伙而去。我想我大概是大声叫喊了，因为我感觉到嗓子里有空气在流动。不过这都不重要，我只是闷头地往布伦瑞克的队伍里跑。指甲陷进掌心，拇指把拳头锁得紧紧的，就在我要打到那个家伙之前，我隐约看到乌尔夫和乔乔在我身边呼喊跑过。我还感觉到凯的手贴在我的背上，他在我耳边激动地说：“快快快！”

我把眼睛闭上几秒，在心里对他说他无须这样，我们是不会丢下他的。紧接着我瞪大了双眼，此刻我已经来到那个“疣”的跟前，而他正前钻后跳地嘚瑟着。我毫不犹豫地挥起手臂，把所有力量都聚集在拳头上。当我的拳头重击到他那张肮脏面孔上的时候，我感觉到自己的骨骼结结实实地撞上了他的骨头和牙齿。对我来说，一切都不存在了，他们都化作了模糊的声音和图像。我愤怒地嘶吼着，连带着舌底都喷发出血腥的味道。即使我自己的手已经皮开肉绽，但仍是一刻不停地击打着那张令人恶心的脸。远处传来阿克塞尔伯父的声音，它回荡在我的脑海中，又像是从外部穿进我的大脑。可我根本反应不过来他在说什么。我胸口憋着气，压得我呼吸困难，我没空去想自己的手指间为什么会有头发，也不知道是如何把那个脑袋撞向地面的。身下的人抬起胳膊进行防卫，却无法阻挡溅出来的血，喉咙深处的哽咽，还有从嘴里喷出来的牙齿……无数双温热的手过来拉我。可我的眼睛仿佛是长在了手上一般，只能愤怒地一次次捶打他。周围的人对着我叫喊，却完全入不了我的耳朵，就在这种时刻，我感到异常愉悦。我知道，周围的这些声音对我来说已经不重要了。

一

我至今还记得那天爸爸把我叫到他的房间，看他从衣架上拿下那件珍藏的背心穿在身上，那一刻他是那么幸福和满足。他弯下腰紧紧地抱着我，抚摸着衣服上拼接成“96”的黑色布料。他对我说：“你知道这非常与众不同，这是96，海科，与众不同的。”

我看着他那黄色的手指下的布纹，点了点头。我们跟妈妈和曼努埃拉告别，当时我非常期待她们能向我投来嫉妒的目光，因为只有真正的男人才能去体育场，可她们只是一味地看着那无聊的电视，我敢说她们一定是假装不在乎。我可是正要做一件只有大人，只有真正的男人才会去做的事情呢。

阿克塞尔伯父来接我们，我本以为他会开着那辆有香草冰激凌色座椅的大车来接我们，结果他是步行来的。

“你拿的是什么？”他问我，我把妈妈给的苹果递给他看，谁知他拿过苹果就给扔了，还说体育场里会有真正的食物。就这样，他和爸爸一人拎着我的一只手，我就在他们两个中间悠荡着玩。街上还有很多其他的人，都是像我们这样的男人。大家都朝着一个方向走，一边拍着手一边唱着一支有关旧情人的歌。我发现大部分人都戴着红色和绿色的围巾或者穿着汉诺威96的队服上衣。少数几个人用磨破了袖口边的斜纹布背心替代我爸爸穿的那种，除此之外，还有一些男人衣服上挂着各种勋章，骄傲得就像老兵穿着自己挂满奖章的阅兵服一样。

走到下萨克森体育场正门的时候，我伯父专门给我买了一杯可乐和一个热狗。杯子又潮湿又冰凉，我小心翼翼地拿着生怕它洒到我的手上。平时在家我很少喝可乐，在奶奶家更是绝对禁止。奶奶总说喝可乐腿会变黑，就像黑人那样，所以我不敢喝，我就不明白了，为什么可乐会有那么大的威力呢？我真想看完比赛后去奶奶家，那时我已经喝完一大杯可乐了，我会脱了袜子给奶奶看我的黑腿，然后大笑着跑开。

我忙着喝可乐，根本无暇吃东西，从面包里伸出来的像棕色毛毛虫一样的香肠我才咬了一口。可是由于比赛即将开始，我爸爸二话不说就拉着我往里走。我本想抱怨他动作太粗鲁，但是阿克塞尔伯父用手轻轻拍了拍我的头，他的手对我来说大得就像把伞。随后他善解人意地拿走我手中的可乐，这下我终于能一边安安静静地吃东西，一边往赛场里走了。我们的位置在看台的最下面，就靠着隔离看台和赛场的围栏。伯父把我放在他的肩膀上，这样我就什么都能看得见了。爸爸朝着裁判大喊有人犯规，可我早就听见人家吹了哨子，还判了任意球。球场上，红队是我们汉诺威的队伍，蓝队则是我们的对手梅彭。任意球进攻着对方球门，所有球员都聚在禁区里，互相推搡着，忽然球越过人墙，在绿茵场上飞起来，最后落在了红队五号球员的脚下，他很有技巧地运球，然后射门。我被后面突如其来的呐喊声吓了一跳，但紧接着我也随着大家的节奏在我伯父的肩膀上跳跃起来。我爸爸则在一旁扯着嗓子喊：“好样的，武伊齐茨基！他已经把别人逼得走投无路了。”

那个奇怪的、像有魔法一样的名字，发音的时候就像是来自外星球，从那一刻开始就已经深深地根植在我的记忆中了。我试着轻声念道：“武伊齐茨基，武伊齐茨基。”莫名地我为这个名字而着迷，不断地纠缠着爸爸和伯父，问他们五号什么时候才能再能得到球，什么时候才能再进球。他们两个会在喝啤酒和为球队呐喊的间隙简短地回答我几句，可我偏偏就想让他们一遍遍地重复那个名字，直到我也能把那个名字的音发准确。因为我总觉得，如果发音不准，它就会失去魔力。

过了好一会儿，人群中的欢呼声才渐渐消散。在此之前我也不知不觉地跟着大家一起喊：“96，96！”可就在比赛和观众们都冷静下来后，突然有一个低沉如擂鼓一样的声音叫道：“阿克塞尔，你这个老蜥蜴。”我伯父迅速地转过身，坐在他肩膀上的我自然也跟他一起转了过去。站在我们面前的绝对是一个巨人，他比我伯父还要强壮得多，即便我坐在站在台阶上的阿克塞尔伯父的肩上，可我们两个也不及那个人高。他的眉毛又黑又粗，就像在脸上贴了两条积木。光秃秃的脑袋顶有点尖，身上则穿着一件橙黄色的宽松夹克衫，那颜色真是要亮瞎我的眼睛了。阿克塞尔伯父把我从肩膀上抱下来，让我去找坐在我们下一排的正跟其他球迷一起鼓掌呼喊的爸爸。

“什么破牙刷！”爸爸紧紧地抱着我，指着刚刚熄灭的灯柱叫骂道。

我觉得即便那几盏灯不亮了，也不影响体育场的整体照明。而且那时候我更感兴趣的是那个吓人的巨人，所以当爸爸抱怨着供电系统的时候，我已经悄悄地转过头去偷看那个人了。他和我伯父就像是骑士城堡前的两座巨塔，并排站在一起向远处看去，嘴里还在讨论着什么。我意识到尽管自己已经是一个可以进体育场的大人了，但是他们两个所商量的事情仍是我不能参与的，那一定是很与众不同的事情。他们用手指着球场对面身着蓝色服装的球迷，当一个人说了什么的时候，另一个人就会默契地点头。我真的很想知道他们在说什么，并且迫切地想参与到他们的神秘行动之中去。只是那个橙色的巨人让我觉得有些脊背发凉，再者我也不想让爸爸觉得我一直都没在听他说话，便适时地转过头来。我记不太清楚当时说了什么，大概是问了一些为什么要说“牙刷”这样的话吧，毕竟我不觉得灯柱跟牙刷有什么联系。谁知我爸爸这时也回过头去看他那魁梧的哥哥和那个巨人，嘴巴动了动，似乎想要说什么。可他并没有立即开口，而是拿过自己的啤酒，还弄洒了一些在我的鞋子上，我没说什么，因为这种小瑕疵在男人中是很常见的，不过就是啤酒洒了而已，没关系。他喝了一口啤酒，然后用袖子擦掉了胡子上残留着的一些啤酒沫，接着大声说：“嘿，迪尔克。”

不过他并没有引起对方的注意，所以他又用更大的声音喊了一遍。这次我伯父和那个橙色的巨人终于停下他们的对话朝我们这边看过来，那个巨人跟我爸爸点了点头，可是表情却并不友善。妈妈常教导我，跟别人打招呼的时候一定要礼貌。可我觉得，如果长得像这个巨人那么高大魁梧就不用遵守这个规定了。爸爸转过身，一口气喝掉了啤酒。他看着我："嗯，海科，"然后用胳膊紧紧地搂住我，我立刻闻到了他腋窝里的汗味，"等一下。"说完他脱掉那件背心，把它像婴儿一样放在怀里抱了一会儿，接着把它套在我的身上，并满足地笑道："看，海科，96！"他指着我胸前的数字说，"真是好样的。"

一

文斯托夫后面的土地都被浓雾笼罩着，氤氲的水汽让那里看上去就像一锅灰色的浓汤。周围的村庄像是消失了一般，我打开驾驶室这边的车窗，感觉整条胳膊都钻心地疼。突然而至的寒冷空气紧紧地锁住我的喉咙和下巴，直到这时候我才意识到，我已经颠簸在去往阿尼姆家的小路上了，车子每经过一个坑洼之处，我的脊背就都会被震痛一次。

小货车还停在那里纹丝未动，车窗和房子的窗户上都结了霜。透过树洞看里面也是灰蒙蒙一片。全世界都静止了，毫无生气。我打开房门的时候，竟然被门铃声吓了一跳，瞬间头皮发麻。可事实上，这里什么都没变，只是客厅角落里结了很多蜘蛛网，上面还挂着晶亮的水珠，到处都是腐败和潮湿的味道。我上了楼，楼梯板的吱嘎声在整个房子里回荡。我觉得有些晕，大概是因为我一直都吃得很少，而且几乎没怎么喝水吧。所以我靠在齐格弗里德的房门前，静静地听着——里面没什么动静。我抬起胳膊想要去开门，最后又放弃了，我不想知道也不想去探寻它是不是还在里面。所以我回到自己曾经的卧室，放下背包，这才想到我竟然一直背着它。开车的时候也背着吗？

我想不起来了。不过没关系，这也不是什么重要的事情。房间里还像过去一样到处都是杂乱的东西。我跪着爬过去，地上的灰尘沾满了我的裤腿。我有意半无意地拿了一些我可能需要的衣物放进背包，然后推开床垫，从一个翘起的木板下拿出一大沓钞票，那是我以前存下来以备不时之需的。钱并不多，但是也够支撑一阵子了。其实上次我就应该带走的，但那时候因为我发现了一些难以接受的事情，所以整个人都处于混乱的状态。最后我把老旧的笔记本电脑等东西也塞进了背包。我要处理的事情也就这么多了。

当我站在门口再次往屋子里回望的时候，我看见了餐桌下阿尼姆的那把枪，这对我来说已经足够了，我不用再回到厨房，也不用再去院子里回忆。对我来说，这里已经没有什么可留恋的了。我感觉耳朵里有一种莫名的压力，我想等我离开这里，它们就会好起来，对此我非常肯定。就当我要拉上门的时候，突然听到一声沉闷的扑棱声，就一下，还是从楼上发出来的。我停下了手中的动作，手指下的门把手冰凉冰凉的。什么声音都没有，我想我一定是幻听了。可就在这时，那声音又响了起来，隔着薄薄的木制天花板我清清楚楚地听到翅膀震动和羽毛抖动的声音。

我把背包丢在车子后座上，结果它没落稳又掉到副驾驶的座椅下。我把车开出小树林的时候，浓雾已经散开不少了，树冠都清晰可见。最后一次，我把车开得很慢很慢，现在我感觉头已经不那么沉重了，透过车窗，我从左往右地看着外面。田野后面工业园区里那些灰色盒子一样的建筑现在看上去已经变成亮白色。突然我迅速转回头，因为我不经意间竟然看到了意想不到的东西。踩下刹车，把车子停在路中央。凭着感觉熄灭了发动机，因为担心它从我视野里消失，所以眼睛始终盯着远处，眨都不敢眨一下，最后我摸索着解开了安全带下了车。难道是幻觉？我鼓起勇气挤了一下眼睛，结果那个白点并没有消失，而且还向我的方向跑来。不，他已经不是一个白点了，他是一个四肢发达，长着四方大脑袋和尖耳朵的家伙。

波博斯基突然停在距离车几码远的地方。它的大舌头从嘴巴里伸出来，上面还滴着口水。我们看着彼此，它叫了几声然后竟然站了起来。我盯着它从车子的旁边走过去，它下巴前端的位置在抽搐，所以我能看到它的牙齿。它又开始咆哮起来。我在原地像是被冰冻住了一样一动不动。渐渐地它停止吠叫，静静地看着我。在它转头的时候，我才发现它那白色的毛上沾了些泥块。它朝我和车的方向走了几步，又停了下来。我仍旧一动不动，只是看着。它继续摇摆着向前，突然纵身一跃从开着的车窗跳进了车里，我侧身通过车窗往车里看，只见它越过中间控制台，坐到了副驾驶的位置，然后透过车窗往外看。它温热的鼻息让玻璃泛起一层薄雾。我走到距离驾驶室门只有一步的位置，好把它看得更清楚。它没反应，我上了车，它还是没反应。我关上车门，它依旧没反应。它的身体很暖，周身散发着热气。我把车挂到一挡开走了。当它回头看我的时候，我们已经把车开到了乡村公路上，车轮下是平坦的沥青路。它的鼻子凑过来呼哧呼哧地嗅个不停，我把手放到挡杆上，它的鼻子就凑在挡杆附近，我把手放到方向盘上，它的鼻子也跟着到了方向盘这边。这之后，它静静地看着我的眼睛，平静地呼吸。我觉得狗的这种表现说明它现在很快乐。我们彼此对视了一会儿，它又转过头看向窗外。我们两个同时看着前方的路。

我想感谢一些人。这么多年来，我真的很感谢凯蒂。还有我的祖父母，我所有的家人、我的朋友（现在我们扯平了，罗拉）！感谢瓦伦丁、伊丽莎白和时代团队，还有汤姆和奥夫堡的朋友们。我还要谢谢格莱茨先生和沃特曼先生，以及所有在我创作这本书前后一直支持我的人们，谢谢你们。